# 나의 天運 ■ 운세찾기
## 일년신수

金奉俊 著

삼한

# 머리말

 2000년 전. 인도에서 발상된 바리몬교(敎)의 베다(Veda)경전에서는 이미 우주 대자연의 원리를 말하고 있었다. 그러므로 오늘날 인도의 사상과 철학을 있게 한 것과 불법(佛法)이라는 큰 도(道)가 있어 온누리를 덮게 한 것이고, 간디와 같은 무저항주의자를 낳게 한 것도 이러한 훌륭한 경전이 있기에 가능했던 것이다. 그것이 바로 몽골정통 토정비결이다.

 그런가 하면 이러한 문명 속에서 살아온 히말라야 산간족(山間族)인 네팔, 부탄, 티벳 지방에서는 아직도 현대의 과학문명을 외면한채 인간 본래의 모습 그대로를 간직하며 자연인으로 남아 있기만을 고집하며 살아가는 민족도 있다. 그들은 계절따라 변하는 자연의 모습대로 인간의 운명도 변한다는 72둔갑비결을 믿으며 살아가고 있는 사람들이다.

 마침 우리 민족에게도 이러한 고유의 운명비결서라고 하는 토정비결(土亭秘訣)이 전해지고 있다. 이것은 우리와 애환을 같이 한 귀중한 책임에는 틀림없으나, 그 내용 중에는 시대성을 잃은 것도 있고, 현대인의 기호에 맞지 않는 것이 있다. 이에 적중률이 놀랍도록 정확하여 지구촌 유일의 자연인들이 신앙처럼 믿고 있는 몽골정통 토정비결을 다음과 같이 연구하여 책으로 내기로 했다.

첫째, 우리의 풍속과 인습 및 체질에 맞도록 엮었으며,

둘째는 인간은 본래 미완의 자연물이므로 장점보다는 단점이 많고, 좋은 곳 보다는 나쁜 곳으로 흐르려는 기질이 있기 때문에 주의하라는 의도에서 좋은 점 보다는 나쁜 점을 주로 지적했으며,

셋째, 운의 흐름을 알리고자 호운(好運)과 쇠운(衰運)을 강조했고,

넷째, 현실의 위치와 나를 스스로 조명해 보고 판단할 수 있도록 총운과 매월의 운세를 비유법으로 썼으며,

다섯째, 운로를 잃어 방황할 때 언제라도 이 책을 보고 행로를 찾을 수 있도록 안내하는데 역점을 두었으며, 음력을 기준으로 했다.

이 책은 운명서이니 흥미로만 보지 말고, 생활 안내서로 활용하길 바란다.

白羽 金奉燮

# 차　례

머리말

※ 72둔비결(七十二遁秘訣)보는 법 ···················· 17
 1. 11운(十一運) ·································· 21
 2. 12운(十二運) ·································· 25
 3. 13운(十三運) ·································· 29
 4. 14운(十四運) ·································· 33
 5. 15운(十五運) ·································· 37
 6. 16운(十六運) ·································· 41
 7. 17운(十七運) ·································· 45
 8. 18운(十八運) ·································· 49
 9. 21운(二十一運) ································ 53
10. 22운(二十二運) ································ 57
11. 23운(二十三運) ································ 61
12. 24운(二十四運) ································ 65
13. 25운(二十五運) ································ 69
14. 26운(二十六運) ································ 73
15. 27운(二十七運) ································ 77
16. 28운(二十八運) ································ 81
17. 31운(三十一運) ································ 85
18. 32운(三十二運) ································ 89
19. 33운(三十三運) ································ 93
20. 34운(三十四運) ································ 97
21. 35운(三十五運) ································ 101
22. 36운(三十六運) ································ 105
23. 37운(三十七運) ································ 109
24. 38운(三十八運) ································ 113

25. 41운(四十一運) ······································· 117

26. 42운(四十二運) ······································· 121

27. 43운(四十三運) ······································· 125

28. 44운(四十四運) ······································· 129

29. 45운(四十五運) ······································· 133

30. 46운(四十六運) ······································· 137

31. 47운(四十七運) ······································· 141

32. 48운(四十八運) ······································· 145

33. 51운(五十一運) ······································· 149

34. 52운(五十二運) ······································· 153

35. 53운(五十三運) ······································· 157

36. 54운(五十四運) ······································· 161

37. 55운(五十五運) ······································· 165

38. 56운(五十六運) ······································· 169

39. 57운(五十七運) ······································· 173

40. 58운(五十八運) ······································· 177

41. 61운(六十一運) ······································· 181

42. 62운(六十二運) ······································· 185

43. 63운(六十三運) ······································· 189

44. 64운(六十四運) ······································· 193

45. 65운(六十五運) ······································· 197

46. 66운(六十六運) ······································· 201

47. 67운(六十七運) ······································· 205

48. 68운(六十八運) ······································· 209

49. 71운(七十一運) ······································· 213

50. 72운(七十二運) ······································· 217

51. 73운(七十三運) ······································· 221

52. 74운(七十四運) ······································· 225

53. 75운(七十五運) ·········································· 229

54. 76운(七十六運) ·········································· 233

55. 77운(七十七運) ·········································· 237

56. 78운(七十八運) ·········································· 241

57. 81운(八十一運) ·········································· 245

58. 82운(八十二運) ·········································· 249

59. 83운(八十三運) ·········································· 253

60. 84운(八十四運) ·········································· 257

61. 85운(八十五運) ·········································· 261

62. 86운(八十六運) ·········································· 265

63. 87운(八十七運) ·········································· 269

64. 88운(八十八運) ·········································· 273

65. 91운(九十一運) ·········································· 277

66. 92운(九十二運) ·········································· 281

67. 93운(九十三運) ·········································· 285

68. 94운(九十四運) ·········································· 289

69. 95운(九十五運) ·········································· 293

70. 96운(九十六運) ·········································· 297

71. 97운(九十七運) ·········································· 301

72. 98운(九十八運) ·········································· 303

# 나의 운수(運數)를 정하는 방법

이 책은 72둔비결(七十二遁秘訣)을 적용한 것으로 보는 방법은 다음과 같다. 먼저 자신의 나이(만으로 계산한 나이가 아니라 한국 나이)에 출생월과 출생일을 더하여 숫자가 나오면, 다음 쪽에 나오는 변동수 조견표를 보고 숫자를 적용시키면 월별로 된 자신의 일년 운수가 나온다.

※ 나이＋출생월＋출생일＝ 얼마 → 변동수로 바꿈 → 나의 운수

남녀 모두 공통되는 사항으로 자신이 출생한 달(月)은 음력으로 정하는데, 말일 경이나 새달 초순 경이면 절후를 주의해야 한다. 왜냐하면 출생월의 기준은 아래에 나오는 출생월 절후 기준표와 같이, 2월생이라 하더라도 경칩 이후에 태어났어야 2월생이 적용되기 때문이다. 만일 경칩 이전에 출생했다면 1월생으로 본다.

## ★ 출생월 절후 기준표

| 출생월 | 1 | 2 | 3 | 4 | 5 | 6 | 7 | 8 | 9 | 10 | 11 | 12 |
|--------|----|----|----|----|----|----|----|----|----|----|----|----|
| 절후 | 입춘 | 경칩 | 청명 | 입하 | 망종 | 소서 | 입추 | 백로 | 한로 | 입동 | 대설 | 소한 |

이와 같은 예는 말일 경이나 초순 경에 태어난 사람에게만 해당된다. 여기에 해당되는 사람은 본 출판사에서 출간한 저자의 저서 〈운세십진법 · 本大路〉에 부록으로 첨부된 만세력을 참고하면 된다.

그러면 지금까지의 설명을 바탕으로 변동수를 적용시키는 방법을 설명하기로 한다.

예: 37세 10월 15일생

　　나이 37 +출생월 10 +출생일 15 = 62

위에서 보는 바와 같이 나이+출생월+출생일=62라는 숫자가 나왔다. 이것을 고유수(固有數)라고 한다. 출생월은 음력으로 한다는 것을 다시 한번 강조한다. 그러면 이 62라는 고유수에 다음에 있는 변동수 조견표를 보고 변수시키면 이것이 나의 운수가 된다.

## ★ 변동수 조견표

| 고유수 | 1 | 2 | 3 | 4 | 5 | 6 | 7 | 8 | 9 |
|---|---|---|---|---|---|---|---|---|---|
| 변동수 | 7 | 2 | 6 | 3 | 4 | 5 | 7 | 8 | 1 |

62라는 고유수를 앞의 조견표를 보고 변동시키면 다음과 같은 수로 바뀐다.

고유수 62 → 변동수 52

그러므로 이 사람의 운수는 52운이 된다. 그러나 고유수가 한 자리나 세 자리로 나오는 경우도 있다.

## ■ 고유수가 한 자리로 나오는 경우

예 : 7세 1월 1일생

　　7세 + 1월 + 1일 = 9

고유수가 9이니 한 자리 숫자다. 이런 경우에는 고유수 9에 같은 9를 붙여 99로 만들고, 다시 99를 변동시키면 11이 된다. 이렇게 해서 이 사람의 운수는 11운이다.

## ■ 고유수가 세 자리로 나오는 경우

예 : 67세 12월 29일생

　　67세 + 12월 + 29일 = 108

고유수가 108이니 세 자리 숫자다. 이런 경우에는 앞에 있는 백 단위의 1을 지워버리고, 나머지 08이라는 숫자만 갖고 변동시킨다. 그러나 0은 고유수와 변동수에 없으니 옆에 있는 8과 같은 8을 붙여 88을 만들고, 88을 변동시키면 된다. 그러나 88은 변동시켜도 88이다. 이렇게 해서 이 사람의 운수는 88운이 된다.

※ 80인 경우에도 0은 없는 수이니 옆에 있는 8을 따라 88로 만들어 변동시키면 된다. 이와 같은 방법은 두 자리 숫자인 경우에도 마찬가지다. 단 세 자리 숫자에서는 앞에 있는 백 단위 숫자를 지워버린다는 것만 기억하면 된다.

## ■ 고유수가 백 단위인 경우

예를 들어 고유수가 100으로 나왔을 경우에는 백 단위 숫자를 지워버리면 00만 남게 되므로 100이라는 한 단위를 써야 한다. 그러므로 1이라는 숫자를 써서 11로 두 자리 숫자를 만들고, 11을 변동시키면 77이 되니 이 사람의 운수는 77운이 된다.

# 11운(十一運)

총운

학명구고(鶴鳴九皐)하니 성문우천(聲聞于天)이라 학의 슬픈 울음소리가 하늘에까지 들리는구나. 그대의 하는 일에 어려움이 있드라도 하늘이 돕고 주위로부터 도움이 있어 곤궁함은 피하겠으니 다행이겠다. 이를 말하여 하늘에서는 록(祿)없는 사람을 내지를 않고 땅에서는 이름없는 풀을 기르지 않는다고 말했나보다. 오직 자기를 낮추고 겸손할 줄알며 인간공경하기를 하늘같이 하라. 불연이면 인간구설, 관재구설 있어 관가에 출입하는 부끄러움도 있으리라.

### 1월

구름과 안개가 하늘을 뒤덮었으니 해와 달이 보이지를 않는구나.

앞도 캄캄, 뒤도 캄캄, 물러설 수도, 나갈수도 없는 궁색한 운세를 만났으니 은인자중(隱忍自重)하라.

시운(時運)를 기다리며 천기(天機)를 살펴보는 지혜는 곧 옛 선비의 도(盜)와 정신이었나니… 주위로부터 충동임과 감언이설(甘言利說)에 현혹되어뜻하지 않게 일을 벌여놓을 때는 망신(亡身)하고 봉변당하는 일있다.

이성을 잃지말고 소신을 지킨다면 잃는 것은 없으리라.

### 2월

순리를 거역하지 말라.

급한 마음, 패기넘치는 정신은 높이 받들어 칭송받는 일 있겠지만 실리(實利)와 명분은 없으니 무엇하리. 적극적으로 주선하고 추진하는 일에도 주위를 살펴가며 행동하라. 도리어 남의 허물까지 뒤집어 쓰고 전전긍긍하는 모습될까 염려된다.

특히 무리한 것에 청탁을 주고받는일 있겠으니 주의하라. 분명코 무리하다는 것을 알고 행해야 하리라.

### 3월

金과 玉이 만당(滿唐)하고 녹음방초만개(祿陰芳草萬開)한 형상과 같구나.

욱일승천(旭日昇天)하는 운세는 날쎈 비호(飛號)와 같아 천하무적(天下無敵)를 자랑하느니 뜻한대로 움직여라. 공직자는 공직에서 사업가는 사업에서 정치가는 정계에서 그 명성 날로 더해가겠고 받들고 따르는 자 헤아릴 수 없으니 왕중왕(王中王)이요, 화중화(花中花)이라 다만 아쉬움이 있다면 아내 걱정이로세.

### 4월

산과 들에 씨앗을 뿌리니 오곡(五穀)이 풍성하고 백과(百果)가 무르익어 그 짙은 향내음 천리밖까지 뿌려지는구나 하늘과 땅의 기(氣)는 돌고 도는 것.

인간의 운(運)도 돌고 도는것, 이것은 시간과 같다. 시간은 흘러 가는것, 다만 때가 왔으면 온 것을 알고 이용하는 자를 현명(賢明)한 자라 하노니 시간의 흐름이 아깝다. 계획하고 있는 일 서둘러 시행하라. 아니면 경쟁가로부터 빼앗기는 일 있게 된다.

### 5월

한고조(漢高祖)가 아직 보위(寶位)에 오르기전 여후(呂后)와 함께 산으로 피신하였다. 뒷날 대국천왕(大國天王)이 될 것이다라는 계시를 받고 하산(下山)하지 않았드냐.

때가 왔다고 일러주어도 때가 온 줄 모르고 공리공담(空利空談)만 일삼고 있으니 답답하구나. 서둘러 움직여라.

하늘의 천기(天氣)와 땅의 지기(地氣)가 합(合)하여 음양(陰陽)이 조화를 이룬듯 그대를 보살핌과 같기에 재촉하는 말이다.

### 6월

전진, 전진, 또 전진하려는 패기는 좋으나 만사여의(萬事如意)치 못하여 뜻과 같지 않으니 심노(心努)하는 일 있겠다.

참이오, 정도(正道)로 알고 한일이지만 일의 방향이나 결과는 엉뚱한 곳으로 흘러가 엉뚱한 결과를 낳기 때문이다. 다시한번 심사숙고(審査熟考)하여 생각하라. 만(萬)에 하나라도 오차(誤差)가 있으면 진리(眞理)가 아니듯 시행착오(施行錯誤)가 있어 그릇쳐지는 일이니 원인이 잘못이다.

### 7월

우뢰(雨雷)가 천지(天地)를 진동(塵動)시키니 산천초목(山川草木)들이 집을 먹은듯 조용하구나.

옛부터 전하는 말에 엄부자친(嚴父慈親)이라 하여 지아비는 엄하고 지어미는 인자하라 했으니 자애(慈愛)로움으로 자녀를 대하며 대화(對話)로써 자녀를 포용하라. 자녀문제로 인한 근심과 마음걱정하는 일 있겠다. 오직 부드러운 대화(對話)만 약(藥)일뿐 노(努)하는 것은 더 큰 병(病)이 되리라.

### 8월

대지(大地)는 진리(眞理)요, 만생초목(萬生草木)의 어머니다.

심으면 심은대로 낳고, 가꾸면 가꾼대로 열매를 맺어주는 참의 진리를 갖고 있는 것처럼 일한 만큼 소득을 얻는 것은 당연하거늘 일은 작게 하고 소득은 크게 얻으려 하니 어찌 소득인들 그대를 따라 주겠는가. 이상은 높고 꿈은 커 이룰수 없는 일만 골라 하게될까 염려된다. 다시한번 친구나 선배 및 상사에 협의하여 자문을 받아라. 결론을 얻겠다.

### 9월

한조각 높이 떠있는 구름같지만 그 구름속에는 단비를 머금고 있어 갈증나는 대지를 촉촉히 적셔줄수 있는 구름이건만 이를 외면해 버리는 형상과도 같으니 필경 바른것도 아닌 것으로, 의인(義人)도 악인(惡人)으로, 사실도 아닌 것으로 받아들여 그릇치는 일 있겠으니 자성(自省)하라.

특히 여성의 말에 귀를 기우려라. 그의 말은 진정 그대를 위함이오, 많은 재(財)를 얻게 하는 계기의 발판이 되리라.

### 10월

후한(後漢)의 애제(哀帝)가 나랏일에는 전념하지 않고 밖으로만 싸돌아 다니기를 좋아하면서 언동(言動)을 함부로 하다가 국기(國基)마저 흔들리게 한 일이 있었다.

어찌 언동(言動)을 함부로 함이 애제(哀帝)뿐이겠으며 국기(國基)뿐이겠는가 모든 범죄(犯罪)의 악(惡)과 화(禍)는 입(口)으로부터 출(出)하고 귀(耳)로부터 입(入)하는 법. 입(口)을 다스릴 줄 아는 자는 군자(君子)와 같으니 입을 조심하라. 구설(口舌)이 분분하겠다.

### 11월

표면적으로는 좋은듯하나 실질 소득면에서는 시원치 않아 보람이 없다고 하겠지만 그래도 지금하고 있는 것을 지키며 가꾸어라. 적극적인 태도, 새로운 길로의 진출은 오히려 화(禍)를 자초하는 길몫과 같다.

당장은 심신(心身)이 불안하고 번거로움이 많아 짜증부리는 일 많겠지만 이는 자기체면에 결려 자기스스로 헤어나지 못하기 때문이다. 긴ー호흡으로 자기체면을 풀고 생각을 다듬어라. 머지않아 크게 발전하는 상이 그려지고 있다.

### 12월

동토(凍土)는 해빙기(解氷期)가 되어야 풀리고 벌, 나비는 춘삼월(春三月)이 되어야 나르는 법. 이것은 자연의 법리(法理)요 순리(順理)다. 마음만 급한들 무엇하리.

모두들 외면하고 있어 마음에 두고 있지 않는 것을…… 성급하게 서두르는 일로 사기당할 우려있으니 도장과 문서에 서명날인(署名捺印)하기를 꼼꼼히하라. 이것이 동(動)하면 송사(訟事), 손재(損財), 구설(口舌)이 분분하여 깜짝놀라는 일 있게 된다.

# 12운(十二運)

천붕지함(天崩地陷)에 사사도현(事事倒顯)이라 하늘이 무너지고 땅이 뒤집히며 일이 거꾸로 매달려 허우적거리는 형상이구나.

본 운은 가론(家論)과 중론(衆論)에 따르며 앞서는 것을 사양하고 뒤서기를 즐겨하므로 난(難)을 피하는 운이다.

이러는 가운데 종종 기쁨도 있어 나락줍기와 같은 알찬 수확도 있으며 노상횡재(路上橫財)도 있겠으니, 이를 말하여 하늘이 무너져도 솟아날 길은 있다고 하는 것이다.

## 1월

명성(名聲)높은 장인(匠人)의 솜씨로 금(金)과 옥(玉)을 다듬어 보옥(寶玉)을 만들어 내는 형상이다.

계획한 일은 순조롭게 진행되어 성사(成事)되겠고 재정금융(財政金融)도 원활하여 만사풍족(萬事豊足)을 누리겠으니 기고만장(氣高萬丈)한 운세로세.

단 이성으로 인한 문제만 주의하라. 감정의 곡해로 서로가 배신(背信)이라고 주장한다면 그 불씨는 되살아나 대형화재(大形火災)로까지 번질까 염려된다.

## 2월

땅을 파면 금은보화출(金銀寶貨出)하고 그물을 던지면 만선(滿船)이라. 이향자(離鄕者)는 만정제신(滿庭諸臣)을 거느리고 풍악(風樂)을 울리며 금의환향(錦衣還鄕)하는 모습이니 금석초목(金石草木)들도 기뻐하는 듯 하구나.

그대의 운세 양기(陽氣)가 음기(陰氣)를 누르고 싹을 트이는 형상이다. 실직자(失職者)는 구직(求職)되고 재직자(在職者)는 승진하며 생활궁핍자는 나아지고 사업가는 흥왕(興旺)하리라.

### 3월

제(齊)나라의 환공(桓公)이 싸움터에서 승승장구(乘勝長驅)하던 모습과 같이 뭇사람들이 나를 따르며 군왕(君王)이라 칭하니 몸둘바를 모르겠다. 특히 사업가, 의사, 연예인은 대길대풍(大吉大豊)하겠고, 공직자나 정치인은 한때 중상모략이 있어 곤욕스러움을 면치못하겠지만 사필귀정(事必歸正)이라. 그 진실은 명명백백(明明白白)하게 밝혀져 누명을 벗으리라. 그리고 최후의 승리자로서 다시 빛나게 되리라.

### 4월

천지사방(天地四方)과 좌우상하(左右上下)에 울려 퍼지는 북소리는 요란하나 내용이 없으니 무엇하랴. 화려한 계획과 떠벌려 놓은 사업은 빛바랜 능금과 같아 그 맛을 잃었나니 요란한 북소리를 줄이고 소리없이 진행하라. 이미 그대의 뜻을 알아차린 상대나 경쟁자가 그대의 진로(進路)를 방해하고 있기 때문이다.

또한 알지도 못하면서 아는것 처럼 위장하여 매매(賣買)를 성사시키려 한다면 불성(不成)되리라.

### 5월

당(唐)나라의 위징이라는 사람이 태종(太宗)에게 바른말을 고(告)하고 후일 신임을 얻어 큰 상(賞)과 큰 벼슬을 얻었다는 고사(古事)가 있다.

비리(非理)나 불의(不義)을 보고도 말 못할 일이 생기겠으니 주저하지 말고 이실직고(以實直告)하라. 어물거리는 사이에 누명쓸까 두렵다.

그러나 배짱을 갖고 충직(忠直)된 마음으로 직언(直言)을 한다면 그 광영(光榮)은 당신의 것만이 아니오 모두의 것이 되어 업보(業報)를 쌓는 것과 같다. 명예(名譽)도 얻고 실리(實利)도 얻으리라.

### 6월

모든 일이 순조롭게 진행되어 심신(心身)의 안정을 찾겠고, 모사순성(謀事順成)하여 대업(大業)을 이룩하는 운세로다.

비록 외로운 기러기였다 하겠지만 외로운 기러기가 무리를 만났으니 이보다 더 기쁠수 있으랴.

슬픔이 기쁨으로 변하고 가난이 풍요로 변하는 대길운(大吉運)이다. 마음껏 뛰어라! 다만 그림자처럼 따라다니는 주색(酒色)은 면할 길이 없겠고, 부모 형제와의 갈등은 아내로부터 발생되겠으니 이해(理解)와 설득(說得)으로 진정(鎭靜)시켜라.

### 7월

수양산 그늘에 강동팔십리(江東八十里)라는 속담이 있듯이 느긋하고 멀리 생각하며 기다리는 자세로 매사에 임하라.

함부로 덤비고 함부로 서두르다가는 될 일도 안되고 몸만 망치는 일 있게 된다. 또한 고집을 부려 보고 싶은 강력한 마음도 충동이겠지만 이것도 안된다.

다만 참고 기다리는 사이에 기쁜 소식 전하는 사람 있겠으니 이 자가 곧 귀인(貴人)인줄 알라. 늦게 발복(發福)하고 늦게 개운(開運)하리라.

### 8월

태평성대(太平聖代)에 봉황(鳳凰)이 하늘을 날고 용(龍)이 등천(登天)한다.

천지(天地)가 개운(開運)하여 음양(陰陽)의 기(氣)가 감돌고 있으니 필경 경사(慶事)가 있겠고 작게 베풀었던 공덕(功德)은 큰 공덕(功德)으로 변하여 천혜(天惠)를 입은 것과 같겠다.

더욱 겸손하고 사양하라. 덕(德)을 지킬줄 안다는 것은 쌓기보다 더 어려우니라. 다만 수액(水厄)이 염려된다. 물놀이를 삼가하라.

### 9월

당(唐)나라의 삼장법사(三臟法師)가 팔만대장경(八萬大臟經)을 받아 이로써 만민(萬民)에게 설법(說法)하고 뭇중생(衆生)들을 구원했음이니라.

비록 불법(佛法)은 아닐지라도 덕담(德談)으로써 아랫사람에게 들려주고 칭찬으로써 포용하라. 주위로부터 칭찬에 인색하다는 말을 듣겠고 자기본위(自己本位)가 강하여 고집불통이라는 말 들을 수 있는 계기가 있겠다. 심하면 고립되어 친구 잃고 번민한다.

### 10월

머리는 있으나 꼬리가 없으니 유두무미(有頭無尾)형상이요, 범을 그리려하나 범의 얼굴은 그려지지 않고 고양이 얼굴이 그려지는 형상이니 어찌하랴.

번거로움과 수고로움은 많겠지만 크게 기대하지는 말라. 소득이 시원치 않다.

또한 베풀고 적선(積善)한 것으로 보람을 느껴라. 댓가를 바라고 베푼 일이었다면 크게 실망하고 공허(空虛)한 마음 메꿀길 없어 장탄식(長嘆息)하는 일 있게 된다.

### 11월

하늘과 땅은 만물을 기르고 성인(聖人)은 어진 인재(人材)를 기르며 음식은 사람의 육체(肉體)를 기르는 법이다.

그러나 우주의 섭리(攝理)는 이렇게 기르는 법만 있는 것이 아니오, 생극(生剋)하여 유한(有限)으로 기르는 법도 있다는 것을 알라.

지금의 부귀영화(富貴榮華)와 공명(功名)은 유한(有限)의 것이다. 소중히 가꾸고 다듬어라. 얼음판에 금이 가듯 금이가는 소리 들리겠고 놀라는 일 있겠으니 수상인(手上人)과의 대인관계(對人關係)에서 원인이 되리라.

### 12월

초(楚)나라의 항우(羽)가 낙양성(洛陽城)을 함락시키고 의기양양하도록 자만하다가 마침내 나라를 잃고 말았던 것처럼 인간의 범사(凡事)란 자만과 만용으로는 통하지 않는 법이다. 오직 겸손과 사양하는 가운데 통(通)하여 이루어지는 순행(順行)의 이치(理致)를 갖고 있느니라.

자기꾀에 자기가 걸려드는 어리석음도 있겠고 빠른 두뇌회전으로 약삭빠른 행동을 한다는 것이 도리어 화근(禍根)이 되어 손재(損財)하는 경우도 있겠으니 살피고 살펴 처신하라.

# 13운(十三運)

"오등은 자에 아 조선의 독립국임과 조선인의 자주민임을 선언하노라. 차로써 세계만방에 고하야 인류평등의 대의를 극명하며 차로써 자손만대에 고하야 민족자존의 정권(政權)을 영유케하노라" 했던 독립선언문을 되새기며 그대의 운기를 비유하노라.

그대의 외침은 나만을 위한 외침이 아니요 공익(公益)을 위한 외침이노니 그 우렁찬 소리는 고을고을 마다 메아리쳐 울려 퍼지리라.

하늘로부터의 뜻인 줄 알고 오직 바르게만 행하라. 만국민으로부터 칭송이 자자하겠다.

## 1월

뜻하지 않게 늪에 빠져 허우적거리는 형상이니 살펴 행동하라. 음양(陰陽)이 짝을 이루어 한쌍이 되었거늘 어찌하여 두 여인이 한 남자를 섬기는 형상이 되었드냐.

반목과 질시와 갈등이 뒤엉켜 머리와 꼬리를 분간치 못하겠으니 원행(遠行)도 삼가하고 큰 일을 다루는 일에도 삼가하라.

오직 가정과 직장에만 충실하라.

경거망동(輕擧妄動)한 처신으로 봉변할까 두렵다.

## 2월

입신양명(立身揚名)할 수 있는 절호의 기회다. 기회를 놓치지 말라.

인명호재피(人名虎在皮)라는 옛말이 있듯이 인간으로 태어나 오직 남기고 가는 것이 있다면 이름 석자 뿐이거늘 더이상 또 무엇이 있으랴.

앞으로의 인생행로(人生行路)에 중대한 관문(官門)과도 같으니 실기(失機)하지 말고 최선을 다하라. 물론 심하게 달려드는 경쟁자 있겠지만 그대의 운세는 포효하는 범과도 같아 뜻한대로 이루리라.

### 3월

자녀에게 정(情)을 쏟고 가정에 봉사하라. 친구나 또는 우연한 일로 인하여 한가지 일에 두 마음이 생기고 이성으로 인하여 두 곳에 정을 주는 일이 생기겠기에 일러두는 말이다. 또, 매매(賣買)의 건도 첫번째의 손님을 놓치면 쉽게 손님을 만나기 어려우니 첫 임자가 적임자인 줄 알아라. 더불어 하고 있는 일에 짜증이 나고 권태스러워 신규사업을 추진하려 한다고 하겠지만 업종변경은 손재(損財)를 면키 어려우니 심사숙고 하라.

### 4월

초원(草原)의 광야(廣野)에서 벗을 만난 형상이니 발전의 기상이 엿보인다.

침체의 늪에서 벗어나 서서히 발복(發福)하는 운세로 접어드는 때다. 그동안 뼈를 깍는 아픔과 고통도 있었지만 모두를 잊어라. 우연한 기회로 만난 사람의 도움말에 귀를 기울여라. 곧 그대에게 만금(萬金)을 주는 의인(義人)이오, 형복(亨福)을 주는 귀인(貴人)이다. 의외(意外)의 수가 도사리고 있어 때 아닌 횡재(橫財)도 하겠다.

### 5월

집안에 노인(老人)을 모신 사람은 환(患)이 있겠고 혼담(婚談)을 하고 있는 집에서는 혼사(婚事)가 쉽게 이루어지지 않겠으니 다른 곳에서 연(緣)을 찾아라. 연(緣)이란 천생(天生)으로 맺어지는 법. 억지의 연(緣)은 있을 수 없는 것이다. 또한 믿었던 사람이나 가까운 사람으로부터 궂은 말 듣고 배신감마저 느끼는 일도 있겠지만 한때 스치고 지나가는 구설에 불과하니 잊어라. 곧 굴복하고 사과하는 모습 보여 주리라.

### 6월

봄볕에 새싹이 돋아나더니 어느덧 무성한 초원(草原)으로 변한 형상이로다.

소극적인 행동에서 적극적인 행동으로 전환하라. 물러서면 불리(不利)하고 전진(前進)하면 얻을 수니 무엇에 그렇게도 미련이 남아 맞서리고 있드냐. 정치인, 사업가는 크게 대성(大成)할 운세로다.

야망(野望)을 가져라. 큰 뜻을 이루리라. 곡식도 때를 찾아 거두어 들이는 법이다. 때가 지나면 반(半)은 걷고 반(半)은 실(失)하는 것과 같으니 시간이 흘러갈까 두렵다.

### 7월

명나라의 주원장이 원나라를 치고 등극할 줄은 아무도 몰랐던 것처럼 그동안 될듯 말듯 주춤주춤 이리 속고, 저리 속고 했기에 세상 모두들 악(惡)의 손으로만 보겠지만 선(善)의 손도 있어 귀인(貴人)을 만나겠다. 이 손은 그림자와 같이 아무도 모르게 찾아와 그대를 안내하는 것과 같다.

천하대권(天下大權)을 잡을 수도 있는 대운(大運)에 귀인(貴人)을 만난다는 것은 하늘에서 내려온 천사(天使)로 알고 맞이하라.

소식 들어 기쁘고 만남있어 기쁜일 있겠다.

### 8월

옥(玉)은 갈수록 빛이 나고 샘물은 퍼서 쓰므로 물맛이 난다는 옛말과 같이 알고 있는 지혜와 지식을 활용하고 자금을 유통시켜야 할 때임에도 지혜와 지식을 감추고 자금 활용을 못하니 답답하구나.

오직 소심(小心)한 성격과 믿지 못하는 마음의 그림자가 너무 짙기 때문인가 하노니, 얻는 것보다 잃는 것이 많은 줄 알라.

투기, 도박, 증권 등으로 한때의 재미도 있겠고 아이디어의 발상이나 제공으로 칭송도 받겠다.

### 9월

일지이화(一枝二花)라, 가지 하나에 두송이의 꽃이 피었으니 이 꽃을 꺾을까, 저 꽃을 꺾을까 하는 형상이다.

기혼자는 이성문제가 발생하겠고 미혼자는 쌍혼(雙婚)이 되어 망설이는 중에 두곳 모두 놓치겠으니 속단을 요한다.

그러나 후자를 원하리라. 늦게 들어온 혼담(婚談)에 가약(假約)을 맺음은 진혼(眞婚)이다.

직장인은 업무로 인한 구설 또는 문책성 힐책이 있겠으니 만반유의 하기 바란다.

### 10월

오뚜기 인생과 같구나.

생활에 굴곡이 심하여 희비(喜悲)가 엇갈리는 쌍곡선(雙曲線)의 운세로니 어떻게 보면 흐렸다, 개었다하는 변덕스러운 날씨와도 같구나. 그뿐인가 마음 또한 변덕스러워 이랬다 저랬다하는 일 있겠으니 나를 탓하기전에 운기(運氣)를 탓하라.

침체된 운세이니 이런 때는 큰 일을 성사시키려 하지말며 큰 일에 서명날인 하지 말라. 하자 발생할 우려가 많기 때문이다.

### 11월

평탄한 가운데 근심이 있고 두려움이 있음은 범의 꼬리를 밟은 형상과 같기 때문이다. 그러나 두려움을 갖지 말고 침착과 온유함을 잊지 말라. 주위로부터 보호받고 존경받아 모자람을 덮어줄 수 있는 여건이 구비되었기 때문이다. 조직의 리더로서 역할을 담당하고 있는 사람이라면 길한 운세이니 기회를 잃지 말고 본운(本運)에서 명성(名聲)을 얻기 바라노라. 이는 곧 공유(共有)의 명성이오, 공동의 이익을 위한 명성이리라.

### 12월

속담에 "오라는 딸은 안오고 오지 말라는 며느리만 온다"는 말이 있듯이 기다리는 사람은 오지 않고 반갑지 않은 손님만 찾아온다는 말로 예상치 못한 불청객(不請客)을 만나는 격이니 필경 밤손님도 되리라. 밤낮을 가리지 말고 문단속에 철저하라. 실물수(失物數)있어 일러두는 말이다.

또한 매사에 짜증스러움과 권태로움도 있으니 부정적 사고보다 긍정적 사고를 갖고 일을 처리한다면 무난하리라.

# 14운(十四運)

추감상절(秋感傷節)

하사독비(何事獨悲)드냐.

가을은 감상의 계절이라 하지만 무슨일로 홀로 슬퍼하느냐.

천사만려(千思萬慮)

별무신통(別無神通)이라.

천가지 만가지를 생각해보아도 별로 신통한 일이 없구나.

다사다난하고 번뇌와 번민이 많아 홀로 고심하는 운질이니 선배나 동료를 찾아 협조와 자문을 구하라. 아니면 종교에 의지하여 마음의 안정을 찾아라. 염세자 될까 두렵다.

### 1월

양반은 얼어 죽어도 잿불을 안 쪼인다는 말이 있다. 그대의 대쪽같은 마음은 옛 선비의 충절(忠節)을 무색케 하나 한편으로는 고집때문에 소득없는 일로 고군분투 하겠다. 양보하는 것을 미덕(美德)이라고 하지만 양보는 곧 소득의 생산과도 같으니 뒷날을 생각하여 한발 물러서라. 이로인한 이익의 증대가 크다. 공연한 말잔치에 끼어들어 따가운 눈총도 받는 일 있다. 자리를 피하라.

### 2월

근묵자흑(近墨子黑)이라는 말이 있다. 사람은 그 사귀는 벗에 따라 변한다는 뜻으로 해석되는데 순탄한 운세와 온화한 성격을 이용하여 파고드는 자 있겠다. 이를 거절하지 못하고 뇌화부동한다면 그사람 요즈음 변했다는 말을 듣게 되며 색깔있는 사람으로 낙인되어 어렵게 쌓아놓은 공(功)을 무너뜨리는 결과를 낳게 되리라. 분명 의(義)롭지 못한 일에 가담하는 일이니 소신을 지켜라.

### 3월

닭의 갈비는 먹는것도 시원치 않지만 또 그것을 버리고자 하나 어딘가 모르게 아까운 생각이 들어 버리지 못하는 것이 닭갈비다. 이와 같이 당신도 하고자 하나 신통치 않고 안하자니 서운하여 어딘가 마음이 허전하도록 우왕좌왕 하는 일 있다.

그래도 지금의 닭갈비를 먹는 것에 만족을 느끼고 마음을 진정하라. 쇠운에 동(動)하면 손(損)하는 법, 정(靜)하여 지키는데 힘쓸 때다.

### 4월

솔 심어 정자 만든다는 속담과 같이 너무 조급하게 생각치 말고 느긋한 자세를 가져라. 일익번창하도록 속전속결 하고싶은 마음은 오직 마음일뿐 운(運)이 따라 주지를 못하여 현상유지에 급급하겠기에 일러두는 말이다. 또한 내 사람이라고 하는 측근으로부터 섭섭한 말을 듣고 분노함도 있겠지만 참아라. 지금 희고 검은 것을 가릴 수도 없고, 가려보았자 신통치 않아 오히려 마음만 괴로울 뿐이다.

### 5월

손바닥 하나로 소리를 낼 수 있다고 생각하는가. 만약 한손으로 소리를 낼 수 있다고 한다면 지금 해보라. 물론 소리가 나지 않을 것이다. 두 손뼉을 마주쳐야 소리가 나는 것처럼 인간생활도 공동생활을 하므로 사회의 발전을 기하듯 그대의 독선 또는 일방통행적인 가계운영이나 경영은 그대로로는 발전을 기하기 어려우니 가정에서는 부부협력을 얻고 사업경영자는 보조자 또는 동업자의 협력을 얻어 성장시켜라. 혼자의 힘으로는 견디기 어렵다.

### 6월

모기에 노하여 칼을 빼들고 덤비는 형상이니 어처구니 없는 일이로다.

조그마한 것에 화를 잘내고, 조그마한 일을 갖고도 겁을 먹으며, 하찮은 일에도 큰 것처럼 크게 생각하여 일을 어렵게 만드는 일 있으니 대범하게 생각하고 용기를 가져라. 본래 소심(小心)한 성격의 탓도 있겠지만 운세의 탓도 있어 하는 말이다.

부부의 정이 멀어지는 것도 순간의 탓으로 돌리고 상호 이해로써 애정을 돈독히 하라. 가정불화 있게 된다.

## 7월

노(魯)나라의 미생(尾生)이라는 사람이 어떤 여인과 만나기로 약속해 놓고 그 약속된 날만을 손꼽아 기다리던 중 끝내는 약속된 날만이라도 기다려 주지 못한 채 불귀의 객(客)이 되고 말았다는 고사(古事)가 있다.

이와 같이 쇠운에는 매사불성(每事不成)하는 일 많으니 운을 알았다면 근신 자중하라. 지혜는 있으나 혼자의 힘으로 이루기 어려운 것도 이때문으로 보조자의 협력이 시급하게 요청되는 때이다.

## 8월

값으로 헤아릴 수 없는 불로초(不老草)의 선약(仙藥)을 구한 상이다.

삼인일석(三人一席)하여 주향(酒香)과 가무(歌舞)를 베푸는 중에 큰 것을 얻어내는 일 있겠고, 상품 제조업에 종사하는 사람이라면 힛트 상품 하나 나오겠다.

그동안 봇물 막히듯 막혔던 운세 서서히 뚫리기 시작하여 회춘(回春)하는 것과 같으니 미수금(未收金)과 재고(在庫)가 줄어들면서 회복되리라.

## 9월

제나라의 전영이라는 사람이 한나라와 위나라를 쳐서 싸워 이기므로 후에 전공(戰功)을 높이 평가받아 제상자리에 오르게 된 것처럼 인간의 운이란 돌고 도는 것이다.

지금 호운(好運)을 맞고 있으니 큰 전공(戰功)이 있으리라. 사업확장, 투자, 교섭 등에 주적하지 말고 몸을 던져라. 불화관계에 있던 거래선 및 연인관계도 다시 맺음 있게 된다.

꽃을 피우기까지의 수고로운 계절을 지나 열매를 거두어 들이는 수

확의 계절과도 같다.

### 10월

한(漢)나라의 이능(李陵)이라는 사람이 마침내 흉노에 항복하고 두 나라를 섬긴 일이 있다. 의지가 굳지 못하고 갈팡질팡하여 이 사람에게 아첨하고 저 사람에 아첨하는 형상과도 같으니 소신을 요하는 때인 줄 알라.

더불어 공상(空想)에 사로잡혀 헤어나지 못하고 우울하도록 울적한 때도 있겠고 되지도 않을 일 만들어 헛수고 하는 일도 있겠다.

다만 여자라면 두 낭군을 섬기는 일 있겠으니 삼각관계로까지 갈까 염려된다.

### 11월

심기일전하여 상승일로에 있는 대운(大運)을 잡아라. 오랫동안 염려하고 구상하던 일이 점차 풀리겠으며 원만하게 해결되리라. 사업가는 정보입수에 민감하게 대처할 때 여기에서 큰 수익 얻을 것이며 공직자는 예상치 못한 출장등이 있고 남녀관계 또한 만남 있어 열애(熱愛)하는 일 있으리라.

그러나 근친자간에 금전거래는 끊어라. 이것은 보이지 않는 불씨와 같아 이로인한 문제로 의절하고 단교하는 일 있을까 두렵다.

### 12월

제(齊)나라의 맹씨(孟氏)라는 부인은 엄동설한에 전쟁터에 나가 싸우는 남편을 생각하여 따뜻한 옷을 보내주고 격려해준 덕택으로 싸움에 이겼다는 고사처럼 당신 역시 당신을 위한 협력자 나타나 협조해 주겠으니 협력에 응하라.

혼자의 힘으로는 능력부족이다. 특히 내조(內助)의 힘은 더욱 강하여 큰 힘이 되겠으니 알선 및 교섭, 수금, 거래선 확장 등에 나서도록 한다면 대어(大魚)도 낚아 오겠다.

# 15운(十五運)

자로(子路)가 공자께 선비의 꿋꿋함이란 무엇입니까 하고 물으니 공자왈 "나라에 도(道)가 행하여 질때에는 옹색하더라도 지조를 잃지 않으니 굳세고 꿋꿋하며 나라에 도(道)가 없어 무도(無道)해 죽음에 이를지라도 지조를 변치않으니 곧 세고 꿋꿋한 것이라"고 한 중용(中庸)의 일편에 전한다.

어찌 지조를 지킴이 충신에게만 있을 수 있단 말인가. 상하관계나, 남녀관계에도 바른대로의 행실이 곧 지조를 지킴과 같으니라. 중심을 잃고 허한 소리에 귀를 기울이고 몸을 담는다면 그 원망의 소리는 사해까지 번지리라.

### 1월

늙었다고 하는 것은 젊음을 거친 과정이오 젊었다고 하는 것은 늙음의 길목에 있다는 말이다.

옛글에도 온고지신(溫古知新)이라는 말이 있는 것처럼 어찌 늙고 쇠함을 업신 여기려 하느냐. 부모의 늙음은 나를 애써 키워준 산물이거늘…

이 말을 하고 있는 것은 부모문제로 인한 가족간의 불화가 있어 꾸짖고자 한 말이니 부모공양(父母供養)에 극진하라. 부모의 우환 및 가족의 우환도 걱정된다.

### 2월

활을 쓰려면 강한 것을 쓰고
화살을 쓰려면 긴—것을 쓰며
사람을 쏘려면 말(馬)을 쏘고
적을 잡으려면 임금을 잡으라는 말이 있다.

나보다 못한 하급자나 수하인(手下人) 또는 가정에서의 아내와 자식을 들들볶는 일 있겠으니 이보다 더 못난 짓 어디 있으랴. 강한 자에 약하고 약한 자에 강하다는 것은 졸부의 기질이니 위를 상대로 하여 처신하라. 쪼개진 주식(株式)은 손(損)하고 뭉쳐진 주식(株式)에서 득(得)하리라.

### 3월

"들 중은 소금을 먹고 산 중은 나물을 먹는다"라는 속담과 같이 무슨 일이든 여건과 사정이 허락하는 범위내에서만 해야지 무리는 하지 말라는 뜻이다.

지금은 옛 것을 지키고 보존하며 관리하는 데에만 힘써야지 새로운 것을 추진하고 개발하려는 것은 때가 아닌줄 알라. 무리하다 보면 순리의 역행과 같아 재기(再起)하기 어려운 줄 알고 관리보존하는 데만 힘써라.

### 4월

바둑만큼 살생(殺生)을 업(業)으로 삼는 것도 없다. 이 세상 모든 이치는 죽으면 그것으로 끝이건만 죽었어도 죽은 것이 아니고 다시 살아날 수 있는 묘수(妙數)가 있는 것은 바둑 뿐이니 역시 신선(神仙)의 도(道)인가 한다. 당신도 지금의 곤고함에 쫓기고 피하지만 말라. 다시한번 넓은 포석전(布石戰)을 펴 역전을 시도해 보라. 앉은 자리 좌변서북간에서 귀살이를 하라.

그곳에 묘수(妙數)가 있고 그곳이 승부처(勝負處)가 되어 그곳에서 기사회생(起事回生)하리라.

### 5월

한(漢)나라의 원제라는 사람이 흉노에게 끌려간 왕소군을 어찌나 애타게 돌아오기만을 갈망했던지 매일밤 꿈에 나타나 서로가 만났다는 고사처럼 그대의 마음속에 오래도록 묻혀있던 연인을 만나는 형상이니 기쁘지 않을소냐.

또한 실직자는 구직되고 전직자는 오히려 복이 되며 걱정근심 모두는 해결되겠다. 다만 한 곳에서 만족을 주지 못하여 실망하는 일 있겠지만 대수롭지 않으니 다행인줄 알라.

### 6월

"손톱밑에 가시든 줄은 알아도 염통밑에 쉬쓰는 줄은 모른다"는 말처럼 사소하고 작은 일에는 민감하여 영특하기로는 날쌘 제비와도 같으나 큰일이나 큰 이익에는 어두어 엉뚱한 발상을 하고 있기에 한 말이다. 어찌하여 대어(大魚)가 눈앞에 있음에도 이를 보지 못하고 송사리만 잡으려 하는가. 나에게 힘이 부족하다면 원군을 청해서라도 대어(大魚)를 낚아라. 그물안에 끌려 들어오는 것은 시간문제일 뿐이다.

### 7월

작은 것보다는 오히려 큰 것을 얻을 수 있는 기회가 또 오고 있다. 웅지(雄志)를 세우고 비약 발전에 기여할 수 있는 기틀을 마련하라. 힘이 부족하다면 속시원하게 털어놓고 근친자에게 협력을 요청한다면 기꺼이 승락을 얻어내리라. 단 초로(初老)의 신사숙녀에게 일러둔다. 젊은 사람에게 마음을 빼앗겨 고심하는 일 있겠으니 깊은 정 생길까 두렵다. 차라리 없었던 일이라면 좋으련만 있고 보면 그 파문은 걷잡을 수 없으리라.

### 8월

"부모와 돈은 살아 있을 때 사용하라"는 말이 있다. 아무리 돈버는 재주가 능하다 할지라도 돈이 따라 주지 않으면 잡지 못하는 것이 철저한 "돈의 철학"이다.

기어코 놓칠 수 없는 재운(財運)이 소나기처럼 몰려들어 오고 있으니 힘껏 뛰어라. 시간은 지혜로써 활용할 때 보람을 주는 것일뿐 결코 머뭇거리면 기다려 주지 않는 법이다. 지혜로운 자는 이 말을 듣고 활용할 것이며 지혜롭지 못한 자는 후에야 알리라.

### 9월

하룻밤의 허전함을 달래기 위하여 네온가를 누비고 다녀 보아도 시원치 않고 목청높여 야호를 불러 보아도 시원치 않구나. 친구는 어디 가고, 연인은 어디갔드냐.

홀로선 인생 한없이 외로워 슬픔을 가누지 못하는 형상이니 먼저 돈을 움직이지 말라. 재화(災禍)가 뒤따른다.

검은 그림자의 마수(魔手)에 걸려들어 탕진할까 두렵고 건강까지 두렵다.

### 10월

"까기 전에 병아리 세어보지 말라"는 속담처럼 무슨 일이든지 이루어지기 전에는 그 이익을 따지지 말며, 그 이익으로 다른 것에까지 투자하여 일확천금이라도 벌어들일 듯 떠벌이는 사람을 보고 하는 말이다.

시작도 하기전에 화려한 계획을 세워 방대한 꿈을 갖고 있겠지만 결과는 신통치 않겠으니 어찌하랴. 원인은 기밀누설도 있다. 오직 바라건데 아무리 친한 벗이라 하더라도 성사되기 전에는 입을 닫고 혀를 감춘다면 가능하리라.

### 11월

"아름다운 꽃이 가시가 많다"는 말처럼 당신은 빼어난 미모의 여성을 알게 될 것이고 또 접하는 기회를 만나게 될 것이다.

그의 용모와 화술에 자신도 모르게 마음이 동하든차, 간단한 농담을 던진 것이 기묘한 인연이 되어 오랜 연분으로 화하겠으니 기혼자는 화(禍)요 미혼자는 복(福)이라. 기혼자는 들어라.

잠시의 연으로 끝을 마무리 한다면 좋으련만 길어진다면 만병의 근원과 같아 큰 화(禍)있으리라.

### 12월

남성은 바라는 대로의 지위나 보직이 뚜렷하도록 길함이 없지만 여성이라면 상사로부터의 총애와 신임을 두텁게 받아 경사로운 일 있겠다.

특히 남성은 자기의 평운(平運)을 알고 미인계(美人計)를 활용한다면 의외의 수확을 얻는 일 있으니 아내의 내조(內助)를 기대한다든가 또는 여자를 앞세워 대사(大事)에 관여케 하는 것도 슬기로운 방법인줄 알라.

# 16운(十六運)

**총운**

지구촌에 수없이 널려 있는 인종과 민족들은 각각 자기민족의 신화나 기원을 갖고 있는데 우리 민족과 같이 홍익인간(弘益人間)이라는 인본정신(人本精神)을 갖고 있는 나라는 없으니 어찌 자랑스럽지 않을 수 있으랴. 사람이 사람으로서의 도리를 다함은 곧 사람답게 살기 위함이니 나만을 위한 삶을 살려 애쓰지 말라. 배달의 피를 받은 민족의 후예답게 너, 나, 우리 모두 함께 사는 공생정신을 가져라.

**1월**

당신은 백을 잡고 상대는 흑을 잡아 바둑을 두고 있다. 초반부터 흑의 공세로 계속 따라만 다니는 꼴이 되어 모양도 없고 집도 부족하여 패하는 국면으로 접어들고 있을 때 뜻하지 않게도 흑이 패착하므로 이를 잡고 역공을 취하니 흑은 추풍낙엽처럼 떨어지기 시작하는구나.

이 말은 곧 지금의 곤고함을 이기고 끝까지 버티라는 말이다. 도중하차 하면 손실이 크고 끝까지 지키는 사이에 전화위복되어 행운을 얻는 기쁨 있으리라.

**2월**

기호지세(騎虎之勢)란 호랑이 등에 타고 앉아 호랑이가 달리다 자기 힘에 지쳐 쓰러질 때까지 버티고 앉아 있으라는 인내의 말이다.

모처럼 맞는 명쾌한 운세이니 힘을 발휘하라. 어떠한 일을 함에도 실패가 적고 성사될 수 있는 운이다. 하루에 새벽은 두번 오지 않는 법이며 세월은 사람을 기다려 주지 않는다는 말을 금언(金言)으로 삼아라.

독점력이 지나쳐 타로부터 멸시와 질타를 받는 일 있겠고 인색하다는 말도 듣겠지만 이 세상 욕심없는 사람 어디 있드냐.

### 3월

내가 동(東)이냐고 물으면 당신은 서(西)라고 대답하니 이것이 동문서답(東問西答)이로다. 사리(事理)와 이치(理致)가 분명하다 함은 뭇사람들의 공통된 의견이거늘 어찌하여 나만은 아니라고 고집을 부리느냐.

가족의 의견에 따르고 벗과 동료의 말에 귀를 기울여라. 독불장군처럼 아집하는 일 있어 주위로부터 따가운 눈총 면할 바 없고 그 상처는 깊고 크리라. 연인관계에 마찰도 있으니 양보하면 편하리라.

### 4월

물고기는 물을 타고 새는 바람을 타며 지혜로운 자는 기세를 탄다는 말이 있다. 밀고 당기는 왕성한 운세가 찾아들고 있으니 뜻을 세워라.

다만 눈에 보이지 않는 경쟁자로부터 심한 도전을 받고 있는 것이 마음에 걸리나 떳떳하고 당당한 일이라면 무난하리라. 가족에게 경사 있고 나에게 즐거운 일 있어 크게 웃어 보는 일 있겠으며, 이사하므로 개운발복(開運發福)하리라.

### 5월

수입보다 지출이 많아 수지균형(收支均衡)이 맞지를 않으니 적자(赤字)를 면치 못하리라. 뜰 앞에 돈 열매를 맺어주는 정자나무가 있다한들 돈 따내기에 바쁘니 이는 곧 지출을 의미함이다.

오직 근검절약이 약(藥)일 뿐이다. 투자도 무리하고 주식매입도 무리하여 결과적으로는 구멍 뚫린 지갑과 같겠기에 일러두는 말이다.

예상치 못한 지출도 있으리라.

### 6월

사나운 말의 고삐는 정면에서 잡아라 하는 말이 있다.

대담하게 부딪쳐 보라. 비록 소리는 요란하겠지만 일약 큰 것을 잡으리라. 인기 스타란 오랜 관록이 있어야 탄생되는 것이지만 어느날 갑자기, 샛별처럼 떠오르는 스타도 있는 것처럼 조그마한 것으로 힛트를 친다든가 또는 대수롭지 않던 물건(物件)이 고가품(高價品)이 되어 횡재하는 경우도 있으리라.

## 7월

눈앞에 얼씬거리는 명예와 권세를 휘어잡지 못함은 주저와 망설임이 앞서 칼을 뽑지 못하는 격이니 한심하구나. 인생살이에 때로는 승부(勝負)의 근성도 필요한 법이오, 이러한 기질도 있어야 하노니 소심(小心)함을 버리고 대범하게 뛰어들어라. 반드시 얻으리라. 또한 윗사람이나 윗기관과의 담판(談判)도 있겠지만 역시 대범한 기질을 발휘한다면 명예와 이(利)를 얻겠지만 주저하고 망설인다면 그물안에 고기도 놓치고 말리라.

## 8월

군자(君子)의 교제는 담담하면서도 친밀도가 있고 소인(小人)의 교제는 달콤하면서도 단교하다는 옛성인의 말씀이 있다.

감언이설에 현혹되어 동분서주하는 사이에 잃는 것이 많다고 느끼겠으니 이때는 이미 늦은 줄 알라. 다만 현실을 빨리 파악하여 속단을 내리고 물러선다면 후회하는 일 없으리라. 일확천금이란 사전의 낱말에 불과한 말이다. 현실적으로는 불가한 것, 결코 그대의 것이 아니다.

## 9월

군자(君子)는 위태롭고 사나운 곳에 가지 않는다는 말이 있다. 현명한 자는 아무것, 아무곳에나 덤벼들지 않는다는 말은 금언(金言)이지만 이는 곧 그대의 운세와 같다.

혈기만 믿고 산이나 바다에 뛰어들지 말라. 사람을 놀라게 하는 일 있으리라. "사슴을 쫓는 자는 산을 보지 못하고 돈을 움퀴는 자는 사람을 보지 못한다"라는 말로 주의를 당부한다.

## 10월

상사실지빈(相士失之貧)이라.

선비가 너무 가난해도 세상 사람들이 알아주지를 않는다는 말이다.

공연한 허세와 허풍으로 무슨 소득이 있드냐, 내실(內實)이 없는 것을…. 모든 것은 공리공담(空理空談)에 불과할 뿐이니 실리(實利)를 찾아라.

지금 부딪치고 있는 현실은 겉은 화려하나 소득없는 일이기 때문이다. 내실만 다진다면 이름 있는 선비되어 그대 이름 명진사해(名振四海)하리라.

### 11월

배삯 없는 놈이 배에 먼저 오른다는 속담과 같이 엉뚱하게 당신의 라이벌로 등장하여 괴롭히는 일 있겠고, 생각밖에 있던 사람이 끼어 들어 한 몫을 하려고 덤벼들어 마음의 걸림돌이 되겠다. 정에 끌리거나 동정에 말려들지 말라. 주객(主客)이 바뀔까 염려된다.

가까운 사람에게 믿고 한 말이 오히려 이것이 빌미가 되어 역습을 당하는 일도 있으니 정보나 설계관리에 철저하기 바란다.

### 12월

석가의 설법은 당당하여 사자가 짖는 것과 같으며 그의 말씀은 우뢰가 울려 퍼지는 것처럼 들렸다는 법문이 있다.

교직자, 성직자, 정치가는 강의, 설교, 연설회 등에서 크게 명성을 얻겠고 그 후광(後光)으로 명예를 얻는 일 또 있으리라.

동(東)에 길성(吉星)이 비치고 남(南)에 흉성(凶星)이 있으며 서북(西北)쪽에서 소식 있겠으니 기쁨이 충만하리라.

# 17운(十七運)

## 총운

이석파피(以石破皮)

근고성공(勤苦成功)이요.

돌로써 가죽을 찢으려 하나 노력하고 고생해야 그 가죽이 찢어지리라.

노심고초(勞心苦焦)

종유형통(終有亨通)이라.

많은 노력과 고초를 겪어야 비로서 성공하리라.

노력없는 성공을 기대할 수 없는 운질이니 분발하라. 험한 파도 속에서 기우뚱거리며 노를 젓는 뱃사공과도 같으니 어느 의인이 있어 도와 주려 하겠는가?

### 1월

당(唐)나라의 현종(玄宗)이 안록산의 난(亂)이 너무나도 오래 계속되고 군졸들의 사기(士氣)마저 떨어져 한때는 포기하고 돌아설까도 하였으나 끈질긴 집념 하나로 어지러운 난(亂)을 평정(平征)한 일이 있듯이 지금의 역경을 인내(忍耐)로 견더라. 다된 밥 숟가락질만 하면 될 것을……, 자기와의 싸움에서 이기는 자만이 최후의 승리자가 된다.

권태와 짜증이 많겠지만 슬기롭게 처신하라. 광명(光明)이 찾아들고 있다.

### 2월

"새벽 달 보려고 으스름 달 안 본다"라는 속담이 있다. 이 말은 즉 아직 되지도 않는 미래의 꿈만 믿고 지금의 일은 거뜰떠 보지도 않는다는 말이다.

어찌하여 작은 것을 버리고 큰 것만 얻으려 하는가. 한아름의 꽃다

발도 한송이의 꽃이 모여 꽃다발을 만들었듯 작은 것에서 짭짤한 재미를 보겠으니 작은 것부터 취하라.

소리없이 불어나는 재물은 눈송이처럼 부풀어 오르리라.

### 3 월

세상만사 모든 것이 꿈만 같다 하겠지만 일기당천한 운세는 노도와 같아 맨손으로 범을 잡는 운세로다. 집에 있으므로 정신이 산만하고 건강에 불리하니 원행하라. 원행하므로 길한 일 있겠다.

다만 구설이 있겠고 도둑과 실물수 있으니 주의를 요한다.

재운(財運)이 대길하여 수출무역업에 종사하는 자는 최상의 길운이다.

### 4 월

제나라의 병법가(兵法家) 손자(孫子)는 당대의 강국이었던 진나라를 격퇴시킬 때 힘으로 물리친 것이 아니라 손자의 뛰어난 전략이 있었기에 승전했던 것처럼 그대의 지혜가 발휘되어 위기를 면하는 일 있겠고 기로의 갈림길에서 용하게도 적중하는 일 있겠으니 예지능력(豫知能力)의 발달도 있겠지만 모두는 요행수라는 재수가 따라주고 밀어주는 호운(好運)이 있었기 때문인 줄 알라.

### 5 월

전진을 위한 일보 후퇴는 후퇴가 아니고 다음의 전진을 위한 힘의 축적과 같이 지금 곧 행운을 잡고 보람을 느끼는 정도는 아니나 화려한 인생가도를 마음껏 달릴 수 있는 발판과도 같으니 일의 방향을 수정하지 말고 그대로 전진하라. 그 결실은 눈에 보이는 듯 선하다. 단 가정에 우환이 있거나 또는 당신의 건강에 적신호가 보이니 조기 검진토록 하라.

### 6 월

마음의 결심 하나로 명암(明暗)이 엇갈리는 극단의 운세로다. 목적을 위하여는 배가의 노력이 필요하며 어렵게 달성하겠다. 그러나 자만과 방심으로 처리한다면 신용의 실추는 물론 거래선이 중단되고 남는 것은 오직 부채뿐이리라.

근면과 성실 그리고 신뢰로 상대를 제압하라. 이것만이 그대의 자산이며 공격과 방어를 겸비한 유일한 무기로 삼아야 하기 때문이다.

### 7월

산은 높고 길은 험하지만 가끔 구름사이로 정상(頂上)이 보이고 있으니 정상이 멀지 않구나, 정상정복의 길이란 결코 쉬운 것이 아니다. 그러나 보람있는 등정(登頂)인 줄 알고 용기를 가져라. 그리고 힘을 내라. 매일 그 진행속도가 달라지리라. 만약 도중하차 한다면 뜻하지 않은 비운도 있고 실망하는 바 크리라.

반드시 구하면 구하는대로 얻는 상이다. 자신과의 싸움에서 이기는 자만이 승리하리라.

### 8월

광맥(鑛脈)좋은 금광(金鑛)의 입구(入口)까지 찾아온 격과 같아 즐겁기 한량없구나. 큰 돈은 지금 들어 오지 않겠지만 들어올 수 있는 준비는 모두 갖추고 있으니 느긋한 자세로 기다리며 수고하는 철학도 익혀라. 그동안 땀흘려 온 노력의 댓가요 결실인 즉, 다만 거두어 들이는 때는 하반기 이후부터이리라.

돈이란 모이는 곳에 또 모여드는 철학을 갖고 있는 법, 이곳이 바로 모이는 곳인가 한다.

### 9월

품위(品位)를 갖추고 처신하기 바란다. 상대하는 사람은 중후하도록 품격을 갖춘 사람이니 그에 알맞게 격조높여 처신한다면 상대로부터 좋은 인상받게 되어 깊은 호의와 배려가 있으리라.

더불어 하고자 하는 일 순탄하겠고 재물의 득함 있겠으며 소망하는 일은 두사람 협력하에 이루어지겠다. 오직 덕(德)을 잃지 말고 자애(慈愛)로움으로 처신하기 바란다.

### 10월

강(江)의 폭이 좁으면 물살의 흐름이 빠른 법이오 그 폭이 넓으면 물살의 흐름이 느린 법이다.

당신의 운세는 큰 강과 같아 그 흐름이 빠를 수 없듯 지금. 하고있는 일은 급하게 되지 않겠으니 서둘지 말고 장기전으로 진행하라. 일의 실패가 적고 그 보람은 크리라. 크게 생각하고 말없이 진행하라. 정보가 새면 경쟁자가 나타난다.

### 11월

달리고 있는 자동차가 갑자기 브레이크에 고장이 생겨 당황하는 모습과 같다.

겉으로는 순탄하게 진행되는 듯 하면서도 안으로는 꼬이는 일 많겠고 된다된다 하면서도 차일피일 늦어지는 일 있겠으니 하나만 믿지 말고 만약을 대비토록 하라. 만약을 쓰게 되리라. 또한 어음이나 유가증권에 시비가 있겠으니 서둘러라. 예상치 못한 일이 발생하게 된다.

### 12월

세기(世紀)의 사랑을 실천한 영국의 윈저공과 심프슨부인을 보라.

그들은 기어코 결행하여 사랑을 실천하지 않았든가.

사랑에 장벽이 있다하여 장벽을 허물지 못하고 돌아선다면 오래도록 후회하리라. 가족 및 주위로부터 질책받는 이성이거나, 또는 결혼문제로 고심하는 일 있으리라. 그러나 진정한 사랑의 고백이었으니 진실을 받아들여라.

# 18운(十八運)

**총운**

공자의 말씀가운데 "여자와 소인은 본래 다루기 어려우니 가까이 하면 할수록 교만하고 멀리하면 할수록 원망이 높은 법이다"라고 했다. 이 말을 받아 불가근불가원(不可近不可遠)이라고 첨언해 두는 바이다. 아랫사람이나 여인이 지극히 사랑스러워 정을 쏟아 주었건만 오히려 이를 이용하려 들때 헤어나오지 못하는 누를 범하겠으니 아름다움에 이끌리지 말며 비밀을 나누지 말라. 오직 이것만 지킨다면 거칠 것이 없구나.

**1월**

맨손으로 호랑이를 때려잡고 강을 건넌다면 그 용기와 기백에는 탄복하겠지만 한편으로는 무모하기 이를데 없다. 이처럼 당신의 용기와 배짱은 좋으나 지모(智謀)와 운력이 부족하여 실수하는 일 있겠으니 선배나 동료와 협의하여 일을 처리하라. 구슬이 서말이라도 꿰어야 보배라는 말과 같이 요령이 부족하여 일을 그릇친다면 이보다 더 안타까운 일 어디 있으랴.

**2월**

당신을 시험하고 테스트 해보는 사람 있겠다. 선의의 뜻이든 악의의 뜻이었든 자신도 모르게 테스트 받기란 기분학상 썩 유쾌하지는 못한 일이다.

그러나 이와같은 계기의 발단이 있었기에 등용되고 인정받는 일 있어 그 빛남이 있겠으니 기쁘지 않은가.

여기에 아쉬움이 있다면 분실수 있고 몸을 상(傷)할 우려 있으니 차마(車馬)에 유의하기 바란다.

### 3월

사랑이란 미묘한 것 달면 사랑이요, 쓰면 사랑이라 말할 수 없다. 그대의 사랑은 이미 저물어가는 석양노을의 사랑과 같아 영원한 미로 (迷路)속으로만 빠져 들어가는 모습이니 이는 곧 석별인가 하노라.

돌아올 수 없는 사랑이노니 잊어라. 그리고 다시 찾아라. 이름 다른 사랑의 여신(女神)이 또 손짓하고 있다.

### 4월

기대했던 만큼 이루지를 못하고 믿었던 사람조차 믿지를 못하게 되어 실망하는 바 있겠다.

특히 돈에 관한 문제라면 만족을 느끼지 못하겠으니 이를 믿고 다른 일을 시작한다면 차질을 초래케 되리라. 쇠운으로 접어들고 있어 매사 순조롭지 못하다. 밤길 조심하고 차길 조심하라. 보이지 않는 그림자 있어 마음에 걸린다.

### 5월

꽃이란 피어야 꽃이지 꽃봉오리 보고는 꽃이라 말하지 않는다.

아직 피어나지도 않은 꽃을 꽃이라고 우겨대는 형상이니 이는 옹고 집을 말한다.

주위로부터의 조언이 있겠다. 그러나 들은 체도 않고 내 것만 옳고 내 생각대로만 밀어 나가려다 벽에 부딪혀 좌절하는 일 있겠으니 조언을 듣고 진로를 수정하라. 손재를 면한다.

### 6월

초미지급(焦尾之急)이란 눈썹에 불이 붙은 것과 같이 촌각을 지체할 수 없도록 다급해진 것을 말한다. 홀홀단신에 동분서주하게 되며 바쁜 가운데 계산 하는 일 있겠다. 그러나 계산이 서툴러 잘못되는 경우나 분실하는 경우 있겠으니 침착과 정신적 안정을 기하는데 힘쓰라. 본래 성미 급한 사람은 더욱 조심하라.

### 7월

내가 갖고 있는 실력이나 능력 이상의 효과를 거두어 들이겠다. 또한 분에 넘치는 찬사도 함께 있으니 더욱 기쁘겠으며 여성의 보살핌도 있어 사기충천하는 쾌상이니 일이 꼬이고 꼬여 얽힌 일이 있다면 여성에게 부탁하여 해결토록 하라. 매듭이 풀리겠다.

### 8월

노다지를 발견하고도 어떻게 파야 할지를 몰라 전전긍긍하고 있는 형상과 같으니 답답하구나. 이것은 분명 사소한 일을 갖고도 잡다한 생각을 많이 하는 그대의 성격 때문이니 대범한 판단, 대범한 투자로 노다지를 독점토록 하라. 지금의 구상대로 지금의 현업(現業)을 지킨다면 득재(得財)하리라.

### 9월

가랑비 속을 뚫고 정답게 걸어가는 우산속의 데이트족을 그려보라. 이 얼마나 아름다운가를…….

그러나 이들에게 미래의 꿈을 부서지도록 미워하며 돌을 던지는 자 있겠으니 이는 분명 그대에게 날아오는 돌 이리라. 시기하고 질투하는 자 있어 마음 상하는 일 있겠고 말을 가로막고 시비하는 자 있겠으니 못 본척, 못 들은 척하여 지나쳐 버린다면 무사하리라.

### 10월

성격이 과격한 사람에게는 봄이 없다는 말처럼 짜증스럽고 불만스러운 일이 많아 신경과민의 반응이 거칠게 나타나겠으니 이는 정서를 찾아보기가 어려워 한 말이다.

또한 시비와 다툼도 있으니 삼가하라. 입으로의 다툼이 아니오, 몸으로의 다툼까지 가겠으니 스스로 울분을 달래고 스스로 자신을 자제하여 관재구설을 모면토록 하라.

### 11월

사람을 의심하면 쓰지를 말고 사람을 썼으면 의심을 하지 말라는 옛글이 있다.

손아래 사람을 믿지 못하여 심히 불쾌하도록 감정을 표출시키는 일 있겠다. 이것은 직장 또는 가정에서도 있을 수 있는 일이니 참아라.

그대의 과격행동일 뿐이다. 오직 내용에는 큰 탈이 없으니 믿고 일을 시키고 자녀들의 말을 믿고 따라주라.

## 12월

길운이다. 물론 다소의 곤고함은 있겠지만 산에 어찌 골짜기가 없을 소냐. 지금 하고있는 일을 포기나 중단 또는 궤도 수정을 한다면 금광(金鑛)의 맥을 눈앞에 두고도 금맥(金脈)인 줄 모르고 등을 돌리는 것과 같기에 일러두는 말이다.

자신을 갖고 행하라. 방망이 하나로 안타도 있고 홈런도 터진다. 지금 주자는 만루! 전원 득점케 할 수 있는 절호의 챤스인 줄 알라.

의외의 행운과 요행수가 겹쳐 노상에서 횡재하는 경우도 있겠고 무심코 사둔 채권이나 주식이 상승하여 재운대통(財運大通)하는 일 있으리라.

# 21운(二十一運)

　도산 안창호 선생의 나라사랑하던 정신을 배워라. 그는 외세의 침략을 물리칠 수 없도록 국력이 약해진 것은 공리공담(空利空談)과 허학(虛學)의 사상이 당시의 사회를 지배했기 때문이라고 비판하면서 무실역행(務實力行)을 부르짖으신 분이다. 물론 큰 인물은 국사를 걱정하고 국가의 지표를 세워 백성들에게 따르라 한다지만 그대는 어찌하여 작은 가정이라는 단위조차 이끌지 못하고 사랑할 줄 모르는가. 냇물이 모여 바다물이 되듯. 가정의 사랑은 곧 넓은 사랑으로 승화되어 큰 사랑을 낳게 한다는 진리를 익혀라.

## 1월

　가루는 칠수록 고와지고 말은 할수록 거칠어진다는 속담이 있다. 무심코 던진 말이 씨가 되어 걷잡을 수 없는 소용돌이로 변하겠으니 이 속에는 망신도 있고 봉변도 있다. 친구나 연인관계에서도 진한 농담을 삼가하라. 그 목소리가 커지면 수습하기 힘들다.

　또한 남녀간 두 곳에 정을 주는 일 있을까 두렵다. 시비의 쟁점이 되리라.

## 2월

　이사로 인한 주거의 변동이나 신분의 변동 및 직업의 변동이 있겠다. 오래도록 이러한 변동운을 염원했던 사람은 길하겠고, 예고없이 변동운이 찾아온 사람은 길함이 작고 오히려 놀라는 일 있겠으니 가족들의 건강에 유의하라. 다만 원행(遠行)하므로 흉함을 면하는 길도 있으니 기회가 주어지는 대로 서슴없이 행하라.

## 3월

　당(唐)나라 때에 유종원과 한유라는 친구가 있었다. 두사람은 어찌나 친교가 두터웠든지 서로의 간(肝)을 바꿀 정도로 친함이 있었다 하는데 어찌 이들의 친교가 귀감이 되지 않을 수 있으랴. 친한 벗을 만나리라.

친함을 얻는다는 것은 곧 협조자를 만남과도 같으니 기쁜일 있으리라.

### 4 월

따뜻한 옷을 입고 음식이 배부르면 걱정할 것이 없다고 한다. 그러나 편안하면 한대로 엉뚱한 생각이 떠올라 나를 자극하는 법.

이는 이성에 대한 그리움이리라. 기혼자는 자신을 꾸짖어 마음의 동요를 억제한다면 후환이 없겠지만 이를 다스리지 못한다면 가정에까지 그 파문이 일겠고 미혼자라면 뜻한대로 원앙을 이루리라.

### 5 월

누상에 오르라 해놓고 사다리를 치운다는 속담과 같이 당신을 앞세워 하는 일이나, 또는 당신의 이름을 팔아 행세하는 자 있으니 살펴라. 당신을 앞세운 일에는 조직원 가운데 물을 흐리는 자 있어 이로 인한 화근이 나에게 미치기 때문이며 이름을 팔고 다니는 자는 위압적으로 각 곳 등을 찾아 다니며 정당치 못한 청탁 등으로 이름을 더럽히고 있기 때문이다. 동창회 등의 조직에 간여한 사람은 만반 주의를 요한다.

### 6 월

도끼를 갈아 바늘을 만든다는 것을 상상해 보라. 이 얼마나 많은 세월이 필요하겠는가를….

그러나 분명코 바늘이 만들어진다는 사실을 일러두는 바이니 지금 하고 있는 일에 긍지를 갖고 좀더 힘을 쏟아라. 반드시 이루리라.

### 7 월

목이 타도록 심한 갈증을 느끼고 있을 때 매실을 생각하라. 이때 자연스럽게 입안에 침이 고여 갈증을 해소케 하리라.

이것은 인간체질의 생리를 정신적으로 조절하는 생체 조절방법이기

도 한 것처럼 부정적인 사고로 일을 하지 말고 어려운 일도 하면 된다
는 긍정적인 사고를 갖고 하면 모든 것을 이룰 수 있다는 만사형통(萬
事亨通)의 방법이다. 지금 여기에서 "하면 된다"라는 철학을 마음에
심어라. 곧 변화되는 일 있으리라.

### 8월

인간은 본래 선(善)한 말을 들으면 그것을 마음속에 간직해 두었다
가 필요할 때 다시 꺼내어 실천하는 것이 본래의 인간상이다. 그러나
망각이라는 기(氣)가 있어 가끔 실수도 범하는 것이 인간인가 하니 여
기에서 용서를 해주는 것이 또한 인간이다.

크게 꾸짖고 책망하는 일 있겠다. 하지만 용서하라. 그 자는 자기
반성으로 크게 뉘우치고 있기 때문이다.

### 9월

큰 강물도 본래의 근원은 몇잔의 물이 모여 큰 강물을 만들었듯 어
디 일확천금이 기다리고 있느냐. 뜬 구름 잡는 환상을 버리고 돈 10원
을 보고 100리 간다는 금언을 내 것으로 삼아라.

부질없는 대화속에 큰 건이 하나 있다는 말에 유혹당하여 허황된 짓
을 할까 두려워 일러두는 말이다.

감언이설로 유혹하는 자 있다. 믿지 말라.

### 10월

넓고 푸른 초원에 한쌍의 노루가 거닐고 있건만 이들을 놀라게 하는
자 있다. 생각지 못한 청구, 진정, 모략 등이 있어 심신을 괴롭히는
일 있겠으니 사전에 예방하라. 대수롭지 않다거나 무관하다고 버려둔
다면 그로인한 타격은 크리라.

먼저 교섭하고 협상한다면 쉽게 풀리리라. 남녀 테이트 중에도 진한
농을 걸으며 접근하는 자 있겠으니 대꾸도 하지 말라. 시비가 발생되
리라.

### 11월

사람들은 흐르는 물을 거울로 삼지 않고 고여 있는 물을 거울로 삼

으려 한다마는 흐르는 물로 거울을 삼아보자. 분명코 이곳에서 새로운 것을 발견하리라.

　새로운 것을 구상하거나 얻으려 하는 형상이니 속히 결행하라. 어물거리는 사이에 기회를 놓친다면 크게 후회하리라. 사업종목 확장, 만남의 인연 등 모두가 새로운 것이면 대길하다.

### 12월

　임금이 덕(德)을 잃으면 사나운 불길보다 더 무섭다는 말처럼 이성을 잃지 말라.

　어떠한 말을 듣고 감정에 치우친듯 난폭한 행동이 나타날까 두렵다. 가뜩이나 신경이 날카로와 예민한 때에 스스로의 운세를 알고 자제하지 않으면 자신도 모르게 흉폭한 짓을 서슴치 않을 것이다. 참고 참으면 백사(百事)가 편하리라.

　특히 건강이 좋지않아 크게 염려하는 바 있으니 만반 유의하기 바란다.

# 22운(二十二運)

## 총운

자봉노부(子奉老父)

가도태평(家道太平).

자식이 있어 늙은 지아비를 봉양하니 가정이 태평하구나.

도처양명(到處揚名)

명진사방(名振四方).

가는 곳마다 이름 날리고 그 이름 사방에 떨치도다.

공명이 사해를 진동하는 명이다. 무관은 전장에서 정치인은 치정에서 배우는 자는 배움의 터에서 크게 득명하겠다.

### 1월

이사 또는 사업을 바꿔야 될 변동운이다.

만약 사정이 여의치 못하다면 여행이나 장기출장으로 환경의 변화로움이 있어 준다면 길하리라.

그러나 이것도 저것도 안된다면 다른 사람과의 적대관계가 있어 마음이 편치를 못하겠고 가정에 근심도 있다. 동(動)하여 액(厄)을 면하라.

### 2월

집안이 화평하니 재물이 굴러들어 오기를 주저하지 않고 사람이 몰려 들기를 꺼리지 않으니 필경 경사로운 일이로다.

막혔던 혼담(婚談)은 이루어지겠고 가출인(家出人)은 돌아오며 지출(支出)은 줄고 수입(收入)은 늘어나 가세번영(家勢繁榮)을 누리리라.

### 3월

손재가 따르고 있다.

사람의 잘못 만남도 있겠지만 자기 스스로의 판단력이 흐려 잘못된 손재도 있으니 누구를 탓할 것은 못된다.

물을 거슬러 배를 저어가는 형상이니 다시 한번 나를 성찰(省察)하고 현재의 위치를 점검해 보자. 크게 잘못된 것을 발견하리라.

## 4월

봉(鳳)이 날아들어 알을 낳았으니 필경 경사로다.

모든 것 뜻한대로 성취할 것이며, 주위로부터 협조받아 사업확장하는 일 있겠으니 기꺼이 상담에 응하고 거래선 확보에 주력하라. 많은 도움 있겠다. 토지 매입이나 주택매입이면 대길하다.

## 5월

침울했던 구름이 걷히고 밝은 햇살이 쏟아져 들어오니 가정에 경사 있고 뜻밖에 성공하는 길운이다.

의외의 행운과 요행수가 겹쳐 노상에서 횡재하는 경우도 있겠고 무심코 사둔 채권이나 주식이 상승하여 재운대통(財運大通)하는 일 있으리라.

## 6월

재물이 타향타국에 있으니 출행하여 구하라. 앉은 곳에도 이익이 많다고 하겠지만 먼—곳의 이익만 못하리라.

재물도 권력도 위엄도 인기도 모두 먼—곳의 사방으로부터 있으니 그 길한 운세의 폭은 넓고 커 오래도록 영화를 누리겠다.

## 7월

칠년 가뭄 끝에 단비를 맞으니 만생초목(萬生草木)들이 활기를 찾는 듯 하구나. 뜻밖에 힛트하는 상품이 있겠으니 기쁘고 기쁘도다.

다만 시비가 있는 것이 아쉽다.

시기하고 질투하는 자의 장난끼 섞인 시비로 알고 참아라. 참지 못하면 구설이 분분하리라.

## 8월

서산(西山)으로 지는 해를 어찌 잡으랴. 나그네의 발길은 더욱 바빠지는구나 급한김에 서투르게 한 일에서 손재 발생하겠으니 침착을 잃지 말라. 서두르고 독촉 받는 일 있으리라.

아무리 약속된 일이라고 완전을 이루지 못했으면 출고나 출하를 늦춰라. 하자 발생으로 신용 잃고 명예 잃어 회복하기 어려운 지경까지 가리라.

### 9월

날으는 새가 깃을 다친것과 같으니 쉬어가지 않을 수 없다.

잠시 쉬어가는 중에 주위를 살펴라. 나를 해치려 도사리고 있는 독사의 무리들이 있음을 알게 될 것이다.

그대에게 보이지 않던 암투가 가까운 곳에서 일고 있으니 이는 곧 직장이요 가정의 불화관계다. 서둘러 수습하라.

### 10월

구름이 걷히고 푸르른 하늘이 나타났거늘 아직도 늦잠 속에서 깨어나지를 못하는 형상이니 답답하구나.

서둘러 일어나라.

모든 삼라만상의 것들이 당신을 맞으리라.

막혔던 일 시원스럽게 풀리고 자손에게 경사까지 있어 더욱 기쁘리라.

### 11월

분수 밖의 일을 탐하지 말라.

한 짐의 등짐도 일어서야 내 짐이 되듯 일어서지도 못할 짐, 많이 실으면 무엇하리. 욕심이 과하여 능력에 맞지도 않는 일을 맡거나 처리할 능력도 없으면서 청탁을 받아들이는 일 있겠어 한 말이다.

공연한 과욕으로 손재를 자초하고 실없는 사람될까 염려된다.

### 12월

태평연석(太平宴席)에 군신회좌(君臣會坐)라 태평한 잔치에 임금과 신하가 자리를 함께 하였으니 기쁘지 않은가.

분명 가정에 경사 있고 자손에 경사 있어 그 기쁨 충만하겠으며 직장운 또한 대길하여 크게 소명을 받고 중책을 다스리는 일 있어 그 명예 또한 더욱 높아지리라.

# 23운(二十三運)

## 총운

질서란 법이라는 공권력이 있기 이전에 지극한 상식이다. 그러므로 상식을 초월하는 법이란 악법이라고 한다. 그러면 상식을 초월하는 사람은 무엇이라고 하겠는가. 그것은 한마디로 악인이나 특히 인간 생활의 3대 요건인 의식주를 불모로 삼고 이를 투기의 대상으로 삼는 사람은 법 이전에 인간생활의 질서를 파괴하는 우리들의 적과 같다고 하겠다. 이 말은 일확천금을 희롱하려다 크게 봉변하는 운질이기에 비유로써 한 말이니 공익에 우선 함을 잊지 말라.

### 1월

군자(君子)가 도(道)를 바르게 함이란,

얼굴빛을 바르게 함이며 용모를 험하게 하지 않음이며 믿음을 가깝게 함이며 말을 흐트러 뜨리지 않음을 말함이다.

가벼운 행동과 가벼운 말로 경솔함을 나타내는 일 있겠으며 눈총을 받는 일 있겠으니 군자지도(君子之道)를 금언으로 삼아라.

### 2월

자승자박 하는구나.

자기 번뇌로 자기 고민에 빠져 헤어나오지 못하는 상이다.

묻고, 의논하며 협의 하는 것은 당연지사 임에도 타를 배타하고 믿으려 하지 않기에 발생되는 일이니 어찌하랴. 오직 신뢰로써 자승자박을 풀어라.

자기 꾀에 자기가 넘어가는 경우 있겠다.

### 3월

송(宋)나라 때 한병이라는 시녀가 임금께 올린 글월 가운데 "비가 주룩주룩 내린다는 것은 당신을 잊지 못하여 언제나 근심하고 있다는

뜻이며 강이 넓고 깊다는 것은 당신에게 갈 수 없다는 뜻이오, 해가
나와 당신을 비춘다는 것은 당신과 살지 못함을 태양에게 맹서했다는
뜻이라"고 글월을 올린 바 있다.

　원하는 여인의 마음은 돌아선지 오래이니 생각을 바꿔라. 돌아오기
어렵다.

### 4 월

　조삼모사(朝三暮四)격이로다.

　왜 원숭이에게 아침에는 도토리 3개씩 저녁에는 4개씩 준다해 놓고
주지 않드냐.

　그대의 얇고 간교스러운 처세가 있기에 탓하는 말이니 새겨라.

　그 원성은 드높아 온누리를 뒤덮고도 남음이 있을 때 그대의 명예로
운 이름은 회복하기 어렵고 추하게 되리라.

### 5 월

　큰 상인은 점포에 물건을 진열하지 않으며 어진 사람은 그 능함을
겉으로 나타내지 않는다는 옛말이 있다.

　경망스러운 행동과 때와 장소를 모르고 늘어 놓는 자랑이 있어 이를
꾸짖고자 한 말이니 중후(重厚)함을 잃지 말라. 자랑은 숨기고 사양하
는 법이다. 자랑이 지나치면 팔불출과 같노니….

### 6 월

　조개와 황새가 싸우다 끝내는 어부에게 붙잡혔다는 이야기가 있는
것처럼 두사람이 서로 추호의 양보도 없이 감정과 감정의 대립으로 이
익 또는 논공행상(論功行賞)의 투쟁이 있겠다. 그러나 결과는 모두 헛
됨 뿐이니 누구를 탓하랴. 실리 없는 쟁투를 삼가하라.

### 7 월

　앞에 가는 수레가 넘어지는 것을 보았으면 뒤에 가는 수레로써 조심
해야 되는 것은 당연하거늘 무슨 항우장사라고 나는 넘어가지 않는다
장담하는가.

　괜히 앞서고 주선하다 봉변하는 일 있으니 뒤를 따르라. 의욕과 패

기만 있다고 성사되지 않는다. 운이 따라야 하기 때문이다.

### 8월

술이 지극하면 어지러워지고 즐거움이 지극하면 슬퍼진다는 말이 있다.

생활이 윤택해지고 부귀해짐을 만족으로 알고 순리에 따르라.

지금의 현실에서 좀 더 하는 아쉬움이 있어 투자해 보려고 하겠지만 소득 없는 결과만 낳아 헛수고임을 알게 되리라.

### 9월

악을 행하는 사람도 본래의 악이 있어 악을 행한 것이 아니다.

다만 잘못된 습성이나 환경에서 비롯된 것이므로 이를 이해하고 용서하여야 함에도 이를 미워하고 기피한다면 소인배와 같으니라.

편애하고 편견된 생각으로 일방적 이론만 주장하는 일 있겠다.

결코 옳지 못한 결론이 나오겠으니 중용의 입장에서 소신을 피력하기 바란다.

### 10월

이 세상에 귀하고 천한 것이 따로 있드냐. 만물만사(萬物萬事)가 태어나고 자랄 때는 적재적소에 필요했기에 태어났던 것이다.

당신의 가리고자하는 까다로운 습성을 탓하고자 한 말이니 이 가운데 들어오는 복(福)까지 거절할까 염려된다.

친구나 이웃의 말에 귀를 기울여라. 금옥(金玉)이 숨겨져 있다.

### 11월

천마(天馬)를 마굿간에 매어두고 자랑만하면 무슨 천마라 하겠는가.

천마를 타고 평원을 누비며 호연지기를 펴보여야 그의 진가를 알수 있는 것처럼 당신의 뛰어난 재능과 미모를 앞세워 경쟁대열에 뛰어들어라.

뭇 사람들로부터 크게 호응을 얻으리라.

입찰, 시험 등 경쟁관계에서 두각을 나타내리라.

### 12월

까마귀 날자 배 떨어진다는 속담과 같이 뜻밖에 의심받는 일 있겠다.

물론 주의한다고 되는 것은 아니겠지만 그래도 살피고 조심한다면 면하리라.

사람이 많은 곳, 돈 만지는 곳, 시비가 있는 곳 가기를 꺼려하고 혼자 음흉한 곳에 있기도 삼가하라.

공연한 구설에 말려들까 염려된다.

갑자기 정력이 떨어지면서 몸이 약해질 우려가 있다. 보신에 특히 유의하기 바란다.

# 24운(二十四運)

**총운**

백제의 견훤이 노쇠하면서 그의 아들간에는 왕위찬탈 싸움이 치열하게 벌어지고 있을 때 견훤은 적지로 피신했다. 왕건에게 잡히면서 백제의 운명을 다했고,1천년의 종묘사직을 지키지 못하고 스스로 항복문서를 만들어 송도의 왕건에게 바침으로 찬란했던 역사를 마친 신라의 운명, 이 두 나라를 쉽게 얻어낸 왕건의 천하통일은 그의 타고난 운명과 천운이 아니었던들 있을 수 있었겠는가!

웅지(雄志)를 가져라. 천하를 얻으리라.

**1월**

좋은 것을 말해주면 교만하고 간교해지며 나쁜 것을 말해주면 깨닫고 뉘우치므로 오히려 꾸짖는 자를 스승으로 안다는 옛말이 있어 하는 말이다.

의식이 풍족하고 넉넉함을 빙자하여 이성과의 교제로 염문이 있겠으니 그 추함을 어찌하랴.

곱다고 잡고 예쁘다고 잡지 말라.

곳곳에 함정이 있노라.

**2월**

만년(萬年)에 한번 기회는 이 세상과 통하는 길이며, 천년(千年)의 한번 기회는 현인(顯人)과의 만남이라는 옛 글이 있다.

필히 예상치 못한 기쁨이 있겠으며 천재일우의 기회가 주어지겠으니 주저하지 말고 기회를 잡아라.

승진도 기회요, 주식매입도 기회니라.

**3월**

사람이 높고 귀하게 되면 친구를 바꾸고 부유해지면 아내를 바꾼다

는 옛말이 있듯이 지난 날의 곤고함을 생각하여 더욱 근검절약에 힘써
야 함에도 이를 잊은 채 사치와 낭비로 소일하는 일 있겠으니 어리석
은 짓인줄·알라.

부귀와 권은 무한한 것이 아니오,

유한(有限)의 것이기에 일러두는 말이다.

### 4 월

고래는 바다가 넓은 것을 알고 바닷물을 들여 마시며, 붕새는 하늘
높은 것을 알았기에 마음대로 하늘을 날은다는 말이 있다.

대지가 이렇게 넓음에도 어찌하여 넓은 줄을 모르고 있드냐.

옹졸한 처세, 옹졸한 생각에서 벗어나 웅지(雄志)를 가져라. 지금
곧 소낙비와 같은 길운(吉運)이 몰려오고 있다.

### 5 월

늙은 홀아비가 젊은 아내를 맞이함과 같으며 모진 겨울을 이겨내고
파릇 새싹이 돋아나는 화초와 같으니 분명 새로운 일이 있어 개운발전
할 운세로다.

새로운 업종을 시작하거나, 새로운 사람을 맞아들이면서 발복하겠
다.

두려움 갖지 말고 과감히 시도하라.

### 6 월

어부는 만선의 기쁨이 있겠고 농부는 풍년의 기쁨있어 만끽하는 호
쾌한 운세로다.

젊음의 야심을 아낌없이 쏟아라.

미련이 없을 때까지…….

이처럼 후련한 운세에 그 무엇이 두려우랴. 하는 일마다 성사요,

가는 곳마다 성시 이루워 뜻한대로 이루리라. 호쾌한 운세다.

### 7 월

산중의 왕이 포효하니 호하(虎下)뭇 짐승들은 기(氣)가 꺾여 숨을
죽인 듯 고요하구나.

그대의 운세 포효하는 맹호와 같아 거칠 것 없구나.

그러나 자만과 오만으로 구설이 있고 시비가 있겠으니 만용 부리기를 삼가하라.

해가 떠 오르면 해가 질 때도 있는 법, 이것은 자연의 원리인 줄 알라.

### 8월

천지사방을 진동시키는 북소리는 요란하나 인걸이 없는 형상이구나.

겉보기에는 화려하며 득(得)도 있고 이(利)도 있다 하겠지만 안으로는 실속이 없으니 무엇하랴.

내실을 다져라.

더불어 가정에 근심되는 일도 있으니 물과 불을 조심시켜라.

### 9월

용이라면 길물(吉物)의 상징으로 최고의 것이면서 이들도 암컷과 숫컷은 서로의 짝을 이루기 위해 숫용은 바람을 등지고 울며 암용은 바람을 안고 울어 댄다고 한다.

이성의 결합이 있으리라.

분명 최고의 커플끼리 만남이겠으니 오래도록 사랑하고 귀히 여겨라.

하늘의 맺음인가 하노라.

### 10월

닭을 잡는데 소를 잡는 큰 칼이 무엇에 필요하며 작은 일을 하는데 큰 일을 하는 사람이 왜 필요한가.

하고자 하는 일에 당신의 능력으로 충분하거늘 소심한 탓으로 겁부터 먹고 남에게 의지하고 부탁하려는 일 있겠으니 자력으로 행하라.

남에게 의지한다면 오히려 실리(實利)가 작으리라.

### 11월

항우의 굳센 용기와 기백은 천하가 아는 터라,

  그가 한번 소리치면 병졸과 말들은 놀라 수백리 밖까지 물러섰다는
고사와 같이 그대의 일기당천한 운세는 천하를 덮고도 남음이 있으니
대업을 달성하리라.

  크게 명성을 떨치는 일 있겠다. ·

| 12월 |

  옛 어느 선비가 권력에 아첨하기를 좋아하여 밤낮으로 인사를 다닐
때, 때로는 문앞에서 쫓겨나는 굴욕을 당하면서도 이를 개의치 않고 찾
아다녔다는 고사가 있다.

  뻔뻔스럽고, 비위 좋은 선비는 예나 지금이나 있는가 보다.

  이와 비교되는 말로 후안무취하다는 말을 듣겠으니 경우와 예의와
법도를 중시하라. 그리고 과격함을 자제하라.

# 25운(二十五運)

어느 개그맨의 말대로 봄이란 만물이 살아나고 개구리는 방방뜨며 좋아라 하고 개나리는 헐레벌떡 피어오르고 사람들은 눈까풀 셔터내리고 처녀총각은 뽀뽀하는 때라고 익살을 부리던 기억이 생생하구나.

역시 만물이 시샘하는 봄을 예찬한 말이겠지만 그대의 운질 또한 이에 질세라 방방솟아 오르는 운기는 맑고 청량하기 이를 데 없나니 분명코 경사로움 있겠구나.

### 1월

당나라의 현종 때 장구령이라는 사람이 재상직을 물러나면서 읊은 시의 한 귀절이다.

"옛날에는 청운의 뜻을 지녔건만 이제는 시기를 잃어 흰머리의 나이로세, 이를 누가 알리오. 거울속에 비친 내 얼굴 보니 가련할 뿐이로다"

이렇게 때를 놓치고 후회한들 무슨 소용있으랴.

학문의 모자람으로 부족함을 느껴 자신을 후회하는 일 있겠다.

### 2월

천하(天下)의 대권(大權)이 주(周)나라에 돌아왔을 때 백이와 숙제는 이를 부끄러워하며 수양산으로 들어가 고사리를 캐먹고 연명하려 하였으나 이것마저 은(殷)나라 것이라 하여 굶어 죽었다는 충절(忠節)의 고사가 있다.

지조를 지켜라.

이것도 아니요 저것도 아니게 처신하는 일 있어 구설이 분분하다.

### 3월

청천백일(靑天白日)이란 맑고 밝게 갠 하늘에 비유한 나의 결백을 뜻한 말이다.

송사(訟事)나 지금 계류중인 사건이라면, 결백함이 증명되어 승소(勝訴)하겠으니 떳떳하고 당당하게 대처하라.

다만 이간하고 위증하는 자 있어 괴로울 뿐이다.

### 4월

지금 겪고 있는 고통은 생나무가 타들어 가듯 지루한 고통이라 하겠지만 오직 정신력으로 이겨라.

춘 3월 해빙기를 맞아 얼음이 풀리는 것과 같이 그 고통의 연속은 곧 막을 내리고 싱그러운 초록의 계절되어 그대를 기쁘게 하리라.

### 5월

백성들에게 이(利)로움이 많으면 이(利)로움을 서로 뺏으려 하여 나라가 혼란해지고 사람들에게 재주가 많으면 기이(奇異)한 일이 많이 생긴다는 옛 말이 있다.

하지만 이(利)와 재주를 나눈다면 이보다 더 좋은 일이 어디 있겠는가.

분명 그대에게 이(利)를 돌려 주는 자 있겠다.

이것이 곧 행운(幸運)인 줄 알라.

### 6월

옳고 바름에 뜻을 둔 사람과 덕을 갖춘 사람은 삶의 의미를 소중히 하며 仁을 해(害)하지 않는다. 그러나 仁을 상(傷)하게 하면 목숨도 버린다는 것이 선비의 정신이다.

언행(言行)이 바르지 못하고 간교한 자로부터 유혹되어 仁을 잃을까 두려워 한 말이다.

유혹과 감언이설이 난무하겠으니 자신을 지키기에 노력하라.

### 7월

까마귀 무리를 규합한 듯 어수선한 무리를 이끌고 전장터에 나간 형상이니 지금 하고있는 일에 귀속감을 못 느껴 실증과 짜증이 많겠다.

하지만 이것은 분명 호랑이 입을 더듬고 있는 듯 위험한 짜증이요

불만이다.

자기 수양으로써 마음을 달래고 고민하는 문제는 선배와 협의하라.
묘책이 나온다.

### 8월

무당은 굿거리가 들어오면 기쁘고 중은 재거리가 들어오면 기쁘다
는 옛 말과 같이 당신도 일거리가 들어오고 지출되었던 돈이 들어오며
도와주는 사람 나타나겠으니 기쁘지 않은가.

연인의 만남도 있으니 더욱 기쁘겠다.

### 9월

북두칠성의 빛마저 흩어져 밝지를 못하구나.

친구잃고 신용잃어 내가 설땅이 온천지에 없겠지만 어둠이 가시
고 새벽동이 트이면서 대지는 다시 밝아지리라.

운세의 쇠함으로 스치고 지나가듯 찾아온 고뇌일 뿐이다.

잠시의 싸늘함만 견뎌다오.

### 10월

중국의 대홍정이라는 사람은 친구를 얻을 때마다 그 친구의 이름과
주소를 기록해 두고 향을 피워 조상께 고맙다는 제(祭)를 드렸다는 고
사가 있다.

금란지교(金蘭之交)라 하여 친구와의 정이 무쇠보다 강하고 그 향
기 난초와 같다는 말이 있듯이 친구와의 교분이 좋아 친구의 도움으로
성사시키는 일 있겠다.

### 11월

밭 일을 모르면 종에게 물어보고,

베짜는 일을 모르면 하인에게 물어보라는 말이 있다.

나만의 생각, 나혼자만의 결단으로 타에게 강요한다는 것은 폭력과
같다고 하겠다.

오직 몰라도 아는 척 하는 "척"병이 일어나 가족이나 주위로부터 따
가운 눈총을 받겠으니 묻고 협의하여 대의에 따르기 바라노라.

### 12월

들어온 놈이 동네 팔아 먹는다는 말과 같이 새로운 사람, 새로운 것이 말썽을 일으켜 신경을 쓰이도록 하겠다.

좋은 일이라면 경사라 하겠지만 궂은 일만 일어나는 것은 흉사라 하겠으니 수하인 다스리기에 신경을 써라.

아랫사람으로 인하여 마음쓰는 일 있고 심노하는 일 있게 된다.

# 26운(二十六運)

## 총운

양인상조(兩人相助)

인인성사(因人成事).

두 사람이 서로 돕고 있으니

그들로 인하여 성사되리라.

물배친인(勿背親人)

배신즉패(背信則敗).

만약 친한 사람을 배신한다면 실패하리라.

은혜로운 자로부터 힘을 얻어 뜻을 이루지만 은혜를 잊음으로 패하는 형상이니 은혜를 배신하지 말라. 훗날이 두렵다.

### 1월

일정한 수입이 없던 사람이 한때 돈이 생기면 흔하게 써버리고 없어지면 또 어렵게 사는 가정을 보고 "덩더꿍 살림"이라고 한다.

그대는 한때의 수입이 좋겠으니 "덩더꿍 살림"을 하지 말라.

필요 이외의 물건을 구입한다든가 또는 구매충동에 의하여 물건을 사들이고 후회하는 일 있으리라.

### 2월

개가 집을 지키고 있는 것은 도둑과 낯설은 사람을 경계하기 위함인데 개가 들에 나가 짖는다면 무슨 의미가 있겠는가.

이처럼 자리를 지키지 않고 엉뚱한 곳에 마음 있어 쏘다니는 형상이니 필경 헛된 짓인가 하노니 얻고자 하는 바 있으면 먼곳에서 찾지 말고 가까운 곳에서 찾아라.

### 3월

시세도 모르고 값을 놓는다는 말이 있다.

물건을 파는 자는 손해 있으니 서둘러 시장조사부터 해보자.

필경 시중의 값은 올라 있으리라.

그러나 사고자하는 사람은 반대로 큰 이익을 얻고 사들일 것이니 주저하지 말고 매입하라.

횡재와 같으리라.

### 4월

남을 위하여 해 준 일이 도리어 나를 위한 일이 되겠으니 이것도 횡재다.

지금의 운세는 바람을 등지고 달리는 마라톤 선수와 같이 순탄한 운세로 가고 있으니 주식매입이나 투기성 물건에 손을 댄다해도 거칠것이 없겠다.

호운(好運)이다.

### 5월

바둑의 도(道)는 성신(星辰)이 분포하는 서열(序列)에 있고 풍운이 변화하는 기틀에 있으며 봄과 가을의 살리고 죽이는 구도가 있고 세도(勢道)의 오름세와 내림세가 있으며 인간이 성쇠(盛衰)하는 이치(理致) 모두가 바둑의 도(道)에 있느니라.

그대의 영화로움 무한(無限)의 것이 아니다.

유한(有限)의 것이니 내림세를 대비하여 적선(積善)하기에 인색하지 말라.

### 6월

"문틈으로 보나 열고 보나 보기는 일반"이라는 말과 같이 지키려고 했던 비밀은 기어코 누설되어 흩어져 돌아다니고 있다.

더 이상을 은폐하지 말고 이 사실을 고백하라. 소문은 소문을 낳아 엉뚱한 소문으로까지 번지리라.

특히 연인관계라면 더더욱 비밀을 감추기 어렵다.

### 7월

상대의 말에 신경이 날카로워지는 때를 만나겠다.

사실은 보통의 일에 불과했으나 순간의 경솔함 때문이었다고 양해를 구하라.

이성의 문제라면 결별까지 선언당하는 수모를 겪어야 되고 대인관계라면 단교까지 되는 경우도 있겠기에 하는 말이다.

### 8월

늙은 용이 여의주를 물고 승천하려 하나 개짖는 소리에 신경이 쓰이고 새벽 닭 홰치는 소리에 놀라 승천하지 못하는 형상이다.

이는 곧 방해자와 경쟁자를 뜻하는 말이다.

중간에서 이간질하는 자도 있겠으니 살피고 살펴라.

일이 쉽게 풀리지 않으리라.

### 9월

적소성대(積小成大)하라.

작은 것이 모여 큰 것을 이루는 법이다.

작다고 버리고 크다고 덤벼든다면 손해를 자초하는 일이나 누구를 원망하고 탓하겠는가.

오직 한걸음부터 배운다는 자세로 순리에 따라 움직여라.

기쁜 소식도 있겠고, 재운도 무난하리라.

### 10월

아리랑, 양산도는 우리 고유의 으뜸 노래다.

그러므로 우리 모두는 슬플 때나 즐거울 때나 이로써 마음을 달래고 즐거워 하거늘 어찌하여 그대는 째즈와 샹송만을 즐겨 부르는가.

동참하라. 독불장군처럼 독선만 주장하다 외톨박이가 될까 염려되어 한 말이다.

그대! 유난히 반대하는 일 있으리라.

### 11월

요 나라의 요 임금은 순 임금에게 두딸을 출가시키고 항상 그들이 현모양처(賢母良妻)가 되어 주기를 기원했다는 고사가 있다.

인품이 수려하고 덕이 있다한들 어찌 인간으로서 부족함이 없겠는가.

자녀 문제로 인하여 가정불화가 있겠기에 한 말이다.

아내는 남편을 남편은 아내를 용서하고 이해하여 화평(和平)을 찾아라.

### 12월

자연의 원리는 돌고 바뀌면서 주야를 있게 하고 계절을 있게 하였건만 어찌하여 당신은 변화됨을 모르고 아직도 옹색한 발상만 하고 있드냐.

하나는 둘도 되고 셋도 되는 법이다.

지키고 가꾸는 것도 좋지만 변화되어 발전을 기하지 못하고 있으니 재투자하여 증식을 모색해 보자.

눈송이처럼 불어나리라.

# 27운(二十七運)

## 총운

이조시대에도 잘못된 관리가 있었다. 사대부집이라는 세도를 믿고 가렴주구를 일삼으며 대궐같은 집을 짓고 곳간에 곡식과 찬거리가 썩어 나가는 한이 있어도 보리고개를 견디지 못해 굶어 죽는 백성들을 본체만체 한 탐관오리들이 있었다는 것을 알 수 있다. 그러나 시대와 역사는 바뀌었어도 인심은 변하지 않고 있으니 인간의 탐욕이란 어쩔 수 없는가 보다.

그대여! 가진 것 모두는 그대의 것이 아닌 줄 알고 나누기를 서슴치 말라. 불연이면 재물로 인하여 크게 봉변하는 일도 있으리라.

### 1월

책사(策士)란 벼슬없는 사람이 벼슬을 얻기 위하여 세도가(勢道家)의 집에 식객(食客)으로 들어가 일해주다가 주인의 추천으로 벼슬을 얻는 것을 말한다.

오늘날로 비유해 본다면 사람이 쓸만하다하여 취직을 시켜주는 것과 같은데 무직자는 직장을 얻겠고 추천을 받아 표창상신이 된다든가 또는 추천 받는 일 있겠다.

### 2월

화조월석(花朝月夕)이라.

꽃 피는 아침과 달 밝은 저녁의 경치를 찬미하는 말이기도 하지만 화조(花朝)는 2월 15일, 월석(月夕)은 8월 15일을 말하는 날이기도 하다.

2월 15일을 전후하여 기쁨이 있겠다.

가정의 경사요. 나의 경사로운 일이니 가히 즐겁고 아름다운 일 이리라.

### 3 월

대신댁 송아지 백정무서운 줄 모른다는 속담과 같이 그대의 기고만 장한 운세는 높이 평가할 만하다.

강운속에 함정이 있으니 살펴라.

승승장구하는 운세는 불길처럼 타올라 만사여의 하겠지만 이간질하고 노려보는 자 있으니 말썽 피울까 두렵다.

### 4 월

기와 한장 아끼려다 대들보 썩힌다는 말이 있다.

아무리 근검절약이 생활의 미덕이라고는 한다마는 쓸것은 쓰고 지출할 것은 지출하며 내실을 다지는 것이 생활인의 지혜이거늘 투자를 지출로 착각하고 머뭇거리다 손재하는 경우 있으니 사리판단을 분명히 해보자.

분명 이득 있는 지출일 것이다.

### 5 월

당나라의 현종이 궁내에 가득히 핀 연꽃을 보며 춤과 노래로 주연을 베풀고 있을 때 양귀비를 넌즈시 훔쳐보며 하는 말이 "저 연꽃보다 내 말을 이해하는 꽃이 더 아름답구나"했다는 고사가 있다.

사랑의 만남이 있다는 뜻으로 이 말을 전하니 만족한 이성으로 알고 기뻐하라.

진정한 사랑의 만남인 줄 알겠다.

### 6 월

가는 방망이 오는 홍두깨라는 말이 있다.

내가 방망이로 때렸더니 상대는 홍두깨로 때리더라는 말인데,

상대를 먼저 험하지 말라.

도리어 시비를 당하리라.

사소한 말장난이 시비가 되어 부부간에도 불화있고 친구간에도 불화있다.

진한 농담 삼가하고 시비있는 곳에 가지 말라.

### 7월

물이 너무 맑으면 고기가 없고 사람을 너무 살피면 동지가 없다 하지만 그래도 살필 것은 살펴야 되겠다.

노상에서 실물하겠으니 어찌 살피지 않을 수 있으랴.

대중교통의 차 속에서 주머니 관리에 철저하고 들고다니는 물건 아차하는 순간 놓고 내리는 경우도 있으리라.

### 8월

창상지변(滄桑之變)이라.

푸른 바다가 갑자기 뽕나무 밭으로 변한 격이니 세속이 빠르게 변하고 발전했다는 뜻도 되지만 어제의 동지가 오늘의 적으로 변했다는 말로 전하노니

부탁이나 의뢰하기를 삼가하라.

오히려 내 것을 그에게 빼앗길까 두렵다.

### 9월

"밝은 눈동자 흰 이는 지금 어디에 있는가"라는 시구가 있다.

분명 아름다운 연인을 목메이도록 찾고 기다린다는 뜻이니 그대의 외로움도 있고 애정의 결별도 있겠으니 안타까워 하노라.

그러나 가출인이면 곧 돌아오고 소식 있겠다.

### 10월

진나라의 차원이라는 사람은 집이 가난하여 여름에는 얇은 비단 주머니에 반딧불을 잡아넣고 그 불빛으로 공부했다는 고사가 있다.

그대 어찌하여 노력은 적게 하고 성과만 얻으려 하는가.

다시 한번 자신을 정리하고 대업(大業)에 도전하라.

후일에 대지대업(大志大業)의 뜻을 이루리라.

### 11월

잔디밭에 바늘을 떨어뜨리고 찾는 형상이니 그 바늘 쉽게 찾으려 생각지 말라.

동에서 떨어뜨린 것을 서에서 찾는 것과 같기 때문이다.

　지금의 위치에서 진로를 수정하지 않으면 크게 실망하는 일 있으리
라.

　지금의 모든 방법을 개선하여 빨리 시도하라.

　그러므로 이루리라.

　| 12월 |

　독수리의 사나운 발톱은 먹이를 포착할 때 한 순간을 쓰기 위하여
날카롭게 갈아두고 감추어 두었던 것이다.

　기어코 날카로운 발톱을 쓸날이 왔노라.

　마음껏 할퀴고 당겨라.

　큰 것을 낚아 채리라.

　시험운, 관운, 사업운, 애정운 대길하다.

# 28운(二十八運)

## 총운

역사는 사가(史家)의 손에 의하여 더렵혀질 수도 있지만 신화(神話)는 순수하고 깨끗하여 더렵혀질 수 없다. 그러므로 신화없는 민족은 민족의 구심점이 없어 불쌍한 민족이라고 하는 것처럼 사가(私家)에서도 전통적으로 내려오는 가훈(家訓)을 지키고 있는 집이면 흔히들 명가(名家)라고 말한다.

이는 가문(家門)의 법도(法道)와도 같아 가족의 구심점을 있게 하는 것처럼, 그대도 좌우명(左右銘)을 살려 구심점을 지켜라. 소신있는 행동은 곧 커다란 보람을 낳게 하리라.

### 1월

여말(麗末)의 충신(忠臣)이었던 목은(牧隱)의 글로 전한다.

"한식(寒食)때면 해마다 고향 생각 간절한데

고향은 저―멀리 푸른 물같이 아득하구나.

언제나 시골 초가집을 돌보고 오리오.

이화(梨花)밑에서 보니 더욱 화려하구나"

고향의 부모님이나 가전택(家田宅)문제로 인하여 고심하는 일 있겠다.

### 2월

한번 나고 죽는 것은 원래의 생명(生命)이 끝나는 것이 아니라 나고 죽을때 마다 형태(形態)가 달라지는 것 뿐이라고 했다.

비록 하나를 잃었다고는 하나 그것은 잃은 것이 아니고 새로운 것을 낳기 위한 과정과 같으니 상심할 것 없노라.

처음에는 곤고하고 일이 풀리지 않으나 서서히 그리고 결과는 후하고 이룸(成)을 얻겠다.

## 3월

부처님께 공양(供養)했다고 하는 생각이 없어야지 공양(供養)했다고 하는 생각 자체는 공양(供養)을 하지 않은 것과 무엇이 다르랴.

은공을 베풀었으면 베푼 것으로 보람을 느끼고 잊어라.

이를 빗대어 그 댓가를 바란다면 크게 실망하는 일 있으리라.

공치사 한다는 말을 들을까 염려된다.

## 4월

한줌의 모래가 손바닥 안에서의 응집력은 있어도 손바닥을 떠나면 그 응집력을 잃는 것이다.

가정에서의 화목 없는데 어찌 밖에서 화목을 찾을 수 있단 말인가.

가정불화의 요인이 도사리고 있으니 검은 구름이 떠있는 것과 같구나.

사랑과 웃음으로 뒤범벅이된 가정 가꾸기에 힘쓰라.

## 5월

땅이 얼었다고 땅밑에 흐르는 수맥(水脈)조차 얼었을소냐.

일을 해보지도 않고 어렵다, 안된다하며 지레짐작으로 물러서는 형상이니 자신과 긍지를 갖고 달려들어라.

꼭 이루리라.

기회는 시간과 같아 기다려 주지 않는 법이다. 다만 이용할 뿐이다.

노다지를 캐는 것과 같으리라.

## 6월

속담에 새잡아 잔치할 것을 소잡아 잔치한다는 말이 있다.

조그마한 부주의로 커다란 실수를 범하겠다는 뜻으로 전하노니,

모든 일을 처리함에 심사숙고 하기 바란다.

특히 물로 인한 수액(水厄)과 쇠(金)로 인한 액(厄)으로 놀라는 일 있으니 주의하라.

## 7월

나라에 의식(衣食)이 풍족해야 멀리있는 백성이 모여들고 토지가

풍족하면 백성들이 그 토지를 떠나지 않으며 창고에 곡식이 가득하면 백성들은 예절있는 행동을 한다고 관자의 목민편에서 전하고 있다.

그대 위와 같이 모든 것 만족한 형상이노니

남아장부로서 더이상 무엇이 그리우랴.

### 8월

세월이란 쏘아올린 화살과 같다.

다만 과녁에 명중하느냐, 안하느냐 하는 것은 운(運)에 맡길 뿐이다.

그러나 기세좋게 날아가는 화살은 과녁에 명중하리라.

부탁한 일 이루어지겠고 하는 일 이루어지겠다.

착수하지 않은 일이라면 서둘러 결행하라.

### 9월

성실(誠實)은 하늘의 도(道)요.

성실(誠實)하려고 노력하는 것은 사람의 도(道)라고 중용(中庸)에서 가르치고 있건만 인간들은 자꾸만 성실을 외면하려 하는구나.

정성을 다하지 않고 요령과 잔꾀로 능사(能事)하려들까 염려되어 하는 말이다. 결과는 성실여하에 달렸으니 최선을 다하라.

### 10월

농부는 저무는 석양(夕陽)빛에 얼굴을 검게 태우면서도 하루의 일에 보람을 느껴 행복을 찾으며,

가난한 어부는 그물을 던지는 순간을 행복으로 안다.

그런데 그대의 행복은 어디 있고 어디서 찾으려 하는가.

지금 하고자 하는것은 남의 다리 긁어주는 것과 같겠으니 다시한번 재고하라. 소득없는 놀음이다.

### 11월

비정상적인 이성의 교제가 있어 가정으로까지 파문될까 두려워 다음말로 전하노라.

한나라의 광무제는 자기의 누이동생이 청춘과부가 되어 외롭게 지

내는 모습을 보다 못해 송재상이라는 금슬 좋은 선비를 택하여 그에게 동생을 맡기고자 청혼하니 송재상 왈,

"나는 이미 부인이 있는 몸이며 내 아내는 그동안 구차한 생활을 함께 해온 아내인데 어찌 마당아래로 내쫓을 수 있으며 빈곤하고 천할 때 사귄 친구를 어찌 내가 죽은들 잊으리오"

했다는 말이 있으니 각성하고 또 각성하라.

### 12월

대지(大地)가 회춘(回春)코자 함에는 두꺼운 땅도 뚫어야 되고 두꺼운 껍질도 벗어야 마침내 새싹을 트여내 듯 그날이 그날이라는 짜증과 푸념을 하지 말라.

그대는 변화없는 단조로운 생활같지만 운세의 기(氣)는 그대를 회춘(回春)시키고 있어 필경 결합되어 성사시키는 경사로움 있으리라.

# 31운(三十一運)

### 총운

예수가 가시관을 쓰고 십자가를 짊어진 채 고난의 길을 걸어야 했던 것은 누구를 위한 길이었으며, 석가는 왕자의 몸이시면서 이를 뿌리치고 스스로 고행의 길을 택하심은 누구를 위한 고행이었든가를 생각하라.

당신들께서는 온 인류의 구원과 깨달음을 있게 하기 위한 스스로의 체험이었건만 이를 잊은 채 스스로를 망각하여 본분을 잃는 어리석음을 범하고 있으니 분수를 지키라는 말로 본운을 대변하겠노라.

### 1월

닭이 천이면 봉이 하나라는 말이 있다. 사람이 많으면 많은 가운데 걸물과 같은 사람이 하나 있다는 말로 비유되니 그대 분명코 봉과 같아 추앙받고 추대받아 뽑히는 일 있으리라.

당선, 합격, 취직, 승진, 표창 등 신상에 영광인 줄 알라.

### 2월

걸어가는 사람은 달리는 자동차를 허물하며 차에 탄 사람은 걸어가는 사람보고 허물하듯 모두는 자기 본위로 말을 하고 있다.

그러나 허물하기까지에는 어느 한쪽의 허물이 분명코 있건만…….

내용인즉 그대의 일방적 주장만 고집하는 일이니 자신을 점검해 보기 바란다.

구설이 많다.

### 3월

땅을 파 금은보화(金銀寶貨)가 쏟아져 나온들 무엇하며 그물을 던져 만선(滿船)을 이룬들 무엇하리.

명예란 재물 얻기 보다 어렵고 귀한 것이다.

원하는 명예, 소원한대로 얻겠으니 오염되고 상하지 않도록 가꾸고
보존하기에 힘쓰라.

### 4월

산을 넘고 물을 건너면 초원인가 했더니 또 산이요,

이 모퉁이 돌아서면 마을인가 했더니 또 계곡을 만나는 것과 같구
나.

일이 꼬이고 꼬여 잘 풀리지 않음을 뜻하는 말이다.

서둘지 말고 느긋하게 추진하라.

늦게야 이루리라.

### 5월

"인생은 누구나 사형선고를 받았다.

그러나 그 집행을 유예하고 있는 것뿐이다."라고 했다.

이처럼 인생은 누구나 잠시 태어나 살고 있듯이 부(富)도 잠시의 것
에 불과한 것이다.

부(富)를 나누고 권(權)을 아끼며 사양하라.

재물에 인색하다는 말을 듣겠고 권(權)을 함부로 쓴다는 말을 듣겠
다.

### 6월

인생의 허무함과 공허함을 달래주기 위하여 통소를 벗삼아 한 세월
을 넘겼다는 어느 선비의 말로 대신한다.

신통치 못한 생활과 주위의 번거로움으로 시달리다 못해 권태와
염세까지도 느끼겠다. 음악으로써 마음을 달래주라.

통소 소리엔 번뇌를 이겨내는 고고하고 청순한 아름다움이 있고 청
절고매한 진수가 있으니 그 가락에 세파도 잊은 채 무심무아(無心無
我)에 취하리라.

### 7월

여인이 간직한 아름다운 가운데 가장 소박한 아름다움이란 "기다
림"인 줄 안다.

행여, 술에 취하여 들어오지 않나 하고 마음 조이며 기다리는 아내의 정성된 마음과 다 큰 딸 아이가 밤늦게까지 돌아오지 않을 때 애태우며 기다리는 엄마 마음, 때로는 아름답기 보다 가련한 마음이 들 때도 있건만 그래도 이것만큼 귀한 아름다움이 없다.

아내의 내조가 돋보이고 큰 힘이 되어 주는 일 있어 한 말이다.

### 8월

외밭에서 신발을 고쳐 신지 말며,

오얏나무 아래에서 갓을 고쳐쓰지 말라는 옛글과 같이 오해와 의심받는 일 있을까 두려워 한 말이다.

눈으로 확인하지 않고 들은 말을 옮기지 말며 짐작한대로의 말을 사실인냥 말하지 말라. 오히려 누명되어 그 화가 나에게로 돌아온다.

### 9월

나의 잘못을 지적해 주는 자는 나의 스승이오,

나의 잘못을 말해주지 않는 자는 나의 적이라고 했다.

그대의 기고만장한 처세와 용맹과격스러운 발언을 탓하는 자 있겠으니 대꾸하지말고 들어라.

강한 운세는 곧 강한 행동으로 나타나 시비, 쟁투를 하려들기 때문이다.

### 10월

소이성대(小以成大)의 근본정신은 허례허식을 배격하고 근검저축으로 자립성가(自立成家)하라는 뜻도 있지만 정신의 개념으로는 하나를 천이나 만보다도 더 소중히 여기라는 뜻도 된다.

보잘것 없다고 외면해 버리는 일, 쓸모 없다고 속단해 버리는 일 있겠으니 다시 한번 생각하라.

쓸모없는 것이 아니니라.

### 11월

새는 날을 수 있는 공간이 필요하고,

고기는 뜰 수 있는 물이 필요하며,

인간은 정을 나눌 수 있는 사람이 필요하다.

사람 사귀기도 어렵지만 정을 끊기도 어려운 법이다.

이성간의 교제가 끊기고 친구와 우정이 끊기는 일 있겠으니 양보하고 화해하여 정을 잇기 바라노라.

### 12월

우리의 역사만 보더라도 고려는 불교의 타락으로 망쳤고,

조선왕조 500년의 사직은 유교의 타락으로 그 종말을 고했듯이 가정의 소요와 불화는 부부의 애정결핍으로부터 비롯되는 것이다.

공연한 입씨름으로 애정에 금이 가는 일 있겠고, 심하면 공방(空房)도 하리라.

# 32운(三十二運)

### 총운

삼인작사(三人作事)

이인동심(二人同心)이오.

세 사람이 합하여 일을 하지만 두 사람은 합하고 한 사람은 물러나리라.

어천만사(於天萬事)

신중위길(愼重爲吉).

어떤 일이든 모든 일에 신중을 기하라.

동업하는 일은 이롭지 못하니 동업을 삼가라. 처음에는 뜻이 같지만 점점 이견이 생겨 헤어지는 일 있으니 의절할까 두렵다.

### 1월

주체의식의 결여로 이랬다 저랬다 갈팡질팡하는 변덕스러움 있어 다음말로 지적해두니 소신을 지키기 바란다.

국조 단군개국 후 우리의 역사가 시작되어 단기년호를 사용치 않고 서기를 씀도 주체사상을 잃었음이며, 빼앗겼다는 사실 자체도 망각하였으니 이것도 주인정신의 결여가 아니든가.

입과 말로만 주인정신을 부르짖음은 헛된 말 장난에 불과하다. 내 것을 지키고 가꾸기에 힘써 국적있는 국민이 되자.

### 2월

옛정은 구정이오, 연민의 정이라 하건만 어찌하여 홀로서기의 외로운 정만 남았드냐.

이미 떠나버린 사람이다.

정을 아껴라.

새 정이 기다리고 있다.

이말은 곧 연인과의 이별 그리고 먼저 혼담은 이루기 어렵고 두번째 혼담이 성사되겠다는 말이다.

### 3월

기자봉풍(飢者逢豊)이라.

추위에 굶주리고 떨면서 엄동설한을 이겨냈더니 봄빛이 완연한 가운데 풍년을 맞음과 같구나.

그동안 숱한 우여곡절을 겪으며 오르락 내리락 하던 일은 얼음녹듯 풀리겠으니 주저하지 말고 행하라. 대어(大魚)도 낚겠다.

### 4월

흩어졌던 재물은 흩어진 낙엽을 한곳에 쓸어 모으듯 모으고 쌓으니 이보다 더 흐뭇한 일 또 어디 있느냐. 오직 정진하고 또 정진하라.

그리고 한 곳만을 향하여….

이곳 저곳 기웃거리고 딴 곳에 마음 또 둔다면 모으기가 무섭게 낙엽은 또 흩어지리라.

### 5월

기쁨에 넘치는 듯한 기세가 눈에 가득하니 필경 뜻밖의 기쁜 소식 듣겠고 횡재하는 일도 있겠다.

응시자는 합격이오. 실업자는 구직되니 그 기쁨은 하늘을 날을 것만 같고 짝 잃은 기러기 짝을 찾으니 이성의 결합있겠고, 씨앗은 새싹을 튼 형상이니 필경 득남(得男)하는 경사 있으리라.

### 6월

창을 열고 하늘을 보니 칙칙한 구름이 하늘에 깔려 곧 비를 뿌릴 것만 같구나.

이는 운세의 내림을 뜻하는 말이다.

운세의 내림에는 자신도 모르게 실수가 많은 법이니 매사에 신중을 기하라.

오판, 실언, 분실, 망각 등이 잇따라 괴롭히는 일 있으리라.

### 7월

가론(家論)을 중시하라.

무리의 뜻은 곧 대중의 뜻이요, 전체의 뜻으로 민주의 방법이거늘, 그대의 편견된 고집으로 말썽이 될까 두렵다.

집안 어른 또는 아내와 남편에게 협의하여 대책을 강구하고 그의 뜻에 따른다면 큰 화는 없으리라.

### 8월

행운필지(幸運必志)라.

행운은 반드시 그대에게 이르러 몸을 휘어감고 얼싸안으니 노력의 산물이요, 노력의 댓가인가 하노라.

다시 한번 업(業)을 베풀어라.

필경 그 업(業)은 헛되지 않아 그대의 자손에게 까지로 이어지리라.

### 9월

오른손이 한 일을 왼 손이 모르게하고 왼쪽 눈이 본 것을 오른쪽눈이 못보게 한다는 것은 불가능할 정도로 어려운 것은 틀림없는 사실이다.

그러나 어려운 것을 이룬다면 그 보람은 무한하고 영원한 것처럼

무엇인가 어려운 일을 해내고 크게 보람을 느끼며 기뻐하는 일 있겠다.

### 10월

님이 그리워 못견디도록 몸부림치는 여인의 애달픈 한이 있다고 할 때 그대에게는 필경 여유가 있으리라.

낭군과의 작별로 인한 뉘우침의 한도 있겠고, 온다해 놓고 오지 않는 님을 원망하는 한도 있으리라.

그러나 온다해 놓고 오지 않는 님 때문의 한과 같으니 미혼녀는 정조 지키기에 생명과 같이 하라. 눈물짓는 일 있다.

### 11월

목적달성 하기에는 아직 이르다 하겠으니 나름대로의 공과는 나타

나겠다.

다만 방해하는 자와 경쟁자 있어 그늘에 가린 듯 빛을 보기가 어려우나 그들은 스스로 자기힘에 지쳐 물러서겠으니 이들을 너무 의식하지 말고 소신껏 행하라.

승리는 그대의 것이다.

### 12월

재물과 이득이 새로 생기고 얻을 수니 수복이 족하고 명예가 사해명진 하는구나.

영화로운 가운데 자손에게까지도 경사로운 기쁨 있어 만인으로부터 추앙받는 일 있겠다.

다만 노부모에게 우환 있어 근심은 있겠지만 대수롭지는 않으리라.

# 33운(三十三運)

조선시대의 왕! 으리으리한 구중궁궐속에서 만조백관을 거느리고 비빈을 거느린 가운데 고량진미로써 주흥을 즐기는 모습을 연상케 하는구나.

그러나 이처럼 영화로운 왕만 있었던 것은 아니다. 안빈검소하며 백성들에게 술을 마시지 못하게 하는 왕도 있었으니 어찌 왕이라 하여 부귀영화만 있었다고 하겠느냐.

하지만 금 나와라 뚝딱하면 금나오고 은 나와라 뚝딱하면 은나오는 요술방망이와도 같은 운기를 갖고 있으니 본운의 운질은 분명 전자의 왕과 같겠구나.

### 1월

천관사복(天官賜福)이라.

하늘에서 벼슬과 복을 주어 부귀영화를 한 몸에 받은 것 같고 일취월장하는 운세는 거칠것 없어 하는 일에 막힘이 없겠다.

다만 눈에 가시와 같이 가까운 사람이 시기하고 질투하는 일 있으나 상대가 되지 않는다.

### 2월

온갖 회유를 뿌리치고 절개를 지킨 춘향정신을 본 받아라.

그대의 변태로운 마음은 종잡을 수없어 쉽게 실증도 느끼고 간교함도 있겠다.

그러므로 약속 불이행 하는 일 있게 되어 주위로부터 심한 질타와 문책도 받겠으니 약속하기 이전에 가능 여부부터 분석하기 바란다.

### 3월

황금을 보고도 구리와 같이 보이며 산삼을 보고도 도라지로 보이겠다.

이 말은 진실을 진실로 받아들이지 않고 왜곡되게 받아들이겠다는 말이다.

믿는 마음의 부족 때문인 줄 알라.

충고, 권유, 지적 사항 등이 있겠지만 이를 곡해하며 억지를 부리다 망신하고 손재하는 일 있다. 진실로 받아들여 따른다면 액(厄)을 면하리라.

### 4월

외로운 사람이란 마음에 맞는 사람이 없다는 뜻이오, 의지할 사람이 없다는 뜻이다.

그러므로 이와 같은 고독을 느끼고 이해할 때 비로서 인간은 철이 든다고도 하였다.

친구나 연인관계로 크게 느끼고 깨우치는 바 있겠다.

나의 과오였던 상대의 과오였던….

인생의 맛을 되찾고 새로운 출발의 계기로 삼아라.

### 5월

초목봉상(草木逢霜)하니,

하망생계(何望生計)라.

초목이 서리를 맞으니 어찌 살기를 바라겠느냐.

분수를 지키지 못하고 경거 망동한 짓만하다 괴상한 일만 일어나겠으니 근신자중하라.

얕은 물에 배를 띄워놓고 노를 저어 가려는 형상과 같다.

### 6월

하늘이 무너지고 일이 거꾸로 매달린 형상과 같다.

집안 사람끼리 화목치 못하여 고성이 오고 간다면 가문(家門)의 도(道)에 누를 끼침과 같으니 이해(利害)를 논하기 전에 먼저 체면과 체통을 지켜라.

이해관계의 도(道)가 지나치면 부모형제간에도 송사(訟事)하는 경우 있느니라.

### 7월

패군지장(敗軍之將)에 무면도강(無面渡江)이라.

자기의 군사는 모두 흩어지고 사방을 둘러보니 적의 군사가 이미 길을 막아버린 형상과 같다.

막힘이 많아 곤고하고 기개를 펴지 못하는 운세이니 크고 넓게 뛰려 하지 말라.

그것은 오직 마음뿐, 걸음에 말을 들어 주지 않노니 현실에 만족하고 현실 지키기에만 여념한다면 그 화는 없으리라.

### 8월

지루한 장마가 걷히고 햇살이 쏟아지는 형상이다.

산이 높으면 그 계곡이 깊은 것처럼 쇠운의 기세가 강하고 험했기에 그동안은 옴추렸던 삶이었지만 서서히 피부로 느끼고 눈으로 확인할 수 있도록 일이 풀리고 있음을 알 수 있으리라.

도약을 대비하라고 비유한 말이다.

### 9월

날으는 용이 하늘에 있어 사해를 진동시킴과 같으니 귀인의 도움으로 크게 이루는 일 있어 대기만성(大器晩成)하리라.

정치가는 치정치민(治政治民)에 능하여 그 이름 빛나겠고 사업가는 천금을 희롱하는 일 있겠으니 이보다 더 기쁜 일 어디 있으랴.

### 10월

음식을 보고도 먹지 못함은 그림의 떡이기 때문인 것과 같이 내 것이 아닌 것에 신경쓰고 돈 쓰는 일 있겠다.

그러나 결과는 신통치 않겠고 오히려 구설만 무성하겠으니 이성의 일에는 간여하지 말라.

따가운 질타의 눈총이 두렵다.

### 11월

출장입상(出將入相)이라.

나가면 장수요 들어오면 재상과 같은 격이다.

세인으로부터 추앙받아 가문(家門)의 빛냄 있겠으니 그 이름 매스콤에 오르내리는 일 있겠다.

단 집안에 있는 것보다 출행(出行)하므로 더욱 길함이 있으리라.

### 12월

달이 서쪽 창문으로 숨어드는 형상이니 필경 우환 근심 걱정이 있는 일이로세.

자신의 건강은 물론 가족의 건강 보살피기에 게을리 하지 말라.

불연이면 깜짝 놀라 당황하는 경우도 있다.

더불어 아차하는 순간의 실수로 차마(車馬)에 상(傷)하는 법이다.

# 34운(三十四運)

**총운**

가정의 음식맛을 좌우하는 데는 년초 이른 봄에 담그는 장맛으로부터 라는 속담이 전해오고 있다.

장은 본래 메주가 변질되지 않는 음력 정월 말경부터 3월초 사이에 담그는 법이다. 이때 자상한 시어머니는 새며느리한테 가업으로 전승되는 비장의 장 담그는 비법을 가르치건만 세태의 풍속이 다름인지 아니면 신진문명의 문화교육을 받은 탓인지 새며느리는 이를 한사코 배우려 하지 않는 거부의 뜻과 같은 것이 본운의 특성이다. 나는 바르고 진실하게 하고자 하나 상대로부터 반항이 드세어 뜻을 이루기 힘들겠다.

**1월**

청산귀객(靑山歸客)이 일모망보(日暮忙步)라.

청산에 들어가려는 사람이 해가 저물어 바쁘게 걸어가는 모습과 같구나.

분주다사 하겠다. 처음에는 곤하겠지만 후사(後事)는 길한 운세이니 보람을 갖고 움직여라. 흐뭇한 일 있겠고 기쁜 소식도 있으리라.

**2월**

두 범이 서로 자웅을 겨루고 있는 상이다.

공연히 시비를 가려준다고 끼어든다든가 중개역할을 해준다고 교섭하는 일 있겠다.

그러나 화약을 짊어지고 불 속에 뛰어들어감과 같으니 간섭하지 말라.

도리어 불똥이 내게로 뛰어들어 화를 입는 꼴이 되리라.

### 3월

연못에서 놀던 고기가 큰 강으로 나가는 형상이니 필연코 신변에 경사가 있겠고 식구를 더하는 경사가 있겠다.

만약 주택을 이전하는 일이라면 즉시 개운 발복하는 명당(明堂)의 곳으로 이사함과 같으니 망설이지 말고 행하라.

### 4월

오죽상쟁(梧竹相爭)이라.

오동나무와 대나무가 서로 몸을 비비며 다투는 형상인 필경 연인사이의 다툼이거나, 남남과의 다툼이다.

또한 라이벌과의 경쟁관계로 심한 알력이 있겠으니 물러서지 말라. 승산 있다.

강자의 입장에서 물러선다면 양보가 아닌 자멸일 뿐이다.

### 5월

한아름 꽃송이가 이슬을 머금었으니 꾀꼬리 소리도 아름답고 녹음 깊은 곳에 슬피우는 소쩍새 소리도 아름답구나.

재물과 명예를 탐하려 뛰지말고 나타내지 말라.

스스로 만들어져 자연스럽게 들어오리라.

또한 의외의 옛친구 만나 새소식 듣는 일 있으리라.

### 6월

소초봉춘(小草逢春)하고,

작은 풀들은 봄에 피어나고,

연화추개(蓮花秋開)라.

연꽃은 가을에 피어나는 법이거늘 어찌 봄에 연꽃이 피어나기를 바라드냐.

성급하게 결실을 재촉하는 일 있어 탓하는 말이니 서두르지 말라.

시운불래(時運不來)하여 아직은 이루기 어렵다.

### 7월

약유연인(若有緣人)이면 단계가절(丹桂可折)이라.

만약 인연이 있는 사람이면 반드시 붉은 월계수를 꺽으리라.

남녀간에 좋은 연분을 만나든가 도움주는 사람 있겠다.

필경 가까운 사람으로부터의 연분이오,

도움이니 거절하지 말고 받아들여라.

자만과 오만에 넘쳐 거부할까 염려된다.

### 8월

범의 꼬리를 밟은 형상이니 두렵고 두렵구나.

언제, 어디서, 무엇을 어떻게 할까도 두렵고 어떠한 일이 발생할까도 두려우니 원행을 삼가하고 무리한 일은 하지 말며 잦은 외출이나 늦은 귀가도 삼가하라.

신액(身厄)이 두렵고 손재(損財)가 두렵다.

### 9월

노인이 젊은이와 마주 앉아 주연(酒宴)을 베푸는 가운데 술로써 대작을 하고 있으니 어찌 먼저 취하지 않을 수 있으랴.

이 말은 곧 수하인과의 대립이나 경쟁관계에서 밀리겠다는 말이며 아랫사람에게 양보하는 일 있겠다는 말이니 서슴없이 양해하고 양보하라.

맞붙는 일 있으면 득(得)보다 실(失)이 많으리라.

### 10월

유궁무시(有弓無失)하니 내적하방(來賊何防)이라.

활은 있으나 화살이 없으니 달려드는 적을 어찌 막으랴.

맹호가 기운을 잃은 듯한 형상이다.

일을 크게 만들지 말고 지키고 가꾸는데 힘쓰라.

능력과 자금부족으로 허둥대는 일 있겠고 시작은 있으나 결과가 없는 일 있겠다.

### 11월

버들가지에 꾀꼬리 한 쌍이 앉아 노니는 형상이다.

필경 미혼자는 혼담이 있겠고 성혼되어 짝을 이루는 경사 있겠으며,

기혼자는 연인이 되어 주는 짝을 만나리라.

음양(陰陽)의 배합(配合)이란 천지(天地)의 도(道)인줄 알고, 인도(人道)를 잃지 말기에 힘쓰라.

### 12월

쥐가 곳간에 든 형상이니 식록이 두텁고 몸은 평안하리라.

더불어 뜻밖의 횡재(橫財)도 있어 보겠으니 유동자산(流動資産)을 움직여 보라. 넉넉한 보람을 얻으리라.

다만 아쉬운 것은 발목 잡힌 형상이 되어 원행(遠行)코자 했던 일이 늦어질 뿐이다.

# 35운(三十五運)

**총운**

독립운동가였던 단재, 신채호 선생의 일화를 여기에 소개하여 본 운의 뜻과 비유하노라.

그는 가난한 집에서 출생하여 어렵게 살던 중 하루는 식량을 얻으러 부자집 영감에게 찾아가 애청을 했더니 3시간후에 오라고 한후 그 영감은 다른 동네로 피신하였던 것이다. 단재는 약속 시간이 되어 그 집에 가보니 그는 이미 피신한지라 이에 분함을 참지 못한 선생은 동네를 샅샅이 뒤져 끝내는 찾아내고 그의 갓을 짓밟아 버렸다는 통쾌한 일화처럼 그대의 울분을 시원하도록 풀어내는 통쾌한 일 있겠구나.

## 1 월

승패(勝敗)는 기약할 수 없는 것이니 부끄러움을 참고 다시 한번 도전하는 것이 남아장부의 기풍이라고 병가서(兵家書)에서도 말하고 있다.

비록 지난 날에는 패장(敗將)으로의 수모를 겪었지만 다시 한번 도전하라.

기필코 승산하리라.  호운(好運)이다.

## 2 월

기우(杞憂)란 중국의 기(杞)나라 때에 어떤 사람이 하루는 가만히 앉아 생각하니 큰 일이 났다.

저 하늘이 갑자기 무너져 내리면 어떻게 하나 하고 크게 걱정을 했기 때문인데, 이 사람은 이후 이것이 걱정이 되어 먹고 자는 것조차 잘 못했다고 하는 고사에서 연유된 말이다.

남에 말이 아닌 줄 알라.

쓸데없는 걱정과 염려로 공연히 마음 쓰는 일 있겠기에 한 말이다.

### 3 월

공자께서 자로라는 제자를 데리고 길을 가던중 길가에서 슬피우는 여인을 보고 그 사연을 물은 즉

부인 : 저희 시아버님께서 호랑이에게 물려갔는데 남편마저 호랑이에게 물려갔고 또 자식마저 물려갔기에 이렇게 울고 있는 것입니다.

공자 : 그러면 이곳에서 이사를 가면 되지 않겠느냐.

부인 : 다른 곳으로 이사가면 세금이 무섭기 때문입니다.

공자 : 가혹한 정치는 호랑이 보다 더 무섭구나.

했다는 말로 비유하여 전한다.

직장이나 집안에서 그대의 불호령이 있어 호랑이보다 무섭다는 말을 듣겠기에 한 말이다.

### 4 월

한 나라의 유방과 초 나라의 항우는 서로 협력하여 진 나라를 쓰러뜨리더니, 이들은 또 서로 천하의 맹주가 되려고 싸웠건만 좀처럼 승부가 나지 않았다하여 이를 건곤일척(乾坤一擲)이라 한다.

동업자(同業者)간에 싸움 있다. 주의하라.

서로의 이익 배분문제로 이견도 있지만 상대의 독점하려는 야욕이 더 무서운 줄 알라.

### 5 월

푸른초원에 외롭게 핀 꽃 한송이를 보고 벌, 나비들 떼를 지어 몰려드는 형상이니 일희일비(一喜一悲)하겠다.

기쁜일로는 사업홍왕이요, 이성의 만남이겠고.

슬픈일로는 건강이 나빠지겠으니 과로를 피하고 안정을 찾아라.

득병(得病)하면 오래 가리라.

### 6 월

나폴레옹의 어록 가운데 "권력은 나의 정부(情婦)와 같다. 그녀를 나의 손아귀에 넣기 위하여 엄청난 노력을 기울였던 만큼 이것을 남의 손에서 만지게 하고 싶지 않다"라는 말이 있다.

이처럼 강한 의지의 욕구가 솟구쳐 강변하는 일 있겠고 그 당당한 위세는 맹위를 떨치겠으니 그대의 영광스러운 일인 줄 알겠다.

### 7월

"자발없는 귀신은 물말은 밥도 못얻어 먹는다"는 속담이 있다.

참을성 없게 경솔한 짓을 할 때 탓하는 말인 줄 알라.

자연스럽게 그리고 순리적으로 진행되고 있는 일을 공연히 걱정하며 허둥대는 일 있다. 그것은 오직 타를 믿지 못하는 의심 때문이니 자성(自省)하기 바란다.

### 8월

천하(天下)는 어디까지나 공유(共有)의 것이지 개인의 것이 아니다.

그러므로 자연은 사욕(私慾)이 없고 오직 공욕(公慾)만 있을 뿐이거늘, 어찌하여 천하(天下)를 내 것으로 삼으려 하는가.

욕심이 과(過)하여 가진것 마저 잃을까 염려되는 상이다.

증권놀이나 투기놀이에서 크게 재미보기 어려우니 본전이면 족한줄 알라.

### 9월

풍신수길(豊臣秀吉)의 모습은 몸집이 작고 얼굴이 검어 볼품이 없었으나 그의 눈매는 빛이 났다고 한다. 그러나 이의 모습을 보고 그의 눈은 쥐새끼눈 같아 용렬한 인물에 불과하다고 과소평가 했기에 마침내 그로부터 침략을 당하는 수모를 겪어야 했던 역사적 사실도 있다.

상대를 낮게 평가했던 것이 화근이 되어 그대를 괴롭히는 일 있으리라.

상대도 크고, 발전한다는 것을 기억하기 바란다.

### 10월

애교가 넘치는 구애방법(求愛方法)으로는 거미의 애교가 으뜸이라고 한다.

숫놈은 암놈이 쳐놓은 거미줄에 매달려 엉덩이를 올렸다 내렸다, 상

체를 세웠다 뉘었다, 앞발을 머리 위에 올려놓고 동그라미를 그렸다
풀었다 하며 갖은 아양을 떨기 때문이라고 한다.

　이처럼 열렬한 구애(求愛)를 받겠으니 응해주라. 진정한 사랑의 고
백인 줄 알겠다.

## 11월

　공자가 하루는 흉악무도한 도적의 집앞을 지나는데 도적의 집에서
기르고 있는 개가 공자를 보고 마구 짖어 대고 있었다.　개가 어찌
공자를 알아볼 수 있으랴.

　오직 도적인 줄만 알 뿐이지…….

　그러나 비록 도적의 집에서 살고 있는 개이지만 충견(忠犬)임에는
틀림없는 것처럼 충복(忠僕)과 같은 아랫사람이 있어 그대를 변호하
고 옹호받는 일 있겠다.

## 12월

　난공불락이라든 안시성터에 올라 옛싸움터를 바라보니 요동벌에서
불어오는 바람결에 천군만마(千軍萬馬)의 울부짖는 소리와 화살이 나
는 소리가 지난날의 피어린 역사를 되뇌이는 듯 하구나.

　고향땅, 고향사람을 만나 옛일을 되새기며 술잔 부딪치는 일 있어
보겠다.

# 36운(三十六運)

400여년의 긴—세월이 흘러 왔건만 아직도 임꺽정이라는 이름이 전해지고 있으니 아마도 이의 한(恨)이 덜 풀린 모양이구나.

그는 나라의 창고를 털고 관아의 집을 습격하였으며 탐관오리들을 제거하여 귀천(貴賤)이 없는 평민사회를 만들려다 끝내는 뜻을 이루지 못하고 나라의 토벌군에 의하여 잡히고만 의적(義賊)이었다.

그대의 한맺힌 권욕과 부욕은 내용만 다를뿐 임꺽정과 다를 바 없으나 아직은 시운불래(時運不來)라 큰 뜻은 이루기 어려우니 수도(修道)하는 자세를 가져라.

## 1월

네델란드의 어느 정치코메디언이 여왕의 날 행사장에서 여왕이 10분 늦게 도착한 것을 보고 "여왕님께서 교통이 혼잡하여 지각했다고 국민들에게 사과할 때가 바로 네델란드에 민주주의가 실현되는 날이라"고 익살을 부렸던 것처럼, 그대 또한 재치와 유머로 위기를 넘기고 분위기를 쇄신시키는 일 있겠다.

크게 변혁시키므로 발전하는 운세다.

## 2월

날마다 달마다 반복되는 생활이 보다 아름답고 싱그러워지기 위하여 때로는 뼈를 깎는 아픔이 있어도 이를 아픔인 줄 모르고 노력과 경험이라고 이름하며 이겨내고 있는 것이 인간의 삶이다.

그러기에 인간은 고달프게 사는 동물이라 한다.

하지만 그대에게는 반드시 보람이라는 결실이 있으리라.

지금의 행운이 결실을 맺어주는 기회인 줄 알라.

### 3월

사람과 사람사이에 있는 그물만 없다면 우리 모두의 마음은 열려있고 사랑도 열려 있으리라. 그러나 그물이라는 보이지 않는 막이 가려져 있기에 마음의 통로가 막혀 있는 것처럼 부부간에도 할 말을 못한 채 눈치만 보고 있는 일 있겠다. 서로의 마음을 열고 고정(苦情)을 들어주어 기쁨을 찾아라.

### 4월

제갈공명이 동남풍을 빌어 화공(火攻)의 위력으로 조조의 군사를 대파시키는 듯한 통쾌한 운세로다.

움추렸던 마음을 활짝펴고 힘차게 전진하라.

만사여의(萬事如意)하리라.

다만 아쉬운 것이 있다면 해가 저물어가는 것이 아쉬울 뿐이므로 월말경에는 주춤거리는 일 있으리라.

### 5월

참의 시대란 한사람의 뛰어난 재주와 걸출한 솜씨만을 원하는 시대가 아니라 협조와 협력을 필요로 하는 상식의 시대를 말하는 것이다.

그러므로 상식이 통하는 시대를 만들기 위하여 우리 모두 민주를 외치는 것처럼 그대 자신도 민주를 하라.

독선과 아집이 지나쳐 가정과 직장에서 불협화음이 일어나리라.

### 6월

인간이란 착각의 동물이기도 하다.

잘나지도 못했으면서 잘난 것으로 아는 것도 착각이며 현명하지 못하면서도 현명한 것으로 알고 사는 것도 착각이기 때문이다.

그러나 착각속에도 가끔 요행수가 있어 즐겁게 하는 것처럼 예상했던 데로 적중되는 일 있어 크게 기뻐하겠으니 생각했던 데로 행하라.

횡재하는 일 있겠다.

### 7월

즉흥적인 쾌락은 우리들의 생활주변에서 항상 유혹하고 있거늘 이

것에 매료되어 끌려들어 간다면 헤어나오기 어렵다.

이는 곧 작은 쾌락을 얻기 위하여 큰 쾌락을 잃는 것과 같으니 자신을 다스려라.

특히 여자와 놀음이 심하게 유혹하리라.

### 8월

그대의 이름을 도용(盜用)하여 세상을 어지럽히고 혼탁하게 하는 자 있겠으니 헤푸게 찍어주는 도장과 헤푸게 뿌려지는 명함으로 인함이니 관리에 만전을 기하라.

또한 신용카드등의 분실로도 이러한 일이 발생될 수 있으니 가급적 소지하지 말고 보관하여 예방하라.

### 9월

율곡(栗谷)이 24세때 과거(科擧)에 3번이나 낙방하고 집에 돌아와 있는데 하루는 누가 찾아와 밖에서 "이서방"하고 부르는 소리를 듣고 깜짝 놀라 내가 과거에도 떨어졌으니 "이서방"이라고 부르는구나 하고 자신의 처지를 깨우친 후 과거에 합격했다고 한다.

이처럼 그대에게도 새로운 출발점이 되는 동기부여의 기회가 있겠으니 자신의 것으로 삼아라.

### 10월

숙종때 서인과 남인들의 당파 싸움으로 국론의 조정이 안되고 대립과 경쟁으로만 치닫고 있을 때 요즈음말로 양심선언을 한 선비가 있어 말하되 "이런때일수록 병권(兵權)은 반드시 쥐고자 하는 사람에게 주어야 그는 그 책임이 무겁고 어려운 줄 아나이다"라고 했다는 말이 있어 이로써 그대에게 좋은 뜻으로 양심선언을 하는 자 있음을 알려준다.

### 11월

누군가가 인생을 "영욕의 교차로"라고 말했듯이 인간들은 부질없는 영욕만을 꿈꾸며 산다.

그러나 영욕속에는 치욕이 있건만 이는 아랑곳 하지 않고…….

부(富)와 권(權)을 탐하기에 급급하겠지만 이 가운데에는 욕됨도 있으니 윗사람 찾아가기를 삼가하라.

아니간만 못하리라.

### 12월

아무리 사랑스럽고 고울지라도 향기없는 꽃이 있는 것처럼 실천할 줄 모르는 사람의 말은 번드르르하나 결과가 없는 것이다.

지금 하고자 하는 그대의 이론은 빈틈없는 것 같지만 사실은 실천불가한 것이니 다시 한번 선배나 동료와 협의하여 차선책을 강구하기 바란다.

# 37운(三十七運)

반사거두(盤巳擧頭).
해아하사(害我何事).
뱀이 머리를 들었으니
나를 해치려 하는구나.
군자신지(君子愼之)
물여상종(勿與相從).
그러나 군자는 신중한 법이니
소인배와 같이 따르지 말라.

무리들 가운데 나를 적으로 알고 모략 중상이 있어 심노하는 일 있겠지만 동요하지 말라.

사필귀정하리라.

## 1월

삶이 그대를 속일지라도 노하거나 슬퍼하지 말라고 푸시킨은 말했다.

뭇인간들은 하늘과 땅의 자손으로 태어났건만 만족스럽도록 행복은 허락받지 못하고 태어났기에 어렵게 땀흘리며 살고있는 것이다. 그러나 이 가운데에는 뜻대로 되지 않는 것도 있어 삶이 나를 속인다고도 하노니 이를 속인다하지 말고 희망이라고 하라.

필연코 속는것 같으면서도 후일의 씨앗이 되어 주리라.

## 2월

사림(士林)의 기수였던 조광조는 비록 그의 나의 37세에 세상을 마쳤지만 그의 일화는 아직도 살아 숨쉬고 있기에 그대의 충언(忠言)과 직언(直言)이면 만인(萬人)에게 유익(有益)을 주겠기에 이 말을 전한다.

"조광조가 임금에게 솔직히 고하고 물러나지를 않으니 그의 친구 말하기를 충직한 것은 좋으나 어찌 그것이 현명한 처사이겠는가 꾸짖으니 조광조 말하기를 내가 임금을 도와 바른 말을 하는데 다행히 살게 되면 사는 것이고 죽게 되면 죽는 것이지 일생의 행과 불행을 위해서 옳은 일을 멈출 수 있겠는가"라고 했다.

### 3 월

사물놀이의 사물(四物)이란 징, 북, 장구, 꽹가리를 말하는데 이들의 한데 어울리는 소리는 소낙비처럼 쏟아지는 시원한 음정속에 고저가 있고 장단이 있으며 애환이 있고 절규가 있어 우리의 심금을 달래주고 있듯 4~5인으로 구성된 친구간에 협조하는 일 있어 크게 이루어 놓는 일 있겠다.

### 4 월

요행과 기적을 바라며 살지말라.

만약 요행과 기적이 뜻대로 있어준다 하여 그것으로 만족을 느낄 수 있겠는가.

부질없는 일확천금의 환상속에 사로잡혀 이득을 노린 주택복권이나 넝마등을 대량구입하듯 엉뚱한 짓을 저질러 보겠으니 자제하기 바라노라.

### 5 월

로마의 법어(法語)에 "대등한 자는 대등한 자를 지배하지 못한다"라는 말이 있다.

만만치 않은 상대가 라이벌로 등장하든지 아니면 지금의 상대가 서로를 지배하려고 하는 암투가 있겠다. 대등한 관계에서의 주도권 쟁탈전과도 같으니 정면도전을 피하고 제3자를 개입시켜 지원을 받는다면 승산 있으리라.

### 6 월

기운으로는 천하를 두번 들었다 놓았다 할 장사요, 용맹하기로는 뛰는 범이라도 잡기를 두려워 하지 않으며, 검술로는 하늘을 쪼개고 바위를 가르며 세월도 두동강내는 당대의 일등 검객과 같구나.

이처럼 그대의 당당한 운세는 거칠것 없으나 다만 아쉬운 것이 있다면 자녀의 수액(水厄)이 두려우니 물가에 가기를 삼가하고 삼가케하라.

### 7월

마음에도 없는 일을 강요받게 되므로 이러지도 못하고 저러지도 못하는 어정쩡한 일이 일어나겠다.

특히 신원보증, 재정보증, 연대보증 등 보증에 관계되는 일이라면 더욱 곤욕스러우리라.

인정과 친분에 끌리지 말고 소신을 지켜라.

먹구름이 몰려오고 있는 듯하여 뒤가 개운치 않으리라.

### 8월

돈의 철학은 더럽게 벌어도 깨끗하게 쓰고 어렵게 벌어 어렵게 쓰라는 것이다.

그대여! 궂은 일 창피한 일 가려내고 도대체 무엇으로 어떻게 하여 돈을 벌겠다고 한단 말인가.

이 말은 쉽게 돈을 벌겠다는 그대의 발상을 지적하는 말이니 자신을 반성하는 계기로 삼고 일에는 귀천이 없음을 마음에 심어두기 바란다.

### 9월

욕구불만으로 정신적인 충격이나 심신의 변화가 있으리라.

겉보기에는 명랑하고 깨끗해 보이나 안으로는 우울하고 병들어 있는 형상이니 원인을 찾아 속히 해결하라.

정신의 질병은 고칠 수 없는 것.

이로인한 부작용은 너무나도 커 물질로도 보상키 어려운 줄 알라.

### 10월

당(唐)나라의 성거(聖居)중에 효종(孝宗)을 손꼽을 수 있다.

그는 말하기를

"집안이 잘되려면 다투는 자식이 있어야 되고 나라가 잘 되려면 다투는 신하가 있어야 된다"고 말했으니 이는 곧 다툼이란 싸움이 아니요, 토론하고 의논하는 일을 말함이 아니겠는가.

아내의 불만이 대단하겠으니 독선과 아집을 버리고 아내와 협의하고 아내에게 알려주어라. 기뻐하리라.

### 11월

자녀를 키울 때 힘든 일도 시켜보고 일의 보람도 느껴보게 키우는 것은 지극한 상식이거늘, 온실속의 화초처럼 키우려는 것은 잘못된 사고(思考)인 줄 알라.

특히 자녀로부터 용돈의 지원요청을 받는 일 있겠지만 쉽게 응해주지 말라.

자녀의 문제로 걱정하는 일이 있기 때문인 즉 이는 잘못되어 향락쪽으로 흐를까 염려되기 때문이다.

### 12월

줏대없이 이리 쏠리고 저리 쏠리며 약한 자를 버리고 강한 자를 쫓는 것을 노예 근성이라 한다.

그대에게 향응을 베풀며 달려 드는 자 있으니 경계하라.

준다하여 받고 보면 후환이 있을 것이며 받고보면 짐이 되어 아니받은 것만 못하리라.

# 38운(三十八運)

**총운**

옛 선비들은 재물이 많으면 많을 수록 재앙이 따르는 법이라면서
① 청담(淸談)
② 청빈(淸貧)
③ 무욕(無慾)을 도(道)로 삼아왔다.

하지만 오늘날에는 재물이 없으면 사회로부터 격리된 듯 소외되어 형제도 멀어지고 친구도 멀어지는 세상이 되었으니 사람의 마음이 변한 것인지 시대가 변한 것인지 혼미할 뿐이로구나. 그러나 선비의 도(道)를 잃지 말라. 재물을 탐한즉 욕됨이 크리라.

### 1월

유붕자원방래(有朋自遠方來)하니
불역낙호(不亦樂呼)아.
친한 벗이 멀리서 찾아오니 즐겁지 않은가.
이 말은 공자의 말씀이다.

친구 또는 근친자로부터 동업의 요청이나 협력의 제안을 받겠으니 기꺼이 응하라.

기쁨과 보람을 느끼는 호사(好事)가 있으리라.

### 2월

배고픈 범에게 고기를 던져 주어보라.
어찌 범이 나를 해치려 달려들겠는가.

나만의 욕구가 지나쳐 주위로부터의 따가운 시선이 집중되고 있으니 그들이 성나기 전에 타일러라.

만약 방심하고 업신여긴다면 호미로 막을 때 가래로도 못막고 전전긍긍하리라.

### 3월

매사가 자기의 생각밖을 크게 뛰어넘지 못하리라.

큰 봉(鳳)을 잡은 듯 허풍도 떨어보고 대어(大魚)를 낚을 듯 큰 소리도 쳐보겠지만 별 무소득이겠으니 말을 먼저하지 말라.

공연히 실없는 사람되어 불신(不信)받을까 두렵다.

신용(信用)을 자본으로 삼아라.

신용(信用)을 잃게 되면 자본을 잃는 것과 같으리라.

### 4월

청룡과 백룡이 서로 죽기를 각오하고 싸우는 형상이라.

모든 것은 한번 낳고 한번 죽는 것이라 하지만 특히 인간은 싹이 나지 않는 단순생명체에 불과하다.

기왕에 부딪친일 죽기 아니면 살기로 하라.

오직 강인한 신념만이 그대를 승리자로 이끌게 하리라. 의지력과 극기(克己)를 시험받는 쾌상과도 같다.

### 5월

천지가 고요한 가운데 한점의 바람이 불어 초목을 움직이게 하는 형상이니 필경 나를 충동이고 자극하는 일 있겠다.

복덕방에서 들락 날락 한다든가 또는 여행을 가자고 충동이는 일도 있겠고 이성으로부터의 추파도 받겠으니 거부하지 말고 응하라.

발전적인 운세다.

### 6월

꼬리가 머리를 때리는 형상이다.

이 말은 곧 아랫사람이 나를 자극하고 신경쓰게 하는 일 있겠다는 말로 자녀로 인한 근심이 있겠으니 그들만의 여행이나 그들만의 의사에 따르지 말고 자녀의 일을 확인하는 것도 게을리 하지 말것이며 부하직원으로부터 항변받는 일도 있겠으니 처신을 신중히 하라.

### 7월

어렵게 사는 부모가 나를 돕겠다고 하는 형상과도 같으니 이는 필경 말로써만의 행세일뿐 실천불가한 말인 줄 알고 그에게 유혹당하지 말라.

사기라는 함정속에 덫을 묻어 놓고 그대를 유인함과 같으니

던져주는 고기덩어리를 덥썩 물지 말라고 일러두는 바이다.

### 8 월

바쁘게 서둘러 한자(尺)를 더 전진하는 것보다 한치(寸)를 더 후진하는 일이 있드라도 매사를 튼튼하게 다지며 전진한다는 자세로 임하라.

서둘러 하는 일에 하자가 발생되어 손재하고 신용 떨어지는 일 있겠기에 하는 말이다.

### 9 월

욕심많은 영감이 남의 밭에서 좁쌀 한말을 털어 왔더니 다른 도적이 내 집에 들어와 1년 먹을 쌀 한 섬을 훔쳐간 형상이구나.

욕심이 과한 즉 손재 하겠다는 뜻이며 남의 것만 탐하는 사이에 내 것 단속을 못한다는 말이니 나의 주위를 점검하라.

분명코 앞으로 남고 뒤로 밑지는 일 발견하리라.

### 10월

천지가 화합치 못하여 암울한 날씨와도 같으니 부부간에 이견이 있겠고 연인사이에 다툼이 있겠으며 매사가 순조롭지 못하겠다.

차라리 대문을 걸어 잠그고 문안에만 있으면 좋으련만 그렇지 못하니 순리만 거역하지 말라.

그러면 큰 재앙은 모면하리라.

### 11월

길 떠난 나그네가 해가 지는 석양을 만난것과 같으니 어디서 일숙(日宿)을 하랴.

그러나 쉬지 말고 걸어라.

비록 해는 졌지만 별빛이 있어 그대를 안내하리라.

은근과 끈기를 요구받는 운세로

초곤후태(初困後泰)격이니 후에 길사(吉事)있으리라.

### 12월

용감한 장수가 천리마를 타고 돌진하는 형상이며 벼슬이 높고 재물이 많아 세상을 호령하며 사는 거만스러운 사또의 형상과도 같으니 이 세상 부러울 것이 없구나.

다만 덕(德)이 부족하고 식(識)이 부족하여 때로는 스스로의 자탄도 있겠지만 대수롭지 않으니 길운(吉運)인가 하노라.

# 41운(四十一運)

**총운**

도시공간의 녹색문화가 발달된 국가와 민족은 국민성 또한 진보적이며 낭만적임을 알 수 있다. 그러나 삭막한 콘크리트 문화의 딱딱한 공간사회에서의 인간생활은 철저한 규범이라는 짜여진 틀 속에서의 생활이므로 그의 국민성은 정서가 부족하여 개인주의 사상이 팽만하여 있고 또 싸우기를 좋아하는 기질도 갖고 있는 법이다. 본운의 특질도 정서의 부족으로 인정에 메말라 아집이 앞서고 아욕만 탐하는 기질이 있느니라.

**1월**

공자께서도 한끼의 밥을 얻어먹기 위하여 진실을 말못하고 밥집주인의 비위에 맞도록 위선도 해보았다는 고사가 있다.

세상 살다보면 진실보다 가식이 앞서고 진실보다 가식이 가미 되어야 통하는 때 도 있는 법이다.

진실을 끝까지 고집하다 가식과 위선에 밀리겠다. 틀림없는 승진인줄 알겠지만 진짜가 누락되듯 이변이 발생하는 일 있겠다.

**2월**

중국 월(越)나라에 서시라는 미인이 있었다.

어느날 서시라는 미인이 심기가 불편하여 잠시 얼굴을 찡그렸던 일이 있는데 마침 이를 지켜본 못난 여인이 자기도 미인이 되고 싶어 이를 흉내낸다는 것이 더욱 못생겨 보였다는 고사가 있는 것처럼 남이 했다하여 나도 따라 한다는 것은 어리석은 짓이니 흉내내지 말라.

오히려 흉거리가 될 뿐이다.

**3월**

백제벌을 누비던 계백의 말발굽 소리와도 같고 잠실벌을 울리던 함성과도 같이 지축을 흔드는 듯한 통쾌한 운세의 함성이 들리는 듯하구나.

힘이란 모아 두었다가 때가 되면 쏟아 붙는 것과 같이 그동안 쌓아 놓았던 힘을 아낌없이 발휘하라. 승승장구하는 운세 앞에는 거칠 것없어 필승을 거두리라.

### 4월

병서(兵書)에 말하기를 앞으로 나아가고 뒤로 물러섬은 적을 혼란케하여 사로잡고자 함이니 물러섰다하여 싸움에 진 것이 아니오, 아직도 승패(勝敗)를 가리지 못했다는 뜻이라고 말했다.

일의 결과는 쉽게 결론을 얻기 어려우니 시간을 두고 해결하라.

속전속결(速戰速決)은 불가한 일이다.

### 5월

속담에 저녁 굶은 시어머니 상과 같다는 말이 있는 것처럼 이 말은 그대의 화가난 얼굴 표정을 빗댄 말이다.

불쾌한 감정을 누를 길 없어 큰 소리도 쳐보고 심하면 구타도 해보는 형상이니

다툼을 피하라.

감정을 자제하지 못하면 필시 관재(官災)가 따르리라.

### 6월

곡(哭)소리 들어보거나 상복(喪服)을 입어 보겠기에 다음 말로 전한다.

야밤삼경 만물은 고요히 잠들어 있을때 멀―리서 은은하게 들려오는 통소 소리에 한맺히도록 살아온 인생의 한(恨)을 더욱 슬프게만 하는구나.

싫다고 가는님 어찌 잡으리오. 잡지마소, 인생이란 올때는 같이 왔건만 갈때는 그 길이 다른 법이라오.

### 7월

천하미인(天下美人), 양귀비(楊貴妃)도 그의 절색을 다하지 못했고

세계갑부(世界甲富) 록펠러도 그의 욕(慾)을 다하지 못했거늘 그래도 인간들은 이를 버리지 못하고 욕(慾)을 그리며 산다.

그러나 욕(慾)에도 종류가 있는 것처럼 그대가 바라는 작은 욕(慾)은 이루어지겠지만 큰 욕(慾)은 이루기 어려운줄 알라.

### 8월

두꺼운 흙을 뚫고 막—솟아 오르는 어린 생명체를 연상하라.

그 어린 생명에게도 자신의 피나는 노력이 있었기에 오늘의 결과가 있었든 것처럼 그대에게도 피나는 노력이 있었기에 오늘의 결과를 얻어낸 것이니 먼저 하늘에 감사하고 아내에게 감사하라.

아내의 보이지 않는 정성이 컸기 때문이다.

### 9월

가을바람 스산한데 낙엽마저 우수수 떨어지누나.

떨어지는 낙엽이 애처러워 애써 긁어 모았지만 한점의 바람으로 휙 날려 버리는 형상이니 예상치 못한 지출이 있을 것에 대비하라.

차라리 투자성 지출이라면 좋으련만 소모성 지출이기 때문이다.

### 10월

얼키고 설킨 마음의 어지러움을 풀지 못하고 고뇌와 번민으로 갈등만 거듭하는 홀로의 여인상과 같도다.

짝은 있으되 반은 짝이오, 반은 짝이 아니니 이는 아직 미결합된 이성관계를 말하는 것으로 언제 헤어질지 모르는 남자요, 여인을 말함이다.

상대의 마음과 몸은 아직 내 것이 아닌 줄 알라.

### 11월

부처님의 말씀은 너무나도 당당하여 사자의 울부짖음과도 같고 뇌성벽력과도 같다고 하였으니 이는 곧 진리의 말씀이었기 때문인 것처럼 그대 또한 진정한 마음을 당당하도록 토로(吐露)하라.

미지근한 말과 분명치 못한 태도 때문에 상대는 망설이고 있다.

## 12월

하늘로 비상하려는 황룡(黃龍)의 용트림과 일진광풍을 일으키며 구름을 갈라 놓는듯 시원한 운세로세.

이는 낙타를 타고 바늘 귀를 통과하는 형상이듯 절대 불가한 것을 절대 가능으로 만들어 준 것과 같기 때문이다.

예상치 못한 행운이 있으리라. 그리고 영광도 있으리라.

# 42운(四十二運)

**총운**

파고다 공원에서 독립선언문의 낭독이 있은 후 시민과 학생들은 공원이 떠나갈 듯 천지를 진동시키는 만세의 함성이 있었던 것은 잔혹한 일제의 탄압에 억눌렀다 한꺼번에 터져나오는 울분의 함성이었다.

이처럼 오랫동안 묻혀있는 그대의 침체된 운세가 일순간에 터져나오는 운기의 폭발과도 같구나.

일기당천한 운세는 밀물처럼 몰려들어 곧 넓고 푸른 창해를 만들어 놓는 형상이니 필경 대부대귀함을 얻는 경사로움 있겠다.

### 1월

당 태종 이세민(李世民)이 말하기를 창업이 수성난(創業易守城難)이라.

업(業)을 세우기는 쉬우나 이미 과거지사로 세워진 것이니 이제부터는 성(城)을 지키기가 더 어려운 것이라고 말했다.

진취적인 의욕은 좋으나 가꾸고 다듬는 데에도 게을리하지 말라.

앞으로 남고 뒤로 밑지지 않을까 염려된다.

### 2월

초원(草原)의 왕자, 사자가 죽어 그 시체가 되더라도 뭇 짐승들이 달려들어 먹지를 못한다고 한다.

이는 평소에 그의 위풍과 용맹이 당당했기 때문이었던 것처럼 그대의 말에 따라 결론이 내려지는 중대사가 있겠으며, 그의 결과는 대길(大吉)하리라.

### 3월

중국의 만리장성은 귀찮토록 덤벼드는 흉노족을 막기 위하여 쌓은 것이라 하지만 그대의 마음속에 쌓는 성벽은 누구를 막기 위하여 쌓은 것이드냐.

비밀이 생기고 경계하는 일 있겠어 하는 말이다. 차라리 이익(利益)에 관계되는 것이라면 좋으련만.

불륜(不倫)의 이성관계로 아내에게 말 못할 일이 될까 두렵다.

### 4월

만선(滿船)을 채운 어부가 검푸른 파도를 가르며 개선장군처럼 들어오고 있구나.

이는 대길운(大吉運)이 오고 있음을 뜻하는 말이니 그동안 못다했던 일 추진하라.

막혔던 일 트이고 엉켰던 일 풀리겠으며 끊어졌든 사람 다시 만나겠으니 서둘러 주선하라.

### 5월

산은 움직이지 않는다. 하지만 산은 그 색(色)으로써 움직인다는 사실을 알라.

더불어 어제와 오늘의 생활을 보고 그날이 그날이라고 짜증부리는 투의 불만도 있겠지만 산이 변하는 것처럼 그대의 생활도 발전적으로 변하고 있으니 긍정적인 사고를 가져라.

부정적인 사고를 갖는다면 오히려 만사를 그릇치는 병마와 같으리라.

### 6월

조조는 비록 간교하고 비굴함도 서슴치 않는 지장(智將)이었지만 그의 아들 조비와 조식은 어찌나 문장력이 뛰어났던지 건안시대에 문학을 꽃피우게 한 재사(才士)들이었다고 한다.

응시자의 시험운이 좋고 문필가의 문장력이 뛰어나 넓게 그리고 멀리까지 그 이름 빛나리라.

### 7월

현실에만 안주(安住)하려고 하는 자세는 미래지향적(未來指向的)이지 못하다.

　과감한 투자, 과감한 행동, 과감한 용단을 요구받는 때이니 속단을 내려라.

　우물쭈물 하는 사이에 실기하고 망설이는 사이에 끼어드는 자 있어 혼자 먹을 수 있는 밥을 나누어 먹는 결과가 되리라.

### 8월

　공인(公人)과 사인(私人)이 분명하듯 공무(公務)와 사무(私務)가 분명하거늘.

　공(公)을 앞세워 사(私)에 간여하려는 일 있어 일러두는 말이다.

　공인(公人)이면 공무(公務)로써만 행하라.

　공직(公職)의 신분을 이용하여 사무(私務)를 처리하려 든다면 걷잡을 수없는 회오리속에 빨려들어 수습하기 어려우리라.

### 9월

　천륜(天倫)으로 맺어진 부부와의 정(情)을 돈독히 하라.

　미워도 아내요 서운함이 있어도 아내거늘, 괜한 짜증이나 아이들처럼 시비도 있어 볼 것이다.

　그러나 서로의 이해와 양보로써 자제하라.

　오직 운세의 쇠함으로 나타나는 일시적인 현상일 뿐이다.

### 10월

　권력과 법은 속박을 좋아하고 민중은 자유를 좋아하는 법이다.

　부모가 법이라면 자녀 또한 민중과 같아 부모의 지나친 간섭이라고 항변하는 일 있겠다.

　개방화 되는 자녀의 세대를 부모의 보수세대가 따라가지 못하여 일어나는 불협화음이겠으니 부모가 자녀를 이해하라.

### 11월

　그동안 쌓이고 쌓여 누적된 고뇌와 번뇌는 춘삼월 눈녹듯 사라지고 싱그러움을 만끽하는 신록의 계절을 만난것과도 같구나.

　사자, 팔자로 몰려드는 증권가의 풍요로움은 곧 그대의 풍요로움인 줄 알겠으니 유동자산을 활용하여 재산증식을 도모하라.

횡재하는 기쁨있다.

### 12월

어리석은 사람에게 길몽(吉夢)을 풀이해 주어도 알아듣지 못하는 형상이라.

주위로부터 조언과 아이디어 제공 등이 있겠지만 이를 믿지 못하여 지나치는 일 있겠기에 한 말이다.

길운(吉運)은 소리없이 찾아오는 법이오.

악운(惡運)은 소리치며 찾아오는 법이다.

지금이 길운인 줄 알고 때를 이용하기 바란다.

# 43운(四十三運)

**총운**

하이네의 글에 "어째서 올바른 자가 십자가를 짊어지고 피를 흘리며 길을 가야하고 나쁜놈이 도리어 승자가 되어 의기양양하게 횡행하는가"라고 했다.

그대의 진실도 빛바랜 청포도와 같이 값없는 진실로 전락된 것 같지만 결코 진실은 진실로 남아 그의 빛남이 있겠으니 서두르지 말고 조용히 기다려라.

지금은 진흙밭에 파묻힌 진주와 같고 임자를 만나지 못한 보석과 같지만 결과는 그대의 것이 되리라.

### 1월

출가수행하는 스님의 마음이란 심산유곡에서 솟아나오는 맑은 샘물과도 같아 오탁번뇌에 지친 중생들도 그 맑음을 통해 마음을 가라앉히라고 했다.

마음의 번뇌와 갈등이 심한 운세이기에 마음 빨래하라고 일러둔 말이다.

### 2월

민족이 민족의 근성을 잃지않고 지킨다는 것은 곧 자신의 철학을 지킨다는 것과 무엇이 다르랴.

주위로부터 많은 회유와 권고를 받겠지만 현혹되지 말라.

까마귀 고을에 백로가 들어가는 것과 같아 그 이름에 욕됨이 있으리라.

### 3월

밥상 앞에 앉아 밥과 채소를 보고 피땀흘려 농사지은 농부에 감사해 보았으며 물고기를 보고 어부에 감사해 보았드냐.

이는 보이지 않게 뒤에서 밀어준 후원자에게 감사하라는 뜻으로 말한 것이니 그 은혜에 감사하고 칭찬하라.

은혜를 버리고 잊을까 염려된다.

### 4 월

남아장부의 야심이라면 긴 칼을 뽑아 들고 높은 곳 우뚝솟은 곳에 올라 큰 호령을 하고 싶은 것도 장부의 기개요.

어여쁜 여인을 독차지하고 싶은 것도 남아의 야망이거늘, 움추려진 생각에 눌려 기개를 펴지 못하니 답답하구나.

기개를 쭉 펴고 일어서라.

분명코 재기할 수 있는 기틀이 마련 되리라.

### 5 월

창틀사이를 비집고 들어오는 가느다란 불빛과도 같이 친구 또는 생각지도 않은 사람으로부터 우연하게 어떠한 권유나 조언을 받겠으니 무심코 지나치지 말라.

천재일우의 기회인가 하노라.

재물을 원하는 자는 재물을, 명예를 원하는 자는 명예를, 구직을 원하는 자는 구직되리라.

### 6 월

충신(忠臣)은 두 임금을 섬기지 않는다는 충절(忠節)의 말씀이 있다.

그대가 받들고 섬기던 옛상사의 신분이 지금은 야인(野人)이라 하지만 죽은 것 같으면서도 죽지 않았고 힘이 없는 것 같으면서도 힘이 없는 것이 아니라 다만 힘을 쓰지 않고 축적함과 같을 뿐이다.

찾아가 문안(問安)드려라.

다시 은혜를 받을때 있으리라.

### 7 월

소인(小人)이란 자기만의 이익과 보신에만 급급한 사람을 말하며, 대인(大人)이란 대의(大義)를 위하여 정의롭게 자기를 버릴줄 아는

사람을 대인(大人)이라 하거늘

작은 목적과 작은 이익을 갖고 치졸한 싸움을 벌린다면 이는 곧 소인(小人)의 작태와 같으니 대인(大人)의 기질을 가져라.

그 이름 욕될까 두렵다.

### 8월

내뿜는 하─얀 담배 연기속에 형용색색으로 떠오르는 옛모습이 아니라,

철없이 놀던 개구장이 시절, 나는 아빠되고 너는 엄마되자고 하던 옛친구와 만나겠으니 이보다 더 기쁠소냐.

미혼자라면 먼─곳과의 혼담성사는 이루기 어렵고 가까운 곳에서 말하는 혼담이 성사되리라.

### 9월

역사는 바로 써야되고 바로잡아야 된다.

그러므로 사실(史實)를 기록하는 사학자(史學者)가 사실을 은폐시키고 조작한다면 정사(正史)라 할수 없으므로 후세인들로부터 지탄을 면치 못하는 것과 같이 과거의 잘못됨이 밝혀져 얼굴 붉히는 일 있겠으니 크게 대꾸하지 말라.

불리(不利)함이 많을 뿐이다.

### 10월

서양에서 한국사람 보는 눈이 많이들 달라졌다.

처음에는 키가 작고 머리카락이 검은 사람을 보면 중국사람이냐, 일본사람이냐고 하며 물었지만 지금은 한국사람이냐고 먼저 물어 주기 때문이다.

이와같이 그대 또한 처음에는 이름없는 존재였지만 지금부터는 당신의 공과가 빛나 그 이름 사해명진하리라.

명예운이 대길하다.

### 11월

미워도 다시 한번이라는 말이 떠오른다.

인간의 정에는 낳은 정, 기른 정이 있건만 어느 정이 더 크고 높으냐를 헤아릴 수 없듯이 예쁜 정, 미운 정도 처음에는 애정으로부터 출발된 것이니 처음의 애정으로 되돌아가거라.

미운 정이 쌓이고 쌓이면 가슴에 못박는 일 있으리라.

### 12월

동양철학의 개념은 자연의 원리와 우주의 원리에서 비롯된 학문이므로 이를 이치학문이라고도 한다.

그러므로 이치란 곧, 진리를 말함인데 진리란 거짓과 꾸밈이 없는 것을 말하건만 그대의 삶 주위에 거짓과 꾸밈이 소용돌이치고 있으니 관재구설이 두렵구나.

권모술수로 그대를 농락하려드는 자 있다.

주의하라.

# 44운(四十四運)

## 총운

거실양륜(車失兩輪)

욕속미달(慾速未達).

차에 양쪽 바퀴가 빠졌으니

빨리 달릴 수가 없구나.

행득조력(倖得助力)

사자형통(事自亨通).

다행히 협력자를 얻으면 만사형통하리라.

아무리 빨리 서둘러 성사시키려 해도 자신의 힘으로는 어려우니 선배 친지로부터 협력을 구하라.

비로서 성사되리라.

### 1월

황산벌을 누비던 계백의 말발굽 소리가 끊어졌으니 백제가 함락된 줄을 알겠고,

삼천궁녀가 낙화암에 몸을 던지니 백제가 위급해졌음을 알겠다.

이처럼 당신의 주위를 떠나는 사람이 있겠으니 이들을 먼저 탓하기 전에 자신을 살펴라. 분명코 잘못된 처신이 있음을 발견하게 되리라.

### 2월

청춘의 마―크는 팽팽한 얼굴에 반짝이는 두 눈동자에 있고, 찌릉 찌릉 울려퍼지는 목소리와 뚜벅 뚜벅 크게 걷는 발자욱에 있는 것처럼,

60청년이오. 70장년이란 말을 듣겠으니 기쁘지 않은가.

장하고 보람있는 일을 하겠으며 크게 웃어보는 일 있으리라.

### 3월

인간의 모습을 하늘의 모습과 같이 지으셨으니 이를 말하여 인간을 소우주(小宇宙)라 한다.

또 천, 지, 인(天, 地, 人)을 삼위일체(三位一體)라 하여 하늘에 경배하고 있는 것도 인간이거늘 부모도 하늘과 같건만 부모를 잊은 채 하늘에 경배하고 있으니 어찌 하늘에서 감응이 있을 소냐. 일이 된다 안 된다 하기전에 부모를 먼저 찾아라.

신(神)의 노여움 때문이노라.

### 4월

인간에게는 지혜라는 가공할만한 무기가 있어 수억년을 살아오는 동안에도 멸하지 않고 아직까지 지상의 왕자요, 으뜸왕자로 군림하고 있다. 그러나 인간과 인간의 지혜 대결로 또 생존경쟁을 벌여야 되는 것도 인간의 고달픈 삶인가 한다.

이때 경쟁의 대열에 선 그대, 시험운, 입찰운, 당첨운이 좋아 당당한 승리자가 되리라. 길운이다.

### 5월

가정문제로 인하여 심기(心氣)가 불편하겠으니, 부부, 형제 또는 자녀문제인가 하노라.

내용인즉 믿었던 사람인데 결과가 믿지 못하도록 만들어졌기 때문이다.

자녀의 늦은 귀가를 책망하기 이전에 대화로써 원인을 찾고 사유를 해결하라.

성년이 된 자녀의 이성관계라 하여 방심하고 방면한다면 부모의 무책임적인 처사인가 하노라.

### 6월

이 세상에는 영원한 강자가 있을 수 없고 영원한 패자가 있을 수 없듯이 운세도 길운만 있는 것이 아니라 흉운도 있는 법이다.

초운은 대체적으로 길하나 말운이 가까워지면서 흉운으로 변하고 있으니 물가에 나가기를 삼가하고 산으로 나가기를 권한다.

놀라는 일 있을까 염려되어 일러두는 말이다.

## 7월

주식시세(株式時勢)의 동향(動向)도 파악하지 못한 채 주위의 권유나 또는 편승심리에 의하여 사고 팔기를 자주하겠으니 이를 권하고 싶지 않다.

왜냐하면 금전의 운세는 기폭이 심하여 등락(登落)이 엇갈리는 희비(喜悲)가 연속되기 때문인즉, 돈이란 거래가 빈번하면 불어나기 보다 줄어드는 철학을 갖고 있기 때문이다.

## 8월

인간사회에서 믿음만큼 소중한 것이없다.

만약 믿음이 없고 불신만 있다면 어떻게 되겠는가를 잠시 상상해보라.

이는 곧 질서의 파괴와 같아 전쟁과 같은 혼란속에 빠지리라.

이와같이 당신은 믿지만 상대가 당신을 믿지 못하여 늦어지는 일 있겠으니 다시한번 마음의 문을 열고 보여주라.

이후부터 풀리리라.

## 9월

한가롭게 노닐고 있는 한쌍의 백조가 놀라도록 잔잔한 호수에 돌을 던지는 자 누구드냐.

이는 분명코 시기하고 질투하는 자의 소행이거나, 야밤에 찾아온 밤손님의 장난이겠으니 문단속 게을리하지 말고 이간질하는 자의 말에 귀를 기울이지 말라.

## 10월

인간은 누구나 목적이 있기에 목적을 희망으로 삼고 살고 있는 것이다.

그러나 목적 가운데에는 가능과 불가능한 것이 있건만 모두들은 불가능한 것도 가능으로 알고 열심히 뛰고 있으니 이를 노력이라고도 한다.

노력은 총칼보다도 무섭다는 것을 그대는 실감하리라.

왜냐하면 불가능한 것을 가능토록 만들었기 때문이다. 어려웠던 일 성사시키겠다.

### 11월

이세상 모든 것을 준다해도 바꿀수 없고 이세상 어느 꽃이 제일 예쁘고 귀엽다한들 내 아내 꽃만큼 예쁘고 귀할수 있으랴.

빨-간 앵두처럼 무르익어가는 가정의 행복을 만끽하리라.

더불어 안개밭에 호박처럼 불어나는 살림도 행복을 채찍질 하는 동력과 같으니 호운인 줄 알라.

### 12월

자연의 원리는 공론(空論)이 있을 수 없는 진리를 갖고 있다.

무한한 자연속에는 한래서습(寒來署濕)하고 추수동장(秋收冬藏)하는 진리가 있는 것처럼 생명의 씨앗도 트는 때가 있어 꽃을 피우고 열매를 맺어주듯 새생명 인간 씨앗의 새싹이 트이겠으니 식구가 늘어나는 가정의 경사가 있겠다.

# 45운(四十五運)

건강한 남성의 심볼은 그의 자산이기도 하다. 삼국유사의 기록에 의하면 신라 22대왕 지증마립간은 그의 생식기가 1자 5치나 된다고 기록되어 있으니 요즈음의 길이로 환산한다면 약 50cm 가량이나 되었다고 하는데 여하튼 당신께서는 크게 행복을 느꼈다고 한다.

물론 시대적인 차이와 왕이라는 신분이 있어 당신께서는 행복을 느꼈겠지만 오늘날에는 상황이 달라 이를 절제치 못한다면 크게 말썽이 된다는 사실을 중시하라. 여난남난(女難男難)이 두려워 하는 말이다.

### 1월

신(神)은 태초 인간생성시대(太初 人間生成時代)부터 오늘날까지 지칠대로 지치도록 생존경쟁을 하게 하여 먹고 살도록 인간을 창조했나보다.

새벽 별을 보고 나가 야밤에 떠오른 달을 보고 돌아오는 형상이니 분주다사한 일이 많겠다.

가을의 풍성한 열매 거두기 위한 농부의 바쁨과 같은 줄 알라.

### 2월

사물을 보고 판단하는 데에는 보는 사람의 선입견에 따라 많은 차이가 있다.

흰 것을 보고도 검다하는 사람이 있고 검은 것을 보고도 희다하는 사람이 있는 것처럼 어떠한 일을 놓고 이론(異論)이 분분하여 결론을 얻기 어려우니 원점으로 돌아가 다시 생각하라.

하자가 있었음을 알게 되리라.

### 3월

사각(四角)의 링에서 호각지세로 싸우고 있는 권투선수를 연상케

하는 구나.

일진일퇴를 거듭하고 서로 뒤엉켜 싸우기를 쉴사이 없이 했건만 종료시간은 다 되어 무승부를 면치 못하겠다.

그러나 마지막 1분을 남기고 상대의 허를 찔러 KO시키는 결과를 얻겠으니 마지막 순간까지 힘을 쏟아라. 승리의 벨트를 차리라.

### 4 월

도시의 숲이라 불려지는 고층 빌딩도 한 장의 벽돌로부터 쌓아졌기에 지금의 숲이 된것이지 한 장의 벽돌이 없었던들 고층 빌딩이 만들어질 수 있었겠는가.

비록 지금하고 있는 일이 신통치 않다고 푸념하겠지만 조금만 버텨라.

10원 10원이 모이고 모여 거금(巨金)을 만들어주는 운을 맞고 있기에 하는 말이다.

### 5 월

인간의 끝없는 욕망을 선(善)이라 하겠는가. 악(惡)이라 하겠는가.

성인들도 이의 물음에 대하여 명확한 답변을 못한 채 성선설(性善說)과 성악설(性惡說)로 대립하고 말았다.

그러면 당신은 지금의 상황에서 어느 쪽을 선택할 것인가? 대단히 망서려지는 운세이니 선(善)과 악(惡)의 설처럼 결론을 유보하고 동태를 살펴라.

속단은 금물이다.

### 6 월

기린의 목아지가 긴─것은 높은 곳에 있는 먹이를 쉽게 얻고자 함도 있겠지만 그는 본래 천성이 순하여 싸움을 싫어하고 다투기를 좋아하지 않으므로 멀─리서 달려오는 적을 먼저 보고 피하기 위한 보호 수단으로 목이 긴 것이다.

이 말은 상대로부터 시비가 걸려오겠으니 시비에 대꾸하지 말라는 뜻이다.

### 7월

고수동굴이 제아무리 깊다한들 이보다 더 깊겠으며 동해가 제아무리 깊다하나 이보다 더 깊을소냐.

아내의 공연한 투정과 억지에 대항하지 않고 벙어리 냉가슴 앓듯 혼자서 삭히고 있는 아내의 마음을 전한 말이니 자기 반성을 하는 계기로 삼아라.

그리고 아내에게 감사하라.

### 8월

창공을 가르며 날고 있는 새도 먹이를 찾기 위하여 날고 있건만 항차 인간이 먹이를 찾기 위하여 부지런히 애쓰고 있다는 것은 동물본능의 행위임에도 어찌 이를 부끄러워하고 고달프다고 만 푸념할 수 있으랴.

이 말은 일의 쉽고 어려움을 가려 골라서 하려는 자세를 갖고 있기에 탓하는 말이다.

### 9월

굽힐줄 모르는 꿋꿋한 기상은 강직한 성품에 소신있는 사람이라는 평가를 받겠지만 한편으로는, 냉혈동물과 같이 차가운 사람이라는 평가도 받는 법이다.

그러나 오직 꿋꿋함이 있었기에 그대의 오늘을 있게 하였으니 감히 칭찬할만 하구나. 더더욱 소신을 지켜라.

의지를 굽히는 날에는 운세도 굽히는 줄 알라.

### 10월

이 세상 어느 것을 준다해도 바꿀수 없었던 연인이었고 우리는 하나요 둘이 될 수 없다던 강변의 약속은 어디로 가고 홀로 있드냐.

허공을 향하여 그대 이름 무수히 불러보나 허공에 흩어지는 이름뿐이구나. 배신이라 욕하지 말라.

그대와의 연이 아니기 때문인 줄 알라.

### 11월

까다롭고 어려운 일을 요리조리 피하며 쉬운 일만 골라하는 사람을
요령꾼 또는 얌체라고도 하고 궂은 일 좋은 일 가리지 않고 닥치는 대
로 해치우는 사람을 일꾼이라고 한다마는 그대는 전자에 속하는 요령
꾼이라고 하겠다.

재주가 비범하고 날쌔기로는 조조에 비할까 만은 꿩잡는게 매라는
말과 같이 보기에는 흉하나 실속은 있겠다.

### 12월

서울에서 부산가는 사람이 경부선을 타야 되건만 호남선을 탄 것과
같구나.

차라리 모르면 물어나 보고 승차했으면 좋으련만 자존심이 강하고,
아는 체 하는것이 병이 되어 돌이킬 수 없는 실수를 범한 것과 같으니
이 말을 귀에 담아 새겨라.

오직 자존심과 아는 척하는 "척"병이 실수를 만들겠기에 일러두는
말이다.

# 46운(四十六運)

총운

중국은 중화사상, 일본은 대화사상, 인도는 힌두사상, 아랍인들은 이슬람 사상이 있으며 한 민족에게는 홍익사상이 있다.

그런가 하면 우리 민족에게는 씨족간마다 가통(家統)이라는 특유의 법도(法道)가 있어 종족(種族)의 맥(脈)을 지키고 있는 화친(和親)의 정신도 있으니 이게 어디 보통의 민족인가.

그러나 이러한 민족의 후예답지 않게 그대는 어찌하여 화친화애를 모르고 외면하려 하는가?

### 1월

업은 애기 3년 찾는다는 속담과 같다.

무엇을 어떻게 할지 모르도록 번잡스러워 일의 두서를 찾지 못하는 형상이다.

이는 심신의 불안정한 상태를 말하는 것이니 행여 마음의 병이 될까 두렵다.

사소한 것에 마음쓰지 말고 대범하게 생각하라. 와병(臥病)하면 오래간다.

### 2월

장기판에서 상장에 차가 떨어지고 포장에 말이 떨어지니 판은 기울기 시작하는구나.

여기에 걷잡을 수 없도록 밀고 들어오는 병졸은 필경 꾀많은 조조의 군사와도 같으니 중과부족이라.

이곳 막으면, 저곳이 터지고 저곳 막으면 이곳이 터지는 격이다. 이런 때의 묘책은 오직 근신 자중하는 것 뿐이니 지키고 간직하는 데에만 힘쓰라.

경거하면 손재하리라.

### 3월

전파라는 매체는 어느 누구만의 일방적인 요구나 이익만을 위하여 사용될 수 없고 다만 공인의 것으로 공익을 위하는 일에만 쓰여지듯 그대 또한 공공의 이익을 위한 일에 편견을 갖지 말라.

그대의 잘못된 편견으로 인하여 구설이 분분하겠기에 일러두는 말이다.

### 4월

울창한 숲을 이룬 산은 먼 곳에서 볼 때 그 푸르름과 빽빽함에 보기는 좋으나 진정 나무의 재목감으로 쓸 것이 없는 바와 같이 그대의 움직임이나 요란한 사업내용에 비하여 소리만 컸지 실속이 없겠다.

경영합리화 및 내실을 다져라.

산만한 경영으로는 내실을 기하기 어렵다.

### 5월

공중전화 박스에서 한뭉치의 돈을 주었다고 할 때 이를 어찌 하겠는가.

물론 습득물이므로 신고를 해야겠지만 여기에 갈등을 느껴 망설이고 있는 형상이다.

그대의 예상은 생각했던 대로 적중되어 한 뭉치의 돈을 거두워 들이겠으니 망설이지 말고 행하라.

재운이 좋다.

### 6월

승전고를 알리는 진군의 나팔소리가 들려온다.

탄탄대로를 달릴 수 있는 대망의 운세가 힘이 되어 주고 있으니 무엇이 두려우랴.

시간은 인간이 이용하는 것이다. 그러나 이용하지 않는 사이에 바람처럼 또 흘러가는 것이 운이니 실기하지 말고 이용하라.

대어(大魚)를 낚는 운세다.

### 7월

여름하늘 밑에 길게 누워 하늘을 보니 무수한 별들은 옹기종기 모여 정답도록 속삭이고 있건만 이 몸은 홀로되어 말벗이 없구나.

그러나 이를 부러워 하지 말라.

흩어졌던 사람 모여 들고 서먹했던 사람 다시 찾아들어 옛영화 되찾게 되리라. 사죄하고 사과 받는 일도 있겠다.

### 8월

힘이 들고 어려운 때는 눈썹도 짐이 된다는 말이 있다.

물론 힘들 때 쓰는 말이지만 여기에 백지장도 맞들면 가볍다는 말로 대응한다.

이는 협조자 및 동업자의 출현을 말하며 구원자를 말함이니 그들의 도움이 있어 크게 활기를 띠도록 발전하리라.

### 9월

인간은 누구나 최고의 명예와 명성을 얻고 싶은 욕망이 있기에 이를 희망으로 삼고 열심히 일하며 살고 있다.

그러나 일하는 것도 적성에 맞아야 능률이 배가 되어 쉽게 목적을 달성할 수 있듯 지금의 일이 그대의 것인 줄 알고 만족을 느껴라.

짜증과 권태도 나겠지만 여기에서 목적하는 바 얻어내리라.

### 10월

넓은 들판의 초원에서 한마리의 사슴을 만나 그와 벗하며 노니는 형상이니 뜻밖의 이성을 만나거나 뜻밖에 구직 또는 전보되어 새로운 얼굴과 대면하는 일 있겠다.

길운에 힘입어 굴러들어오는 복인 줄 알고 운에 감사하라.

### 11월

누워서 침을 뱉으니 그 침이 나의 얼굴로 떨어지누나.

가정의 불편한 관계를 말하는 것도 부끄러운 일이지만 아내를 꾸짖고 탓한 것이 어찌 자랑일 수 있겠는가.

이것이 흉이되고 험담되어 나에게로 돌아오겠으니 늦게야 부끄러운 줄을 알겠구나.

### 12월

아내는 남편의 일로 남편은 아내의 일로 고심하는 일 있겠으니 서로는 숨기지 말고 크고 작은 일이라도 협의하라.

이 말은 말못할 비밀이 있어 숨기다 보니 고민으로 변했다는 말로 몸에 돋아난 부스럼을 놓아두면 종기되어 곪는 법이다.

피고름 되기 전에 처방하라.

# 47운(四十七運)

프란츠 막스 감독 이안스트라우스주연, "전장에 핀 우정"을 소개한다.

독일공군 비너 중위는 적기 100여대를 격추시킨 공훈으로 훈장을 받았지만 영국공군의 한 대위는 독일기의 격추로 사망한 동생의 복수를 위하여 피나는 격전을 치를 때의 장엄한 형제애를 기억하고 있는가, 친구의 우정과 형제의 우애를 잊은 채 사소한 이권 문제로 다툼이 있어 의절하는 사태로까지 간다면 이는 소인배의 짓과도 같으니 이(利)를 버리고 벗과 형제를 찾아라.

## 1월

전쟁을 한번 치르고나면 그의 상처는 대단하여 회복하기 까지에는 약 반세기가 소요된다고 하니 이는 역사의 후퇴는 물론 모든 발전의 후퇴라고 하겠으니 그의 상처는 너무나도 크다고 하겠다.

이처럼 그대가 지금 하고자 하는 일은 전쟁의 상처와도 같아 그 후유증이 너무나 크겠으니 새로운 일에 뛰어들기를 삼가하고 삼가하라.

## 2월

우연한 기회에 친구나 동료로부터 어떠한 부탁을 받겠으니 서슴없이 응해주라. 쉽게 성사시켜 주고 오래도록 감사를 받으리라.

이를 말하여 적선(積善)이라하고 적선(積善)함으로써 필유여경(必有餘慶)하는 법이다.

그러나 이를 거절하고 보면 마음에 걸림돌과 같아 오래도록 심기(心氣)가 불편하리라.

## 3월

간밤에 길몽같다는 꿈을 꾸고 행여나 오늘 좋은 일 있기를 바라는

것도 희망이오 주택복권 1장을 사들고 1주일을 기다리며 행여나 당첨
되기를 바라는 것도 희망이오 소망이다.

이렇게들 행여나 하고 사는 것이 인간의 연약한 모습들이다. 그러나
그 꿈은 간혹 헛되지 않은 때도 있으니 작은 소망은 이루리라.

### 4 월

석가께서 어느날 도둑의 때를 만났건만 그들을 설법으로 교화시켜
제자로 삼으시니 그 수가 무려 499명이나 되더라 라는 말씀을 전하노
니 마음에 새겨라.

귀에 거슬리는 말을 듣고 이사람 저사람과 대질시키는 일 있을까 두
려워한 말이다.

진실은 거짓이 없는 법, 그대의 진실임이 곧 밝혀지리라.

### 5 월

심불로, 신불로(心不老, 身不老)다.

마음이 젊으면 몸도 젊다는 말이다.

공연한 짜증과 불평이 많아 주위와 시비도 있겠고, 권태로움도 많아
일의 능률이 떨어지겠다. 이는 정신건강을 해치는 좀충과도 같아 신경
쇠약이라는 질병이 요인이 되고 있으니 긍정적인 사고로 생활하기에
힘쓰고, 건강에 유의하라.

### 6 월

오랜 가뭄으로 목말랐던 대지위에 시원스럽게 쏟아붓는 소낙비를
연상케 하는구나.

그동안 쓰러지면 또 일어나고 일어서면 또 쓰러지기를 무릇  기하였
든가.

모든 것은 칠전팔기의 운세 때문이었나니 한탄하지 말라.

가족에 경사있고 그대에게 행운있어 지난날의 것은 먼ㅡ옛날의 추
억으로만 남게 되리라.

### 8 월

음흉한 계략이 주위에 도사리고 있으니 간여 하지도 말며, 도모하지

도 말라.

그대를 이용한 계략이 분명하다.

그들의 이론은 이리의 얼굴에 양의 가죽을 뒤집어 쓴 격으로 미인계를 쓴다든가, 또는 향응과 향락으로도 접근하리라. 순간의 눈팔림으로 크게 봉변하겠으니 오직 한우물만 판다는 철학을 마음에 새겨라.

### 9월

모래판의 제왕, 천하장사도 매회마다 복병이 있어 그를 위협하고 또 넘어뜨리는 것만 보더라도 영원한 장사란 있을 수 없다.

그대에게도 예상치 못한 복병이 있어 길을 가로막는 형상이니 순조롭게 진행되던 일이 주춤거릴 때가 있은 즉 심하면 하던 일을 중단하는 때도 있겠다.

### 10월

한송이의 민주꽃을 그리려는 구도는 같으나 나는 노랑으로 너는 빨강으로 색칠하려는 구상이 달라 이견이 일어나고 있구나.

좀처럼 접근하기 어려워 기어코 너는 빨강, 나는 노랑으로 그려진 두송이의 꽃을 만들어내겠으니 이는 두 사람간의 결별을 뜻한다. 이에 대한 처방은 양보뿐인 줄 알라.

### 11월

세계제일을 자랑하는 톱 싱어가 TV에 출연하여 제아무리 열창을 한다해도 나의 기호에 맞지 않으면 채널을 돌리고 마는 것과 같이 주위로부터 어떠한 일에 대하여 집요한 권유를 받겠지만 기어코 나의 기호에 맞지 않아 외면하는 일 있겠다.

특히 인간관계의 권유라면 불응하는 것이 오히려 길하리라.

### 12월

화무십일홍(花無十日紅)이오

권불십년(權不十年)이라.

꽃이 10일을 피지 못하고 권세는 10년을 넘기기 어렵다는 말이다.

기고만장한 운세를 타고 교만하는 일 있어 주위로부터 따가운 눈총이 집중되고 있으니 근신자중하라. 인맥이 끊어질까 두렵다.

# 48운(四十八運)

일본에서는 그들의 심심한 김치에 비하여 매콤하면서도 짭짤하고 감칠맛나는 한국 김치를 "本場김치"라 하여 대단한 인기를 누리고 있다는 사실을 기억하라.

인간이란 본래 흙에서 태어나 흙으로 돌아가는 인간이기에 흙이라는 산지문화의 참맛을 여기에서 맛볼 수 있기 때문인가 한다.

이처럼 인간본래의 심성도 악한 것이 아니오 착한 것이거늘 사람을 매도하고 죄악시 하지말라.

서로간 사고의 차이에서 발생된 견해가 달라 갑론을박하는 것 뿐 상대도 근본의 바탕이 선하다는 것을 전제로 하여 이견을 좁히기 바란다.

### 1월

인간문명 발전의 시원은 불(火)로부터 시작되어 처음에는 불을 공포의 화신(火神)으로도 알았지만 지금은 불의 혁명을 이룩하고야 말았으니 인간의 위대함에 감히 놀라지 않을수 없다.

그러나 불이란 고마움도 있지만 해로움도 있으니 화액(火厄)이 두렵구나.

화기(火氣)에 관계되는 것 모든 것에 주의를 당부한다.

### 2월

육조판서 울타리 삼아 둘러 앉고 궁중악사 모여들어 풍악을 즐기고 있으니 어찌 술과 기녀가 없겠는가.

춤과 노래가 난무하는 가운데 이 밤을 새우고 있는 형상이니 경사가 있음이 분명하나 긴—밤을 지새우며 홀로 우는 이 있어 살펴보니 아내인줄 알겠다.

외간에 정을 빼앗기는 일 있으나 아내가 알리라.

### 3월

관우장군의 추상같은 호령과 번쩍이는 칼끝에 산천이 잠들고 바람결마저 잠들어 버리는 형상이니,

그대의 위엄은 사해를 잠들게 하는 것 같구나.

권위직에서 더더욱 높은 권위직을 맡게 되어 만인으로부터 추앙받는 일 있으리라.

### 4월

인생무상을 느끼게 하누나.

덧없는 세월따라 오늘까지 왔건만 번듯하게 무엇하나 제대로 해낸 것이 없으니 공(功)이 무엇이며 과(過)가 무엇이었든가.

이처럼 허무함을 느끼며 인생의 한을 호소하는 형상이니 배신하고 은혜를 망각하는 자 있어 느끼는 인생감정이리라.

### 5월

발등에 불이 떨어져야 뜨거운 줄 알고 배가 아파 딩굴어야 무당집 찾는다는 속담은, 예방할 줄 몰라 화를 당했거나 또는 때를 놓친 경우를 탓하는 말이다.

자녀문제로 고심하는 일 있겠으니 그들과 대화로써 친숙함을 갖고 또한 친구와의 사귐등에 대한 동태를 살펴보는 것도 예방책인 줄 알라.

### 6월

깍아지른 듯한 기암괴석과 파도야 부서져라, 부딪치며 성난듯 소용돌이치는 물결위를 한가로히 날고있는 물새라면 좋으련만…….

인간은 날지 못하는 뭍의 동물인 줄 알고 물가에 가기를 삼가하라.

물로써 놀라는 일 있겠기에 하는 말이다.

요행이란 것도 있지만 요행이란 기적과도 같아 오면 다행이지만 오지 않아도 그만일뿐이다.

### 7월

여자의 악담은 오뉴월에도 서리가 내린다는 말이 있지만 여자의 덕담에는 말이 없는 것으로 보아 이에 대한 효능이 없는가보다.

그러나 분명코 있으리라.

사면초가에 몰린 일이라면 여자에게 부탁하고 금전에 쪼들려도 여자에게 부탁하며 일이 난처하게 꼬여들어도 여자에게 부탁하라.

그는 해결사처럼 무난하게 처리해 주리라.

### 8월

앉아서 천리를 보고 서서 만리를 본다는 사람을 흔히들 도사(道士)라 칭한다마는 어찌 인간의 능력으로 만리밖까지 내다볼 수 있겠는가.

과대평가일 뿐이다.

다만 달이 차면 일그러지듯 자연의 운세를 보고 하는 말인 줄 알라.

그러므로 실물수 있다고 일러두노니 집에서는 문단속 나가서는 소지품 단속에 만반 주의하라.

### 9월

그동안은 산에서 물고기를 잡으려 했고 바다에서 짐승을 잡으려 했던 형상이었기에 힘은 힘대로 썼으면서도 소득이 없었지만 지금은 산에서 짐승을 잡고 바다에서 물고기를 잡는 형상이니 원하는 대로 잡으리라.

사업의 종목변경, 또는 주거의 이전이 있으면 더욱 개운 발복이 빠르리라.

### 10월

단단한 나무로 말하면 대추나무가 박달나무를 따르겠는가.

그는 본래의 목질이 단단하여 충해(虫害)도 많지 않은 것이 특징이다. 그러나 견고함에 비하여 그의 열매는 대추만 못한 것처럼 그대의 외형은 단단해 보이나 소득은 실하지 못하겠다.

다만 지출을 줄이는 데 힘쓰라.

### 11월

쥐도 늙은 쥐 말은 들으라는 말이 있다.

이는 경험이 많고 노련한 사람의 말을 참고하라는 말이니 지금 하고자 하는 일이나 지금 안고있는 문제에 대하여 선배나 어른께 자문을 받아라.

곳간에 든 쥐와 같아 조언을 듣고 이에 따른다면 힘 안들이고 얻어내는 이득이 있으리라.

### 12월

강태공이 맑은 물에 낚시를 던져놓고 찌를 응시하며 노려보고 있는 형상이다.

이때 잠시후 움직이는 찌를 낚아채는 순간 푸드덕 거리며 끌려오는 은빛 대어를 연상하라. 이것이 그대의 운세요, 그대의 것이다.

이것으로 열의 괴로움도 이것 하나의 기쁨으로 잊겠으니 필경 경사로움인가 하노라.

# 51운(五十一運)

## 총운

인포양옥(人抱兩玉)

길사중중(吉事重重).

양쪽으로 보석을 품고 있으니

일마다 길함이 있겠구나.

동서사방(東西四方)

도처금옥(到處金玉).

동서남북 어디든 가는 곳마다 금은 보화로구나.

사업가라면 외화를 벌어들이기에 힘써라.

금은보화가 발길에 채이듯 뿌려져 있는 운질을 갖고 있느니라.

### 1월

나랏님의 근본은 덕(德)에 있고 백성의 근본은 따름에 있거늘 어찌하여 그대는 덕(德)보다 용(勇)을 앞세우려 하는가.

용맹스러움은 곧 두려움을 낳게 하는 폭력과도 같으니 시비가 있을 때 말로 다스리는 것이 아니라 폭력을 사용하겠구나.

관재구설이 심하니 힘쓰기를 사양하라.

소리가 크면 진동도 큰 법이다.

### 2월

입수불입(入水不入)이오 입화불입(入火不入)이라.

물 속에 들어가도 빠지지 않고 불 속에 들어가도 타지 않는 신기(神技)의 요술을 갖고 있는 형상이니 주위로부터 재주꾼이라는 별칭을 받겠다.

매사를 능수능란하게 처리함은 물론 예상밖에 일을 성사시키므로 얻어지는 별칭인 줄 알라.

공익을 위한 일에는 더욱 명성이 높으리라.

### 3월

대명천지(大明天地) 밝은 곳에 등촉불을 또 밝힘과 같으니 빛이 있은들 그 빛이 밝은 줄을 모르겠구나.

빛이란 어둠을 밝혀 주므로써 그 고마움을 알 수 있는 것이지 밝은 곳에 빛이 또 무엇에 필요하랴.

이 말은 윗사람에게 향응을 베풀겠지만 예우로써는 좋으나 목적을 위한 베품에는 이득이 없음을 알리는 말이다.

### 4월

길게 땋은 댕기머리에 물동이를 이고 이마에 흘러내리는 물방울을 씻어내며 수줍은 듯 오솔길을 지나는 촌색시의 모습과 같구나.

그대의 얌전한 모습과 격식을 갖춘 태도는 뭇 사람들로부터 뽑힘을 받는 일 있겠으니 기쁘고 기쁘도다.

더욱 꾸밈없는 행동으로 임하라. 귀감이 되리라.

### 5월

오늘은 동쪽에서 먹고 서쪽에서 잠을 자며 내일은 서쪽 밥, 동쪽잠이로구나.

이렇게 유랑천리 찾아 헤매이는 떠돌이 인생과 같으니 정신적으로 안정을 기하기 어려워 마음의 동요가 심하겠다.

이런 때는 계약, 약속 또는 복잡한 금전거래관계를 삼가하라.

하자발생이 염려된다.

### 6월

자라보고 놀란 가슴, 솥뚜껑 보고 놀랜다는 속담과 같이 공연하게도 남의 일에 뛰어 들었다 시비에 걸려 오히려 봉변하는 일 있겠으니 시비가 있는 곳에 가까이 가기를 삼가하고 가족의 원행을 삼가하게 하라.

출행시키고 보면 마음 편하지 못하리라.

### 7월

칼을 갈아 보도(寶刀)에 넣고 진군의 명령만 기다리는 형상과 같구나.

노도와 같이 달려드는 적병을 일격에 베어버리고 크게 웃어 보는 꿈만 연상하며 은인자중하거라.

아직은 큰 칼을 쓸 때가 아니나 곧 그대의 장검은 뽑혀 천하병권(天下兵權)을 잡게 되리라.

### 8월

세상일 중에 숨겨지고 가려진 것이 많다고들 한다마는 세월이 가고 나면 모두 벗겨지고 마는 것도 자연의 진리는 거짓과 꾸밈이 없기 때문이다.

하물며 인간 미물의 비밀쯤이야 손바닥으로 해를 가리는 것만도 못한줄 알고 지금 고민하고 있는 사실을 가까운 사람과 협의하라.

폭로되면 수치요 털어놓으면 기쁨인 것을….

### 9월

작은 것을 쌓아 크게 이룸과 같으니 작다고 하기를 꺼려하고 이득이 작다고 주저하지 말라.

오직 작은 것에 이득이 있다. 소리만 크고, 실속이 없으면 무엇하리. 또한 한번의 만남으로 싫다고 외면해 버리는 선남선녀들이여 !

다시 한번 만남의 기회를 가져라.

그대의 연문은 먼 곳이 아닌 그 곳에서 만들어지기 때문이다.

### 10월

한잔의 보드카로 쉽게 취하기 보다 열잔의 소주로 취하기를 바라는 것도 술꾼들의 주도(酒道)이거늘 그대는 어찌하여 한잔의 독주로만 쉽게 취하려 하는가.

이 말은 노력은 적게하고 많은 이득을 얻으려는 일확천금의 발상을 꾸짖는 말인줄 알고, 대오각성하라.

한 섬의 쌀이 있기 까지에는 한톨의 씨앗이 있었기 때문인 줄 알고
…….

### 11월

오늘이 있기에 그 얼마나 많은 학문과 싸워야 했으며, 천근보다도
무겁게 누르는 눈꺼풀과의 씨름은 무릇 얼마였고, 째즈와 샹송의 유혹
은 얼마였든가.

수험생에게 일러두노라 !

아침 일찍 일어나 동쪽을 향하여 "나는 꼭 합격한다"라고 세번만 조
용히 다짐하라.

필승하리라.

### 12월

풍악이 있는 곳에 노래가 있고 술이 있으며 여자가 있으니 3박자를
모두 갖춘 형상이구나.

순풍에 돛단배와 같이 일마다 성사요,

일마다  기쁨이니 가히 어여쁜 운세로세.

다만 쌓이는 피로와 격무에 시달리다 못해 건강에 적신호가 있을까
염려되니 내몸 아끼기를 갓난아기처럼 돌보라.

# 52운(五十二運)

**총운**

우리의 가을 하늘은 유난히 높고 푸르다고들 자랑하지만 본래 우주의 하늘 모습은 파랗다고 한다. 그러나 먼지와 고기압의 영향 때문으로 어느때는 파랗게 보이고 어느때는 흐리게 보이는 것이거늘…….

이와같이 근본을 알아보지도 않고 눈에 보이는 대로 즉흥적인 편견만을 갖고 결론을 내리는 경솔한 처사가 있는 운질이기에 하는 말이니 겉보기보다는 내면보기에 충실하라.

## 1월

마을 어귀에 세워져 있는 천하대장군(天下大將軍)은 마을을 지켜주고 있는 수호신(守護神)인 것처럼, 그대를 지켜주고 보호해 줄 수 있는 후원자 또는 이성이 있어 주겠다.

백만원군을 만난 격과도 같으니 서로의 힘을 모으라.

대지(大地)는 대붕(大鵬)이 앉아 주기를 기다리고 있노라.

## 2월

참새의 지저귐도 풀잎의 속삭임도 그들끼리는 말로써 통함이 있어 지저귀는 대화이거늘 항차 사람과 사람간에 말로써 말이 통하지 않는다면 되겠는가.

비록 연인간에 의견이 다르다 해도 그것은 견해차이에 불과한 즉 서로 이해하고 화해하라.

불연이면 멀어지고 친구 잃을까 두렵다.

## 3월

따사로운 봄볕, 옥녀봉기슭에 아지랭이 피어오르는 모습을 연상케 하누나.

이는 잠든 듯 고용하던 운세의 기(氣)가 조용히 피어오르기 시작함과 같으며 기(氣)의 꿈틀거림과도 같다.

숫닭이 크게 울기 위하여 큰 날개를 쭉 펴고 크게 홰를 침과 같이 재기(再起) 하기에 힘쓰라.

기필코 재기의 발판이 만들어지리라.

### 4 월

천안문(天安門)앞 광장의 도로는 6차선 도로에 직선으로 40㎞나 된다고 하며 이곳은 마라톤의 직선코스가 된다고도 하니 상상만 해보아도 그 방대함을 짐작하리라.

이는 곧 탄탄대로와 같은 그대의 운로(運路)와 같기에 비유한 말이다.

바람이 불면 어떠하고, 비가온들 어떠하리. 천하무적인 줄 알고 바른 일에 힘쓰라.

그 공명이 하늘보다 높으리라.

### 5 월

적선지가(積善之家)에 필유여경(必有餘慶)이라.

신앙인이라면 은혜에 감사하고 신에게 감사하라.

작게 베푼 정성이 쌓이고 쌓여 큰 복으로 화함과 같으니 이는 곧 신의 보답이오 자연의 보답인 줄 알겠다.

가정에 경사있어 기쁨이 충만하리라.

### 6 월

구중궁궐 열두 대문을 열고 들어서니 만조백관과 산해진미가 가득한 가운데 또한 풍악이 있어 흥을 돋우고 있구나.

세상지사, 새옹지마라, 어제의 슬프고 괴로웠던 일 한잔술에 띄워버리고 마음껏 즐기고 노래하라.

기쁘고 기쁘도다.

### 7 월

7공주를 낳고 또 만삭이되어 아들일까? 딸일까? 초조하게 기다리는 산모의 형상과 같구나.

아들이면 어떻고 딸이면 어떠랴마는… .

그러나 원하는대로의 아들을 기어코 출산시키겠으니 기대하라.

다만 큰 것을 얻고 작은 것 하나를 잃는 것도 있겠지만 대수롭지는 않은 일인가 한다.

### 8월

정자정야(政者正也)라.

정치란 바르게 하라는 뜻이지만 어찌 나라 일만 바르게 하랴.

사람마다의 바른 마음과 바른 행동이 앞서야 나라 일도 바르게 할 수 있고 사가(私家)의 일도 바르게 할 수 있거늘… .

간교한 자 있어 그대를 유혹하겠으니 소신을 지켜라. 이름을 욕되게 하는 일 있으리라.

### 9월

깊은 밤 깊은 산촌에서 멀게도 들리고 가깝게도 들리는 듯 구슬픈 피리소리가 있어 간장을 여미는 듯 하구나.

이는 필경 옛님을 그리는 홀로된 이의 슬픈 마음과도 같으니 가정에 우환이 있어 근심이 있거나, 또는 가까운 사람에게 슬픈 사연이 있음을 듣겠다.

### 10월

공장에서 검은 연기와 폐수를 흘러보내는 것도 공해요, 자동차의 경적도 공해며, 이웃에 불편을 주는 것이 있다면 이것도 공해라 할 수 있는 것처럼 공동생활의 규범을 벗어나 이웃에 누를 끼치는 일이 있겠다.

나만을 위하여 일하지 말고 이웃도 보살펴라. 아집은 곧 해(害)를 낳으리라.

### 11월

천하제일의 검객이 도원에서 자웅을 겨루는 형상과 같으니 이는 필경 라이벌간에 다툼인 줄 알겠다.

번뜩이는 칼날의 부딪침은 백회를 거듭했건만 승부가 나지 않는 싸움이니 여자를 개입시켜라.

먼저 개입시키는 쪽에 승산이 있다.

### 12월

어물전 망신은 꼴두기가 시킨다는 말과 같이 단체의 조직원인 아랫
사람으로 인하여 봉변스러운 일이 있으니 말단속, 행동단속, 문서단
속 등에 각별하도록 신경을 써라.

소리가 크면 문책이 있을까 두렵다.

또한 주거의 변동이나 직장의 변동도 있으리라.

# 53운(五十三運)

**총운**

년년세세화상이(年年歲歲花相以)인데 세세년년인불동(歲歲年年人不同)이로세.

해마다 피는 꽃은 서로 같은데 해마다의 사람은 그 사람이 아니구나.

이 글은 당나라때 유희의 글이다.

산천 경계의 자연은 변함이 없으나 인생의 유한을 말한 글인즉 어찌 인생의 유한과 변함만 있으랴.

인간의 마음도 변하여 작년의 그 사람이 아니고 올해는 다른 사람으로 변했으니 옛친구를 믿지 말라.

친구가 아닌 경쟁자로 변하여 마음을 무겁게 하리라.

**1월**

모기를 보고 칼을 빼든다는 말이 있다.

하찮은 일이나 경미한 일 또는 균형을 잃은 과잉대응을 할때 쓰는 말인즉 대수롭지 않은 일을 갖고 침소봉대(針小棒大)하여 과장되게 표현하거나 또는 조그마한 일에 놀라 크게 대응하는 일 있어 주위로부터 조소받는 일 있겠다.

경솔한 처신보다 중후함을 지켜라.

**2월**

몽득양필(夢得良弼)이요, 진위가지(眞僞可知)라.

어진사람을 만나 도움을 받을 것이요, 귀인을 만나 성공할 것이다.

우연한 자리에서 무심코 한 말이 씨가 되어 그로부터 호응을 받아 협조받는 일 있겠으니 귀인인 줄 알고 그에게 감사하라.

앞으로의 일에 크게 도움이 되어 주리라.

### 3월

순풍에 배를 타니 천리가 멀지 않구나.

늦어질 듯 하던 일은 예상밖으로 쉽게 이루어지겠고 꼬이고 꼬여 명주실타래 처럼 얼키고 설켰던 일은 실마리가 풀리겠다.

그러나 신액(身厄)이 있어 불길한 징후가 보이고 있으니 차마(車馬)에 주의하라.

몸 상(傷)하는 일이 있을까 염려된다.

### 4월

자기관리에만 철저한 사람을 안전주의자와 같다고 한다면 공익관리에 철저한 사람은 봉사주의자와 같다고 하겠다.

그대는 후자의 경우와 같아 대의(大義)에 따라 공익을 위한 봉사나 발언이 있고 부터 하루 아침에 스타가 되는 것처럼 크게 명성이 높아지겠다.

### 5월

칠보단장 곱게 꾸며 놓고 청실홍실 마주 앉아 긴ー밤을 새우는 듯하구나.

어여쁜 운세를 만났음이니 이는 필경 음양이 짝을 만났음이라.

미혼자는 백년가약을 맺을 수 있는 하늘의 연분으로 알고 맺음에 주저하지 말라.

이러쿵 저러쿵 하다보면 다시 만나기 어려우리라.

### 6월

고름이 피(血) 안 되고 때가 살(肉)이 안된다는 말이 있다.

어차피 짜내야 할 고름이며 닦아내야 할 때인 줄 알아라.

그대의 용단을 재촉한다.

거느린 자 가운데 때와 고름같은 자 있어 손재와 구설만 일으키고 있기에 한 말이니 서둘러 짜내고 빨리 새살이 돋아나도록 하라.

### 7월

열심히 살아보겠노라고 발버둥도 쳐보았지만 언제나 신통치 않더니 이게 웬말이냐.

금전 은전 가득 채운 뒤주와 장독하며 주머니마다 듬뿍 채워진 금전·금화에 스스로 놀라는 형상이라.

금전운 대길할 줄 알고 열심히 뛰거라.

노력 이상의 소득을 얻으리라.

### 8월

비단옷을 걸치고 밤길을 걸으니 어느 누가 알아 주겠는가.

인덕이 부족함이드냐.

적선이 부족함이드냐.

공(功)은 공(功)대로 들이고 애쓴 보람도 없이 무공(無功)이 되어 허무함만 있기에 한 말이다.

남을 위하여 해준 일이 오히려 욕되어 돌아올까 염려된다.

### 9월

비온뒤 향기 가득한 꽃이 만개하였으니 대업을 성취할 운세로다.

지난날 홀로 시름하고 있던 중 내곁을 떠난 자 무릇 기 하였던가.

그러나 영화로움이 있으며 철새처럼 찾아드는 친구가 있고 말없이 떠났던 옛님 다시 찾아오리라.

### 10월

있는 것보다 없는 것이 많고 얻는 것보다 잃는 것이 많은 운세로다.

오직 끈기를 요구하는 운세를 만났으니 정중동(靜中動)하라.

특히 요행을 바라는 투기성 오락은 금인줄 알라.

감정에 치우치기 쉬워 밑빠진 독에 물붓기 될까 염려스러워 일러두는 말이다.

### 11월

겉으로 보기에는 화려해 보이나 안으로는 속빈 강정과 같으며, 수입은 요란한 것 같으나 지출이 많아 내실이 없구나.

꿩 잡는게 매라는 말처럼 격식을 찾기 이전에 실리를 먼저 찾고 외형가꾸기보다 내형다듬기에 힘쓰는 것이 순리인 줄 알라.

### 12월

사선(死線)을 뛰어넘어 구사일생(九死一生)으로 돌아온 전우(戰友)를 만난 것과도 같이 잊었던 옛 친구와 조우하는 일 있겠다.

더불어 남은 여, 여는 남을 만나 애정을 교환하는 즐거움도 있겠으니 고목(枯木)이 봄을 만난 것과 같구나.

# 54운(五十四運)

권력의 안주를 기하려 공포정치로 무차별 납치와 대량학살을 일삼던 아르헨티나의 군부독재시절 흔적없이 사라진 희생자의 무덤을 이름없는 자의 무덤이라 하여 "××무덤"이라는 이름이 붙여져 있다고 한다. 그러므로 이와 같은 독재의 유산은 역사로써 남게 되었으니 그들의 오명은 씻을 길이 없는 영원한 죄악으로 만 남으리라.

이처럼 역사의 기록이란 선정이 아닌 악정도 기록으로 남아 후세인들로 부터 질타를 받듯 한사람의 아집과 독선도 결코 독재와 같으니 민주를 배워라. 민주란 곧 다수결의 뜻에 따르는 것만도 민주라 할 수 있는 것이다.

### 1월

유비와 같은 덕장도 제갈공명을 찾아 삼고초려하지 않았드냐.

힘과 지략이 부족할 때 원군의 지원을 받는다는 것은 병서에도 이르는 말이거늘 어찌하여 자존심만 앞세우고 있드냐.

속히 윗사람을 찾아 문안드려라.

인사(人事)에 누락될까 염려된다.

### 2월

논어에 말하기를 "오직 여자와 소인은 본래 다루기 어려우니 가까이 하면 할수록 교만하고 멀리하면 원망한다"라고 했는가 하면 소크라테스의 부인은 악처로도 소문나 있는 사람이다.

이는 그대의 아내를 탓하는 말이 아니고 그대가 멀리하므로 아내의 원망이 높은 소리를 전하는 말인 줄 알라.

### 3월

옳고 그름을 천하에 밝히고, 그릇된 자에게 먼저 돌을 던지는 사람을 용기있는 사람이라고 한다.

그러나 용기에도 강약이 있어 강과 유를 겸하는 것이 지혜로운 자의 자세이거늘 용기가 너무나 강하여 오히려 욕됨이 있겠다.

앞서기를 사양하고 자제하라. 과격한 행동 있을까 두렵다.

### 4 월

어느 의사의 글에

"창녀는 그들의 고객이 다시 오기를 바라지만 성(性)치료자는 그들의 환자가 다시 오지 않기를 바란다"라는 말을 남겼다.

이렇게 직업관에 따라 그들의 바램이 다른 것은 이해할 수 있으나 같은 직장에서 위와 아랫사람의 바램이 다른 것에는 문제가 있는 것이다.

상하의 뜻이 맞지 않아 이견이 분분하겠다.

### 5 월

감정의 노예가 되지 말라.

감정을 다스릴 줄 아는 것도 자기관리의 요령이며 자신의 무형자산이기도 하다.

감정에 치우쳐 노예처럼 끌려 다니는 일 있겠으니 자기관리에 철저하라.

지금은 모르겠지만 지나고 보면 바보스러웠다는 것을 알게 될때 심히 부끄러워 하리라.

### 6 월

본래 타고난 소질이 없는 아이에게 부모와 같은 재능을 닮으라고 하는 것은 언어의 폭력이요, 강요요, 체벌이라고 까지 말해주고 싶다.

이처럼 매사에 무리한 강요를 요구하는 형상이라.

성격의 난폭과 언어의 폭력이 있어 불협화음이 일고 있으니 오직 자제로써 진정시키기에 노력하라.

### 7 월

자신과의 대화를 자주 갖는 것은 결코 자신과 멀어지지 않으려는 것이다.

또 여기에서 자신을 반성하므로 잃어가고 있는 나를 되찾게 될때 자기발전은 물론 공익발전에도 기여한다는 것을 기억해주기 바란다.

남을 보기전에 나를 먼저 보라. 분명코 현재의 자기 미숙이나 옹산을 발견하게 되리라.

### 8월

술을 얼마나 많이 마시는 것이 자랑이 아니라 술을 어떻게 마시는가가 자랑이어야 한다.

과음으로 인한 실언실수가 있고 시비와 쟁투가 있어 애써 쌓아놓은 덕망과 그 이름에 누가 있을까 두려워 일러두는 말이다.

### 9월

온 세상 남자 모두가 늑대요, 온 세상 여자 모두가 여우라면 어디 믿고 결혼할 수 있겠는가.

이것은 마음의 눈이 늑대와 여우로 보기 때문으로 칭찬받지 못할 그대의 괴벽성 때문인가 한다.

그대에게 접근하는 이성 있으니 늑대와 여우로만 보지 말라.

진실한 늑대와 여우인 것도 알라.

### 10월

마누라가 귀여우면 처가집 쇠말뚝 보고도 절을 한다는 속담도 있다.

처가의 처족과 거래관계가 있어 도움을 받던지 도움을 주는 일이 있겠으니 주저하지 말라.

처족과의 유대관계를 떠나 앞으로 재물의 혜택이 크고 경제의 안정된 기틀을 마련하는 계기가 되리라.

### 11월

"잘되면 내복이오 잘못되면 조상탓이라"는 속담처럼 잘하고 잘 된 것은 나의 공(功)으로 알고 잘못하고 잘못된 것은 모두 상대에게 뒤집어 씌운다면 상대는 어떻게 생각하겠는가.

물론 심히 분노할 것이다.

이처럼 내 공(功)만 추켜세우고 남의 공(功)은 평가절하(評價切下)시키는 일 있다.

상대를 칭찬해주기에 인색하지 말라.

### 12월

선생이 강단에서 진실을 강의하지 못하는 세상이라면 이는 사회의 끝장과도 같다고 하여 선생은 사회 최후 양심의 보루라고도 한다.

하지만 이와같은 뜻이라면 어찌 선생에게만 국한 될 수 있으랴.

가정에서도 지아비가 자녀에게 양심을 가르키지 못한다면 이는 곧 가정의 끝장과도 같으니 지아비로서의 도(道)를 지키기 바란다.

# 55운(五十五運)

정일남방(丁日南方)
우인조아(友人助我).
남쪽에 사는 사람은 나의 친구로 도움이 되겠고,
남방래인(南方來人)
여아유조(旅我有助).
남쪽에서 오는 사람도 나에게 도움이 되리라.
남쪽에 귀인이 있고 남쪽에 재물이 있으니 남쪽을 향하여 귀인을 찾
고 재물을 찾아라.

### 1월

"체력은 국력이다"라는 말을 우리는 귀가 따가울 정도로 들어왔다.
또한 "불가능이란 없다"는 말을 남긴 불세출의 영웅 나폴레옹은 "수학
은 국력이다"라는 말도 남겼으니 이는 곧 수학문화가 과학문화의 발달
임을 뜻한 말이 아니었던가.
　하지만 그대에게는 재력이 탄탄하여 그 힘이 위대하겠기에 "재력이
무기이다"라는 말을 전해주고 싶다.

### 2월

모래판에서 두 장사가 힘을 겨루고 있다. 상대의 특기는 돌림배지기
로 그에게 한번 들리면 천하장사라도 견디지 못하노니 맞배지기를 피
하라.
　이 말은 그대의 라이벌과 맞서기를 피하고 다른 계략으로 승부를 걸
라는 말이다.
　심하도록 경쟁이 치열하겠다.

### 3월

노래는 세월따라 흔적없이 사라지기도 하고 세월과 더불어 나와 함께 하면서 18번으로 삼고 희노애락이 있을 때마다 애창하는 것처럼 그대여! 기쁜일도 있고 씁쓰레한 일도 있겠으니 평생의 동반자와 함께 애창곡을 부르며 애정을 더욱 돈독히 하라.

공연한 말다툼은 칼로 물베기라면 좋으련만 칼로 무우 자르듯 될까 두려워 일러두는 말이다.

### 4월

지나친 충성을 과잉충성이라 하고 지나친 간섭을 과잉간섭이라 하는데 혹중 지나친 염려가 있어 과민성신경질환이 있을까 두려워 하는 말이다.

이는 아내는 남편을 남편은 아내의 행각에 대하여 지나친 반응을 보이기 때문으로 이를 의부증, 의처증이라고도 하노니.

지나친 염려인줄 알고 상호신뢰하는 부부창조에 힘쓰라.

### 5월

한상품을 제조판매하기 위하여는 그 품질의 우수성은 물론 포장에도 정성을 다해야 하는 것처럼 상품제조판매업자는 포장에 신경을 써라.

먼저 외형에서 힛트하는 상품 있어 활기를 찾겠다.

더불어 상업자는 문전성시하고 인기인은 그 이름 급상승하여 최고의 명예까지 얻으리라.

### 6월

나라와 나라간에도 민족자존이 있고 사람과 사람간에도 인격이 있거늘 어찌 어린이라고 그에게 인격이 없을소냐.

이 말은 자녀의 의견을 무시하고 부모의 일방적 요구만 있어 마찰이 있기에 하는 말이다.

자녀의 의견을 충분히 이해하고 설득을 시키던지 또는 들어주어 속결하기 바란다.

아니면 가정불화가 심하리라.

### 7월

시위를 당기고 있는 궁사(弓士)의 자세는 당연히 몸의 흔들림이 없어야겠지만 마음의 흔들림도 절대적으로 없어야 한다고 한다.

그러기에 과녁을 향했을 때 그의 귀에는 바람소리와 숨소리도 들리지 않는다고 하니 이 얼마나 진지해야 되겠는가.

그대여! 궁사(弓士)의 자세를 배워라.

심리적 갈등이 심하여 이랬다 저랬다 하는 변덕이 있어 일러두는 말이다.

### 8월

욱일승천(旭日乘天)하던 기세는 준마를 달려 천리길을 단숨에 당도하는가 했더니 푸른창해가 길을 막으며 달림을 막게 하는구나.

이때 화를 내며 성급하게 도강(渡江)하려 들지 말라.

오히려 말에게 물을 먹이는 기회로 삼고 잠시 기다리노라면 빈배가 찾아와 강을 건너게 해 줄 것이다.

이를 말하여 귀인봉래(貴人逢來)라 하노라.

### 9월

옛말에 손가락은 형제요.

의복은 부부와 같다는 말이 있으니 새겨들어라.

형제 문제로 인한 부부의 갈등이 있거나 고부간의 불화가 있어 위험스러운 지경까지 가게 될까 두렵다.

의복이란 시시때때로 갈아입을 수도 있는 것이라고 생각치 말고 양보하는 미덕을 가져라.

### 10월

남의 장단에 춤을 추지 말라.

친구의 잘 됨도, 친구의 호화스러움도 모두 그의 능력에 맞기 때문이라는 대범한 생각을 가져라.

아무리 좋은 옷이라도 내 몸에 맞지 않으면 넝마와 같은 줄 알고 자기 분수를 지켜다오.

필연코 그대에게는 그보다 더 나은 자녀의 영광된 기쁨이 있으리라.

### 11월

풍수설에 있는 생활철학 한마디를 전해주노라.

집안에 서쪽 창문을 자주 활용하면 지출이 많은 법이오.

여자의 외출이 심함은 물론 아내의 권한이 높아지고, 아내가 말이 많은 법이다.

수입보다 지출이 많은 형상이니 서쪽 창문을 커텐으로 가려서라도 지출을 억제시켜라.

### 12월

인간무리들의 세상에서 신의가 없다면 사회의 질서는 혼란에 혼란을 거듭하는 소용돌이로 변모될 것이다.

그러나 신의가 있기에 사회질서가 유지되는 것처럼, 신의란 귀하고 값진 것이거늘.

그대에게 약속된 신용을 어기는 자 있어 심노(心怒)하는 일 있으니 만약 돈이라면 어김이 있으니 재촉을 가해야겠다.

# 56운(五十六運)

**총운**

왕건이 후백제를 침공하려고 황산벌에서 대치하고 있을 때 어느쪽에서도 먼저 싸움을 걸지 않고 서로들 동정만 살피고 있을 때였다. 이때 하늘 높이 떠있는 뭉게구름밑으로 기러기떼가 나타나더니 왕건의 쪽에서 백제군쪽으로 몰려가는 것을 보고 백제의 장군들이 생각하기를 이는 백제의 패전을 뜻하는 흉조의 뜻이라 판단하여 싸움도 해보지 못하고 항복했다는 고사가 있다.

이 말은 서둘지 말고 의연하게 기다리라는 뜻이다. 힘 안 들이고 호박이 덩쿨째 굴러들어오는 횡재가 있으리라.

**1월**

사공이 많으면 배가 산으로 올라간다는 말처럼 주위에 간섭하는 자 많아 마음의 동요가 심하겠다.

그러나 모두들은 실질적인 도움이 되어 주지 못하는 객(客)에 불과한 줄 알고 소신껏 하라.

그대가 본대로, 생각대로는 적중하리라.

**2월**

아니 땐 굴뚝에 연기가 어찌 나겠는가.

공연히 흘러다니는 말 같지만 이 속에는 지나쳐 버릴 수 없는 진실이 숨어 있으니 그 핵(核)을 잡아라.

봉(鳳)을 잡겠다.

이 말은 증권가 등에서 흘러다니는 말을 귀담아 듣고 주식매입을 했을 경우도 해당하는 줄 알라.

**3월**

황금만량 불여일교자(黃金萬倆不如一敎子)라.

황금만량을 주기보다는 자식하나 가르치는 것만 못하다는 안중근 의사의 말이다.

물론 먹고 살기 위하여 자식돌볼 여가가 없다고 하겠지만 촌음을 아껴서라도 신경을 써라.

잦은 외출, 늦은 귀가도 문제가 있거니와 친구의 사귐이 좋지 않아 심노하는 일 있겠기에 일러두는 말이다.

### 4 월

살을 여미는 듯 매서운 바람을 가슴에 안고 달리는 형상이니 여기에 무슨 말로써 위로 하리오.

그러나 대저, 만물의 원리는 죽이고자 함이 아니요, 살리고자함이 목적이므로 우연하게도 빛의 소리가 있으니 도움말이나 기쁜소식 듣고 생기(生氣)를 되찾겠다.

구직자는 구직되고 미혼자는 짝을 얻으리라.

### 5 월

중국의 만리장성은 하루 아침에 쌓아진 것이 아니라 수대에 걸쳐 쌓은 장거로 지금은 그 특유의 웅장함 보다는 오히려 통 큰 민족의 대담성으로까지 비약 설명되고 있다. 그러나 이를 쌓기 위한 집념과 노력은 얼마였겠나를 생각해보라.

진한 노력의 댓가는 그의 결과가 이처럼 큰 법이다.

오직 노력 여하에 따라 그 소득의 양이 달라지겠다.

### 6 월

남의 흉 하나면 내 흉 열이라는 말이 있다.

공연한 말장난에 휘말려 같이 춤을 추다보니 그것이 씨가 되어 구설이 발생되리라.

흉이라면 칭찬은 없고 단점만 들추는 것이 흉인즉 어디 단점없는 사람이 있드냐.

단점을 말하기전에 장점부터 말하고 칭찬하기를 꺼려하지 말라.

### 7월

으스름 달밤 허기에 지친 맹호가 날카로운 발톱을 세우고 하산하는 형상이구나.

분명코 날카로운 발톱에 채이는 것 있어 주린 배를 채우겠다.

다만 만족하지 못한 것이 흠이 되나 그런대로 서운함은 면하겠고 그것이 발판되어 또 다른 것 얻으니 흐뭇해 하리라.

### 8월

역사는 흘러가도 교훈을 남기고 인물은 사라져도 자취를 남긴다는 말처럼 그대의 보이지 않는 노력은 아직 보람이 없다하겠지만 그로 인한 보람은 커 상사로부터 두터운 신망을 얻는 계기가 되겠고 마침내 자랑스럽게 뽑힘을 받는 영광을 안겠다.

### 9월

삿갓으로 하늘을 가린채 해학과 풍자를 벗하며 평생을 살아온 괴걸 김삿갓을 연상케 하누나.

언짢아하고 부자연스러운 자리에 나아가 멋진 유―머로써 좌중을 웃기고 화해시키는 일 있어 칭찬하노라.

그대가 중재하므로 해결되는 일도 있으니 적극적으로 앞서라.

권유하는 바이다.

### 10월

대개의 노인들은 전통의식만을 고집하는 보수성 때문에 새 세대와의 이견을 좁히지 못하고 있다.

그러므로 때로는 대화의 상대가 없어 소외감을 느끼는 예가 허다하거늘….

그대 또한 예외가 아니다. 울적한 마음과 서운한 마음 한데 어울려 마음괴로워 하는 일 있으리라.

### 11월

천하의 맹장, 장비도 댕댕이 넝쿨에 걸려 붙잡힌 일이 있듯,

제아무리 지혜가 뛰어나고 재주가 비범하다고 자랑하는 자 있겠지

만,

　이 자가 어찌 그대를 능가하리요.

　생각했던데로 척척, 가는데로 척척.

　만사여의 하겠다. 운바람이 등을 밀어 줄 때 쉬지 말고 달려라.

　　12월

　날렵한 고양이로부터 추격을 받고 벽에 부딪친 생쥐와 같구나.

　물러설 수도 없고 그렇다고 앞으로 나아갈 수도 없고….

　이때 고양이를 쫓는 승냥이가 있어 무사히 탈출하는 형상이구나.

　이 말은 요행수가 있다는 말이다.

　우연하게 횡재하는 일 있으리라.

# 57운(五十七運)

총운

나라의 문화가 말살당하고 국권의 침해를 당한 역사를 국치(國恥)라고 하며 개인의 인격을 욕되게 하는 것을 명예훼손이라고 한다. 그러나 이러한 것들 모두는 우리가 원하는 것이 아니면서도 항상 이러한 것들이 도사리고 있어 마음을 거슬리게 하고 있으니 나라살림이나 개인생활에 방심할 틈을 주지 않고 있다.

이는 간교한 무리들로부터 유혹이 있으니 자기방어와 경계에 철저하라고 일러두는 말이다.

## 1월

고위직 공무원이 엉뚱하게 자기의 나이를 줄여 정년을 연장시키면서 까지 높은 자리를 지키고 앉아 있다 들통이 난 일이 있다.

물론 빗발치는 욕설도 대단했지만 양심있는 사람이었다면 얼마나 쑥스럽고 부끄러워 했겠는가.

그러나 양심이 있다면 이런 짓을 처음부터 하지도 않았을 것이다.

이 말은 남의 일이 아니다. 양심을 속이는 일이 있을까 두려워 그대에게 일러두는 말이다.

## 2월

조그만 일에도 감사하고, 만남에도 감사하며, 괴로워도 웃어주고 슬퍼도 웃어주라.

매사가 여의치 못하여 짜증스럽겠다. 불만이 쌓이다보면 더욱 일이 꼬이고 안 풀리는 법이기에 긍정적 사고를 가지라고 일러둔 말이다.

일이 되고 안 되고는 정신의 작용에서 좌우한다는 것을 마음에 새겨라.

### 3월

근친 또는 선후배간이나 친구로부터 어떠한 제안을 받을때 거절하거나 변명하지 말고 귀담아 들어라.

그대에게 행운을 있게 할 복음(福音)인 줄 알고….

더불어 이사변동수도 있으니 행하라. 오히려 자리를 이동하므로 좋은 일 있으리라.

### 4월

마음에도 없이 동정을 베푸는 체 한 것은 오직 예우로써 한 말이었건만 이것이 발단되어 그로부터 구원의 요청을 받겠으니 이러지도 저러지도 못하겠구나.

응해주자니 무리요, 불응하자니 단교라, 심히 난처하리라.

그러나 반에 반이라도 응해주라.

이것도 음덕(陰德)을 쌓는 것이니라.

### 5월

창해의 고도에서 홀로 서 있는 나무가지에 의지한 채 흘러간 역사를 되새겨본들 무슨 의미가 있겠는가.

지난 날을 잊어라. 그리고 새롭게 출발하라.

이미 그 사람은 옛님되어 그대가 아닌 타인의 연인되어 돌아오기 어렵다.

### 6월

중원벌을 통일한 유현덕도 관우와 장비같은 지장과 용장이 있었기에 가능했던 것처럼, 대업을 달성시킨 그대의 업적도 그대의 현명한 참모가 있었기에 가능했던 것이니 그들에게 감사하고 그들에게 공(功)을 돌려라.

대업을 달성하겠다.

### 7월

복사꽃 능금꽃 피는 고향을 찾던지 아니면 수륙만리 낯설고 땅설은 이국땅을 밟든지 하는 원행을 하리라.

불연이면 이사 또는 직장의 변동도 있겠으니 이행하라.

자연에서 오는 변동수를 거역한다면 오히려 흉사가 발생되리라.

## 8월

사람 사는 것이 무엇인가. 도대체 천층만층이구나.

남자, 여자, 부자, 가난뱅이, 그런가 하면 칼잡이도 있고 황새코빼기처럼 인중이 길어 오래사는 늙은이도 있는가 하면,

세살도 못먹어 하직하는 사람도 있으니….

인생허무함을 느끼리라.

가까운 사람의 부음(訃音)을 듣고….

## 9월

다산(茶山)은 목민심서(牧民心書)에서 이렇게 교훈했다.

나라의 공무를 볼 때는 나라에서 준 촛불을 썼고, 나라일이 끝나면 내 촛불을 썼노라고….

공금이나 공동기금을 관리하는 자는 공사를 분명히 하라.

잠시의 유용이 물의를 일으켜 봉변하는 일 있을까 두렵다.

## 10월

영토는 삶의 터전이 본향이다.

지구의 어떤 민족이든 영토를 지키지 못했던 민족의 역사는 피와 눈물의 역사로 얼룩져 있듯, 가장이 가정을 보전하지 못한다면 위의 유랑민족과 무엇이 다르랴.

하숙생과 같은 그대의 가정관을 탓하는 말이니 귀담아 들어라.

한눈팔까 두렵다.

## 11월

닭의 목아지를 비틀어도 새벽은 온다라는 어느 정치인의 말처럼 질기고 끈덕지도록 해결이 안되던 일이 서서히 풀리기 시작하겠다.

남의 일 보듯 하지 말고 적극성을 보여라. 늦게나마 찾아오는 행운이지만 그런대로 만족해 하리라.

### 12월

잡힐듯 말듯하면서도 잡히지 않든 민주의 꽃이 기어코 국민의 손에 잡혔듯, 모든 것은 사필귀정(事必歸正)이라.

반듯이 진실은 진실로써 밝혀지는 법이다.

그대의 능력과 양심은 매로서 인정되어 빛을 발하겠으니 대기만성 (大器晚成)인 줄 알라.

# 58운(五十八運)

백우조아(百友助我)

물배친우(勿背親友).

여러 친구가 나를 도와주니 친구를 배신하지 말라.

북방래인(北方來人)

외친내소(外親內疏).

북쪽에서 오는 사람은 가히 친함을 주지 말라.

우연하게도 북으로부터 인간거래가 있겠다. 그러나 결코 이로움이 없으니 깊은 정을 주지 말라.

### 1월

천하제일의 검객과 천하제일의 방패를 가진 사람이 서로 큰소리치며 내 것이 제일이라고 호언장담한데서부터 .모순(矛盾)이라는 말이 나왔다고 한다마는, 그대의 말과 행동이 맞지 않는 것도 모순(矛盾)이니 언행일치(言行一致)하라.

귀먹은 욕좀 먹겠다.

### 2월

싸움판에서 사생결단으로 인생의 승부를 건다는 것도 어리석은 짓이오 투전장에서 감정이 격화되어 몽땅 털어 놓고 한판승부를 건다는 것도, 물론 어리석은 짓이다.

승부를 거는 모험을 할까 두려워 하는 말이니 재삼재사 재고하라.

감정싸움이 발단되어 객기부릴까 염려된다.

### 3월

앙상한 나무가지에 스치는 바람 매섭고도 싸늘하구나.

그러나 기어코 떨어지지 않을려고 발버둥치는 저 나무 잎하나 있어 말해주노라.

　바로 그대의 형상과 같다고….

　고군분투하며 외로운 투쟁을 하겠다.

　협력자를 구하라. 힘을 합하면 천하무적되리라.

　　4 월

　한양간 낭군의 입신출세를 위하여 정한수 떠놓고 칠성께 기도하든 옛 아낙의 정성을 배워라.

　지성이면 감천하는 법이거늘 열과 성은 작게 하고 이득은 많게 하려는 발상은 놀부의 마음과도 같다고 지적해 두노니 자신을 점검해 보라. 과연 얼마의 노력이 있었는가를….

　　5 월

　티없이 맑고 천진스러운 동심(童心)이 어린이에게 있는 것만은 아니다.

　비록 술과 담배연기에 찌들대로 찌든 어른에게도 동심(童心)이 있거늘, 이를 때묻지 않는 양심이라고도 하노니.

　상대를 의심하지 말라. 그 자는 오히려 그대보다도 더 맑고 깨끗함이 있느니라.

　　6 월

　십만대병을 이끌고 출진을 앞둔 장군의 모습과 같구나.

　그대의 목청높은 호령 한마디는 날으는 새라도 떨어뜨릴 듯 위엄이 있는 운세이니 여기에 덕(德)만 더 쌓아라.

　전쟁을 치르지 않아도 적병을 사로잡듯 모두를 귀화시킬 수 있으리라.

　정치인 및 무관직은 대길대통하리다.

　　7 월

　우리나라 최초 민권민중운동의 거봉(巨峰)이라면 전봉준을 손꼽지 않을수 없다.

　그는 쥔자에게 덤벼들며 나뉘어 갖자고 부르짖은 농민운동가였기 때문이다.

이처럼 그대 또한 정의를 부르짖으며 앞장서는 일 있겠다. 다만 사사(私事)로운 일에는 삼가하고 대중심리에 편승함도 자제하라. 오히려 관재구설만 있게 되리라.

### 8월

중국의 서예가 왕희지는 말하기를 "정신적으로 성숙하지 못한 사람은 예(藝)와 도(道)를 이루지 못한다"라고 말했다.

이처럼 정신이란 인간의 뿌리와 같은 것이다. 그러므로 말해두노니 건전치 못한 사고(思考)로 물욕(物慾)과 권욕(權慾)을 탐할까 염려되어 한 말이니 자성(自省)하기 바란다.

### 9월

영국에서는 남에게 해를 끼치지 않는 거짓말을 "하얀 거짓말"이라 하고 나만에게 해를 끼치는 거짓말을 "까만 거짓말"이라고 한다.

허황된 말은 함부로 하지 말라.

이를 믿고 따르는 자 있어 이용하다 보면 크게 봉변하는 일 있으리라.

차라리 "하얀거짓말"을 하라.

### 10월

로마의 시가에 불을 질러놓고 통쾌하게 웃어대는 네로의 폭정을 말하려는 것이 아니라 시원스럽게 치솟는 불길하며 크게 웃어대는 그대의 시원한 운세를 말하는 것이니 가히 기쁘고 기쁘도다.

막혔던 운세 봇물터지듯 하는구나.

기세좋게 달려라.

### 11월

옛부터 인간의 운명은 하늘의 뜻이라하여 인명(人命)을 재천(在天)이라 했지만 요즈음에는 하늘의 뜻이 아니라 자동차에 있다하여 인명(人命)은 재차(在車)에 있다고도 한다.

문명의 이기(利器)로 들어온 자동차가 흉기(凶器)로 둔갑했다는 말이니 이 말의 뜻을 깊이 새기고 차마(車馬)에 주의 바란다.

> **12월**

우리의 말에 "민심(民心)은 천심(天心)"이라고 하는 말이 있듯 프랑스에서는 "민중(民衆)의 소리는 신(神)의 소리"라는 말이 있다.

이처럼 많은 사람의 뜻은 무서운 것이다.

그러므로 많은 사람의 뜻에 따라야 하는 것이거늘 그대는 독불장군처럼 고집하는 일 있겠으니 대의(大義)가 아닌 줄 알고 많은 쪽에 따르라.

# 61운(六十一運)

**총운**

중국의 사상가 노자의 말에 "천하는 신통한 보물과 같아 억지로 다룰수 없고 또 억지로 다루려면 망하는 법이며 움켜쥐려면 잃는다"라고 말했다.

이 말은 순리를 거역하지 말라는 뜻이다. 아무리 기고나는 재주를 가졌다해도 억지로는 되지 않는다는 본운의 뜻을 이 말로 전하노니 재주와 꾀보다는 순리와 중론을 앞세워 처신하라.

**1월**

예수가 인류에 바친 박애정신과 석가가 인류에 바친 자비정신이야 말로 인류가 받은 가장 값진 선물일 것이다.

이와 같은 사람의 정신은 먼 곳에 있는 것도 아니오. 어느 누가 주어지는 것도 아닌 자신과 가정으로부터 있는 것이니 사랑 실천운동부터 하라.

가정의 평화 이룩하리라.

**2월**

자기가 벌어먹는 빵이 부족하여 남의 빵까지 얻어먹는 사람이 있는가 하면 빵은 썩어도 남에게 주지 않는 사람이 있으니 이를 말하여 자린고비와 같다고도 한다.

인색한 사람치고 끝이 좋은 사람없는 법이다.

남을 돕고 후원하는데 앞장서라. 그 음덕(陰德)은 곧 자네에게로 나타나 기쁜일 있으리라.

**3월**

참을 인(忍)자의 모습을 보면 마음에 칼을 품고 있는 듯한 형상을 하고 있는 것처럼 우리의 몸 어느 곳에라도 칼을 꽂으면 아프지 않은 곳이 없다.

.이처럼 아프고 괴로워도 참으라는 뜻으로 전하는 말이다.

뜻한대로 이루어지지 않아 마음은 괴롭겠지만 크게 실망하지 말라.

차선이 있어 돌파구가 있게 되리라.

### 4 월

고양이나 개는 거울에 비친 제 모습을 보고는 몸을 비벼대며 자기의 동료로 알지만 새는 오히려 적으로 알고 몸으로 부딪치며 도전한다고 한다.

어떠한 말을 듣고 심노(心怒)하는 일 있겠지만 그것은 오해와 곡해일 뿐인 줄 알라.

오직 고양이와 같이 나의 동료로써 조언을 해준 말이기 때문이다.

### 5 월

오늘날 성의없게 진행되는 예식장 결혼을 빙자한 말로 "결혼제조기" "부부생산공장" "10분 결혼"이라는 말이 돌고 있다.

가장 존엄스럽고 성스러워야 될 한순간이 이처럼 비아냥 거림을 받는다는 것도 우스꽝스러운 일이로되, 한쌍의 부부가 또 마찰이 있어 고성이 오고간다면 이것도 우스꽝스러운 짓인줄 알고, 서로 양보하는 미덕(美德)을 가져라.

### 6 월

지금의 일은 어차피 내가 할 일이라고 하지만 잠시 뒤로 미루어라.

지금 행한다면 고양이 목에 내가 먼저 방울을 다는 것과 같아,

주위로부터 거센 반발이 일어나겠다.

그러나 결론은 당신의 뜻대로 이루어지겠고 당신의 것이니 서둘지 말라.

### 7 월

헛되고 헛되며 헛되고 헛되니 모든 것이 헛되도다. 이는 솔로몬이 이스라엘의 왕이 되어 금은보화도 마음껏 가져 보았고 처첩도 거느려 보았지만 끝내는 모든 것이 허무했다는 참회의 말이다.

과욕을 삼가하고 허욕에 들뜨지 말라.

얻는 것보다 잃는 것이 크고 많아 헛됨을 느끼리라.

### 8월

한때 한강개발에 성공했다는 말을 크게 전하기 위하여 한강에 잉어 한 트럭을 사다 풀어놓고 공무원을 낚시꾼으로 위장시켜 팔뚝만한 잉어를 잡아올리게 했다는 말도 있었다.

이 얼마나 어처구니 없는 일인가. 그러나 이를 비웃지 말라.

그대 또한 기인과도 같이 어처구니 없는 일을 저질러 놓으리라.

### 9월

"유성처럼 떨어져 버린 별들을 다시 떠올려 빤짝이게 하는 역사의 괴력은 놀랍다"라고 어느 기자는 말했다.

모두들 재기불능, 절대불가라고 했건만 오직 그대의 끈질긴 노력과 인내로 재기에 성공하는 일 있겠다.

좌절하지 말고 정진하라. 대어(大魚)를 낚으리라.

### 10월

"새벽녘에 문을 두드리는 소리가 난다. 황급히 열어보니 시골영감 먼—길에 술을 들고 일부러 찾아 왔단다."

도연명은 한때 벼슬도 높았으나 비위에 맞지 않아 시골에 은둔하고 있을 때의 글이다.

구정에 못이겨 찾아온 옛 부하나 친구를 만나겠기에 전하는 글이니 마음껏 취하고 마음껏 노래하라.

이보다 더 기쁜 일 있으랴.

### 11월

갓난아기에 물린 우유꼭지를 뺏지말라. 그의 생명체는 오직 그것에 매달려 있거늘….

수하인의 잘못을 꾸짖어 퇴옥퇴사(退屋退社)하는 일 있을까 염려되어 한 말이니 용서하는 아량을 베풀어라.

오직 자애로움은 포근한 양털과 같아 그를 감싸주므로 얼었던 마음

해빙되어 따스해지리라.

### 12월

개는 낯선 침입자를 막아주기 위하여 집을 지키고 있건만 개가 짖지를 않는구나.

그 사연을 물은즉

견공왈(犬公曰) : 주인이 도둑놈인데 어찌 주인을 보고 짖을수 있으리오 했다는 옛 말처럼 그대에게 도둑같은 마음이 있어 재물을 탐하는 욕심이 발동하여 형제간에 불화 있겠으니 중용(中庸)을 지켜라.

# 62운(六十二運)

### 총운

　장화홍련전은 우리 민족의 애환을 담은 비련의 전서와도 같고 선과 악의 갈등과 싸우는 인간생활의 면모와도 같다. 그러기에 인간은 바르게 살때 그 진실 댓가는 보람과 빛남으로 남게 되지만 바르지 못하게 산다면 그 죄악의 댓가는 값으로 헤아릴 수 없는 고(苦)가 있다는 사실을 말해주고 있는 민족전서이기도 하다. 이처럼 본운의 겪고 있는 고뇌는 생나무가 타들어가듯 지겨움도 있지만 인고(忍苦)를 겪고 나면 가시덩쿨을 헤쳐나온 듯 넓고 푸른 대지가 기다려 주고 있는 것과 같으리라.

### 1월

　흙, 나무, 바람, 물, 짐승들을 모두 일컬어 자연이라고 하지만 이 중에서도 사람을 꼬집어 만물의 영장이라고 하는 것은 사람에게는 양심(良心)이라는 형이(形而)가 있기 때문이다.

　양심이란 먼 곳에 있는 것이 아니라 순간의 찰라에서 비롯되는 것으로 양심이냐 비양심이냐의 기로에 서는 일 있겠으니 양심의 길을 택하여 명예를 지켜라.

### 2월

　어떠한 말을 했을 때 상대로부터 말대꾸가 없으면 불쾌한 감정을 억제치 못하고 "말대꾸하다 조상이 덧 났나"하고 응수해 버린다.

　물론 인격적 대우를 못받는 것같아 기분은 언짢겠지만 참아라.

　괜한 것으로 시비가 있고 쟁투가 있으면 더욱 마음 편치 못하리라.

### 3월

　년년세세화상이(年年歲歲花相以)인데

　세세년년인부동(歲歲年年人不同)이로구나.

해마다 피는 꽃은 서로 같은데 해마다 사람은 그 사람이 아니구나.

당나라 때 유희의 글로 인생의 낳고 죽는 무상을 그린 말인 줄 안다. 꽃피고 맑은 날 부모의 상(喪)을 입을까 염려되어 드리는 말이다.

### 4월

남자의 마음은 가을 하늘 뜬구름과 같고 여자의 마음은 오뉴월 햇빛과 같다더라.

남자의 능청스러움을 전하는 말인 줄 알라.

끈덕지도록 따라 붙는 남성 있어 마음걱정 있겠으니 역시 걱정은 걱정인줄 알고 돌려 보내거라. 고기덩어리를 탐한 이리와 같으니라.

### 5월

고고한 자태를 뽐내며 벼랑끝에 홀로 서있는 노송(老松)의 늠늠한 모습에서 인내를 배워라.

모진 비바람에도 아랑곳하지 않고 오직 생명수(生命樹)로써의 삶을 다하는 저 모습에서….

인내력이 부족하여 하던 일을 중단할까 염려되어 하는 말이다.

### 6월

배워서 알고 들어서 안 것이 태산과 같으며 옳고 그름을 가려낼 줄 아는 식견(識見)을 겸비하였다하나 이를 쓰지 못한다면 이 얼마나 가련한 일인가. 지식을 펴고 활용하라.

그대의 앎을 표현한다면 흙에 파묻혔던 진주가 비로소 빛을 발함과 같으리라.

### 7월

우유를 먹고 자란 아기는 유년기를 지나 7살이 넘어도 우유먹던 습관에 따라 손가락을 물고 잠을 잔다고 하는데 이처럼 습관이란 오래가는 법이다.

잘못된 생활관에 따른 습성도 좋지 않은 법이니 주석(酒席)에서의 다언(多言)과 언쟁을 피하라.

습관되면 주사부린다고 한다.

### 8월

벽은 공간과 공간을 막기 위하여 만든 것이고 문은 두공간을 잇고 통하기 위하여 만들어진 것이다.

아내와 남편을 벽이라고 한다면 자녀는 문과 같것만 두벽이 두터워 문으로써의 통로가 없으니 답답하구나.

부부간의 불화로 대화단절을 뜻한 말이니 칼로 물벤 것처럼 하라.

### 9월

대지여장강류(大知如長江流)요.

대덕지대해심(大德知大海深)이라.

큰 뜻은 큰 강의 흐름과 같고 큰 덕은 깊은 바다와 같다는 말이다.

작은 것에 연연하지 말고 작은 정에 끌리지 말라.

큰 것을 이룰 사람이 소인배 짓을 할까 염려되어 일러두는 말이다.

### 10월

한세상 사노라면 때로는 무수히 돌을 던져보기도 하고 돌에 맞아보 기도 한다.

이때 돌을 맞는 쪽에서는 던지는 쪽을 측은하게도 생각하리라.

왜냐하면 욕(慾)됨이 지나쳐 돌을 던지는 것으로 보기 때문이다.

남을 험하고 나를 추켜세운들 무엇하랴.

자기자랑이 과한 즉 오히려 인격이 낮아지는 법이다.

### 11월

대인관계에서 친교가 두터운 사이라해도 실리(實利)가 없으면 토라 지기도 하고 무관심해 버리기도 하는 것이 인간의 얄팍한 정이요,

인심(人心)인가 한다.

이때의 서운함이란 얼마나 크겠는가 친구로부터 이와 같은 얄팍한 정을 느끼고 허무함을 느끼겠지만 실망하지 말라.

오직 실리만 추구하는 사람이기 때문이다.

### 12월

멋없이 그리고 제멋대로 아무렇게나 뿌려지는 싸래기 눈보다 공중

무희를 하듯 질서롭게 펑펑 쏟아지는 함박눈을 연상케 하는구나.

상하질서를 찾으며 순리에 따라 행동하고 처신하는 그대의 모습에 아낌없는 찬사를 보내노니 필히 그대에게 경사가 있으리라.

# 63운(六十三運)

"씨알"이란 말을 처음 제창한 분은 다석(多夕) 유명모선생이시다. 그는 만년(晚年)을 잣나무로 만든 널빤지 위에서 기거하며 하루에 한 끼씩만 먹는 철저한 금욕생활을 한 기인이면서 오산학교 교장까지 역임한 교육자이시며 젊은이들에게 넓은 세상을 보라고 가르치신 사상가이기도 하다.

씨알이란 뜻도 백성(民)이란 말이다.

치정자(治政者)는 씨알의 소리를 외면하지 말라.

그들의 소리는 바르고 정당한 것이 되어 진실의 외침인 것이다.

이 말을 못 들은체 하는 자는 앞을 보지 못하는 것과 같아, 늪에 빠져 보는 봉변도 있으리라.

### 1월

중국의 이백(李白)은 별유천지비인간(別有天地非人間)이라 말하며 산과 물과, 달과 구름을 벗하며 더불어 살고자 자연을 극찬한 뜻을 알겠노라.

어지러운 사바세계가 싫었든지, 아니면 이 풍진 세상에 마음에 걸렸든지….

짜증과 권태로움이 심하노니 심노(心怒)하지 말고 근신자중하라.

마음 불편한 일 많겠다.

### 2월

옛부터 청산(靑山)밑에 쌀이 나고 적산(赤山)밑에 홍수난다는 말이 있다.

평범한 진리의 말에 불과하지만 나 자신의 생활로 축소하여 견주어 보라.

저축은 청산(靑山)이요, 낭비는 적산(赤山)으로 알고….

필요악의 낭비가 생활을 좀먹고 있으니 자신을 돌이켜 보라.

필요선과 필요악을 발전하게 되리라.

### 3 월

용맹한 장수가 싸움터에서 독전을 하지 않고 뒤로 물러선다면 병졸들의 사기는 어떠하겠으며 가장으로서 자신을 잃고 의기소침해 한다면 아내와 자녀들의 사기는 어떠하겠는가도 생각해 보았는가.

용기없는 사람은 백전백패하는 법이다.

용기를 가져라! 필연코 기대치 이상을 거두리라.

### 4 월

"참된 우정은 장미처럼 매혹되지도 않고 양귀비처럼 화려하지도 않답니다" 하는 어느 시구다.

친구와 근친자 또는 상사로부터 도움이 있겠다.

도움이란 생활이 가난하여 얻어내는 쌀이나 돈이 아닌 발전에 발전을 촉구하는 발전지향적 도움이니 이것이 발판되어 큰 일을 도모하게 되리라.

### 5 월

내 생애에 단 한번 만이라도 이러한 사랑을 하고 싶다는 주제로 만들어진 "메이드인 헤븐"이라는 영화가 있었다.

그대, 이토록 진한 사랑을 맛본 경험이 있든가. 없었다면 진한 사랑을 느낄 수 있는 사람과 만나게 되리라.

주저하지 말고 힘껏 포옹하라.

인걸 중의 인걸인줄 알고….

### 6 월

망상(忘想)은 촛점을 맺지 못하는 허상(虛象)과도 같다.

이것은 자연의 원리로써 자연에서는 심은대로 거두는 법을 가르치고 있건만 어찌하여 작게 심고 많이 거두려 하는가.

노력과 정성이 부족한 줄 알고 더 더욱 힘을 쏟아라.

분명코 심은대로 거두게 하리라.

### 7월

"저녁을 먹고나면 허물없이 찾아가 차 한잔 마시고 싶다고 말할 수 있는 허물없는 친구가 있으면 좋겠다"하는 시문이 있더니

푸른바다 넘실거리는 강변에서 마음의 문을 활짝 열고 정담을 나눌 수 있는 친구를 만나든가 또는 이러한 자리가 만들어지겠다.

충만한 기쁨이노니 마음껏 회포를 풀어라.

### 8월

촌로(村老)의 마음은 어질고 순박하며 도시인의 마음은 알다가도 모를 변덕장이라고들 한다.

물론 복잡다양한 생활속에서 숱한 마음이 엉키고 엉킨 가운데 살다보니 자신도 모르게 얻어진 변덕스러움이겠지만 그대의 변덕은 결론을 내리지 못하는 변덕스러움이니 선배나 동료를 찾아 협의하라.

좋은 의견 있으리라.

### 9월

음식에도 맛있는 것과 맛없는 것이 있듯 말에도 달콤한 말이 있고 쓴 말이 있는 법이다.

그러나 달콤한 음식은 몸에도 해로운 것처럼 달콤한 말에는 결코 그대에게 이롭지 못하니 귀담아 듣지 말라.

감정에 약한 그대의 헛점을 이용하여 파고드는 감언이설이 있기에 일러두는 말이다.

### 10월

존경하는 마음은 강요되는 것이 아니다.

존경받을만한 인격과 덕행이 조화를 이루고 있을 때 비로소 존경스러운 마음이 우러나는 것이다.

그러므로 지(智)와 용(勇)을 겸비했어도 덕(德)을 갖추지 못하면 명예가 작은 법이다.

오직 작은 것에 연연하지 않게 품위만 지켜준다면 일등 선비격인 명

예를 얻으리라.

### 11월

하늘의 기(氣)와 땅의 세(勢)가 합하여 천지음양(天地陰陽)을 이루었음이라.

남과 여는 배필을 이루겠고 소원하는 바 있어 열매를 맺겠으니 소리 내지 말고 거두라.

소리가 요란하면 실속이 적기 때문이다.

### 12월

악마의 소굴과 같던 긴—터널을 벗어나 개명천지(開明天地) 밝은 세상을 맡나니 암울했던 옛일이 꿈만 같구나.

새로운 일을 할 수 있는 계기가 마련된다든가 또는 새롭고 신선한 일의 권유를 받겠다.

기분좋게 응하라.

크게 개운발전하리라.

# 64운(六十四運)

모십성일(謀十成一)

물위과욕(勿爲過慾)

열가지 일 중에 한가지 일만 성사되니 크게 욕심내지 말라.

수분기직(守分其職)

신안심정(身安心靜)

분수만 지켜준다면 몸과 마음은 편하리라.

계획하는 일은 많겠지만 모두는 이루기 어려우니 이룬 것만으로 만족을 느껴라.

## 1월

겸손하게 사양할 줄 아는 것을 미덕(美德)이라 하여 자신의 주가(株價)를 높이는 자기 자본(自己資本)과 같다고 하겠지만 지나친 겸손과 사양은 오히려 자기발전을 저해하는 요인과 같다고도 하겠다.

자기자랑에 능숙치 못하여 승진등에서 탈락되는 경우도 있으나 자기 PR을 가미시킨다면 선두대열에 서리라.

## 2월

내용도 모른체 겉만 보고 승락한다든가 사실로 확인하지 않고 말만 듣고 승락하는 일 있다면 이처럼 어리석은 사람이 또 어디에 있겠는가.

특히 문서로써 오고가는 서명날인에 유의하라.

이곳에서 하자 발생하게 되면 그의 여파는 크게 진동하리라.

## 3월

급진적이고 적극적인 일에서 잠시 후퇴하여 보수적이며 소극적인 자세를 가질까 염려되어 하는 말이다.

물갈때 배질한다는 속담과 같이 지금의 일에서 진로를 수정하지 말고 그대로 행하라.

쭉—뻗어가는 운세는 거침없도록 그대를 안내하리라.

### 4 월

정신과 육체에 쌓인 피로를 감당하기 어려워 신액(身厄)이 있을까 두렵다.

마음의 여유를 찾아라.

정신적으로 쪼들림을 당할 때의 유일한 도피방법은 산이나 바다를 찾아 마음을 정리하는 길 밖에 없는 줄 알라.

오직 무난한 운세에서 신액이었음은 옥에 티와 같다고 하겠다.

### 5 월

사람을 다스림에는 덕(德)으로써 하고 일을 처리함에는 순리(順理)로 하는 것이 정도(正道)인 줄 알라.

무리와 강권은 우선 한번으로 통하지만 두번은 통하지 않는 법이다.

무리한 경영, 무리한 리드, 무리한 요구가 있기에 한 말이니 순리에 따라라.

### 6 월

우주가 돌고 돈다면 인간의 운도 돌고 도는 법이다.

어제의 재앙이 오늘의 복으로 되고 어제의 가난이 오늘의 부로 되는 것도 우주윤회의 원리에서 비롯된 것인즉 옛 것은 가고 새 것을 맞이하는 형상이니 분명코 새로운 일이 생기거나 새 소식을 듣겠다. 길운이다.

### 7 월

깊은 땅 속에서 막 솟아오른 새싹은 연약한 비바람에도 이겨내기 어려워 보호를 받아야 하는 것처럼 자녀의 보호도 부모가 맡아야 하거늘 부모의 방심속에 자녀로 인한 걱정이 있겠으니 세심한 것까지 살펴 보호하기에 힘쓰라.

### 8월

본인의 능력 부족이나 노력의 부족에서 오는 일의 꼬임이 아니고 잠시의 쇠운에서 오는 일시적인 현상으로만 알고 마음의 동요를 일으키지 말라.

오직 타고난 근본의 바탕이 견고하여 현상 유지하는 데에는 크게 어려움이 없을 것이다.

### 9월

불가근불가원(不可近不可遠)이다.

가깝게 할 수도 없고 멀리도 할 수 없는 사람때문에 심상(心傷)하는 일 있겠다.

하지만 나에게 미치는 영향은 직접적인 것보다 간접적인 것이 크겠으니 물질이 아니라면 다행인줄 알고 가깝게 하기를 권한다.

### 10월

뛰어난 용전술과 명석한 두뇌, 다재다능한 재능을 최대한으로 발휘하여 폭 넓은 대인관계를 가져라.

낚시바늘을 많이 깔아놓으면 걸리는 것도 많은 것처럼 예상밖의 대어(大魚)도 낚으리라.

유동자산을 활용하여 배가의 증식도 가능한 운세다.

### 11월

비행기가 활주로에 미끄러지듯 사뿐히 내려앉는 형상이다.

이는 바람을 등지고 달리는 마라톤 선수와 같이 호운을 맞이한 운세이노니.

그동안 쌓였던 미결과 해결하지 못했든 일은 성사시키도록 노력하라.

크게 힘안 들이고 이루게 되리라.

### 12월

말달리는 솜씨가 능하여 천리길도 단숨이오, 만리길도 지척이구나.

일취월장하는 운세는 험난한 파도도 무섭지 않으니 주저하지 말고 달려라.

 금전운, 애정운, 대길하노니 그 무엇이 두렵고 또 무엇에 걸림이 있으랴.

# 65운(六十五運)

프랑스 혁명의 참여자요. 미국 독립운동의 이론가였던 영국의 토머스. 페인은 말하기를

"지금은 사람의 정신을 시험하는 때다. 여름철에는 용감한 병사라 하더라도 햇볕이 쨍쨍내려 쬘 때의 위기에서는 나라에 봉사하기를 꺼려한다.

그러나 이럴 때 나라의 위기를 감당하는 사람이야말로 마땅히 국민의 사랑과 감사를 받을 것이다"라고 말했다.

본운의 뜻은 이처럼 절대절명의 위기에 있지만 진정 공익정신에 투철한 사람이 있어 위난을 극복하는 운질을 말하는 것이다.

### 1월

덜커덩 거리는 비포장도로를 지나 시원스럽게 쭉 뻗은 아스팔트 위를 달리는 차와 비유된다.

사사건건 매듭이 있어 얽키고 설키는 듯한 운세였지만 탄탄대로를 달릴수 있는 운로(運路)를 만났으니 용기백배하라.

어물거리는 사이에 시간이 흘러갈까 염려된다.

### 2월

참새가 어찌 봉황의 뜻을 알 수 있으리오.

친구나 동료가 나를 이해하지 못하는 것도 답답하지만 아내와 남편이 나를 이해하여 주지 못하니 답답하구나.

그러나 시간이 지나면서 알리라. 그대의 진실이었음을….

오해받고 곡해받는 일 있으니

시간이 지나야 풀리리라.

### 3월

과녁을 향하여 화살은 이미 시위를 떠났다.

명중(命中)을 하고 안하고는 오직 바람과 기압의 영향도 있겠지만 운에 맡기고 대천명(待天命)하라.

그러나 그대의 지극한 염원(念願)과 선행(善行)이 있어 과녁의 한복판을 꿰뚫는 통쾌함 있으리라.

### 4월

욕심이라는 괴물 때문에 인간의 마음이 시시때때로 변하고 또 맞붙어 시비도 있어 보는 것이 인간 삶의 한 단면이기도 하다.

대수롭지 않은 것으로 시비가 있으리라.

그러나 맞싸움은 피하라. 피하므로써 오히려 이기는 결과를 얻으리라.

### 5월

맹모삼천지교(孟母三遷之敎)를 교훈으로 삼고 자녀의 가정교육에 관심을 가져라.

성적부진, 잦은 외출, 늦은 귀가 등은 부모의 자애(慈愛)로움이 부족하여 발생된 것으로 그들의 이유있는 반항과도 같기 때문이다.

사랑에 갈증을 느끼고 있는 어린 나무에는 서둘러 사랑의 물을 뿌려주어라.

### 6월

솔개가 나래를 쭉 펴고 창공에 높이 떠 빙빙 돌고 있다.

그는 무엇인가를 낚아채 먹이로 삼고자 함이니 솔개의 밥이 되려나, 아니면 솔개의 사정거리를 피할 것이냐, 살피고 또 살펴라.

주위를 맴돌고 있는 검은 손에 몸을 할퀴거나 재물을 잃을까 염려된다.

### 7월

하늘에서는 녹(祿)없는 사람을 내지 않고 땅에서는 이름없는 풀을 기르지 않는다는 말처럼 이 세상 어느 것이든 필요했기에 존재하는 것이지 필요치 않으면 처음부터 만들어져 있지를 않았다.

사람을 탓하고 꾸중하겠기에 하는 말이다.

그것은 능력의 차이일 뿐 큰 흠은 없으니 다듬어 써라. 그것도 당신의 능력에 달렸다.

### 8월

사람이 자기의 본혈(本血)을 기(氣)로써 통혈(通血)시켜 건강을 유지시키는 술법을 선도술(仙道術)이라고 하는 것처럼 자기의 운(運)이 막혀 있을때 개운(開運)시키는 법을 이사개운술(移舍開運術)이라고 한다.

서남방(西南方)으로 이사하여 개운(開運)하라.

금시발복 하리라.

### 9월

인간은 내일의 운명을 알지 못하므로 이것이 희망이기도 하면서 공포이기도 하다.

그러나 희망이란 오직 바라는 것 뿐이지 이루어질 수도 있고, 이루워지지 않을 수도 있는 것.

그러기에 희망이란 속는 것이라고도 한다.

하지만 결코 속지 않으리라.

그대의 뜻한대로 이룸이 있으리라.

### 10월

송죽(松竹)같이 꼿꼿한 자세는 충신(忠臣)의 도(道)요, 충절(忠節)을 지키던 옛선비의 절개이거늘.

어찌하여 마음의 동요를 느끼드냐.

오직 한길로만 가거라.

그곳에 광영(光榮)이 있고 그 곳에서 성사되리라.

첫생각, 첫사람이 내 것인 줄 알라.

### 11월

진시황도 장생불사(長生不死)하려 했건만 끝내는 자연으로 돌아가야 했고 마르코스도 종신(終身)토록 권좌(權座)에 있고 싶어 했지만 백성들이 그를 원치 않았던 것과 같이 모든 것은 시(始)가 있으면 종(終)이 있는 법이다.

과욕을 삼가하라. 욕이 욕을 낳아 욕됨이 있을까 두려워 한 말이다.

### 12월

어떠한 일을 하고자 하나 심한 갈등이 있고 번뇌가 심하여 좀처럼 이루기가 어렵구나.

비록 조언을 듣는다해도 시원치 않으니 결론을 잠시 유보하라.

오히려 서둘다 보면 더더욱 일이 꼬이고 꼬여 머리와 꼬리를 분간치 못하리라.

그러나 잠시 머무는 사이에 신선한 구상을 얻으리라.

신병이 염려되니 각별히 유의 바란다.

# 66운(六十六運)

도산선생의 애국애족정신은 활활 타오르는 불꽃으로 승화되어 오늘날까지도 민족정기의 맥(脈)으로 이어지고 있다. 그러므로 그의 "청년에 부치는 글" 한 귀를 인용하여 본운에 전하노라.

"낙방은 청년의 죽음이오, 청년이 죽으면 민족이 죽습니다"라고 찌렁하게 외처댄 도산의 육성을 기억하라.

이 말씀은 그대의 의기소침한 정신자세의 허약함을 꾸짖는 책망의 소리로 알고….

병든 정신속에서는 건강한 생활을 낳지 못하는 법이다.

칠전팔기하는 운세이니 자신과의 싸움에서 극기 한다면 필연코 최후의 승자가 되리라.

### 1월

달빛조차 희미한 으스름밤 가끔 섬광(閃光)이 번쩍이며 쇠와 쇠가 부딪치는 쌍합(雙合)의 소리만 귓전을 때리는 것 같구나.

이 때의 승부(勝負)는 예측불허! 상대도 만만치 않으니 우습게 보지 말라.

경쟁자와의 암투를 말하는 것이다.

신중히 대처하라. 피아간에 손실이 크리라.

### 2월

생각지도 못했던 변동관계가 있겠는데 변동이란 수입, 지출, 이사, 전근, 여행 등 모든 것을 말한다.

행이면 묻어놓았던 재물이 소리소문없이 크게 불어났다던가, 또는 주식이 연일 상종가(上終價)를 치는 경우도 있겠으니 재산증식의 기회로는 최상의 운인가 한다.

### 3월

섬섬옥수 고운 손으로 줄줄히 내려쓴 황진이의 연서(燕書)같기도 하며 광한루에서 변사또에게 띄어보낸 이 도령의 칠언절구(七言節句)와도 같은 서간문을 접하리라.

영광의 소식이 있어 기쁘고, 상대가 나라는데 기쁘며 주위로부터 칭송이 자자하니 기쁘고 기쁘도다.

### 4월

세상의 모든 이치는 연(緣)이 있으므로 기(起)가 있고 기(起)가 있으므로 연(緣)이 있는 것처럼 원인없는 결과가 없는 것이다.

그대의 오늘이 있기까지에는 핵(核)을 있게 한 은인(恩人)이 있었기에 가능했던 것이니 그 은혜로움에 감사하라.

은혜를 잊고 불신한다면 보이지 않는 화(禍)가 있을까 염려된다.

### 5월

왜장(倭獎)의 독화살을 맞고도 병사들의 사기를 생각하여 아픔을 내색하지 않고 바둑을 두었다는 충무공의 정신을 전하노라.

잠시의 역경이 있다하여 불만족스럽도록 짜증을 부린다면 어찌 아내된 도리로써 마음이 편하랴.

가정의 화목과 화친에 노력하라.

불화가 있겠다.

### 6월

외형의 아름다움을 택할 것이냐,

내형의 아름다움을 택할 것이냐.

감정에 예민하여 감정에 휩쓸리는 낭비가 있겠기에 하는 말이다.

낭비란 필요악의 것을 말하는 것으로 오늘은 즐겁지만 내일의 괴로움은 감당하기 어려우니 내실의 아름다움을 택하라.

후회하는 일도 없으리라.

### 7월

난공불락이라던 요새의 성은 함락되었으니 크게 기뻐하는 형상이다.

이 말은 어렵게 진행되는 일이나 또는 되지 않던 일이 기어코 성사 되겠다는 말이다.

중도포기했던 일이라면 다시한번 도전하라.

재기의 발판이 되리라.

다만 두가지 가운데 한가지 잃음이 있으니 가족의 우환인줄 알겠다.

### 8월

젊은 사람의 양기(陽氣)는 하단(下丹)에 있고 장년의 양기(陽氣)는 중단(中丹)에 있으며 노년의 양기(陽氣)는 상단(上丹)에 있다고 한다.

이는 만물의 생장멸(生長滅)의 양기는 멸(滅)이라 하여 늙어 쇠(衰)하는 것을 말한다.

힘을 아끼고 축적하라. 운이 쇠(衰)할 때를 대비하여… . 절제있는 행동을 요한다.

### 9월

종로에서 뺨맞고 광화문에서 눈 흘기면 무엇하랴.

차라리 뺨맞을 때 눈이라도 한번 흘겨볼 것이지….

이 말은 최선의 노력을 다하지 못하고 늦게야 후회하는 형상을 말하는 것이며 결과에 만족치 못한 형상을 말하는 것이다.

우연과 요행을 기대하지 말고 후회없는 최선을 다하라.

### 10월

마음의 문을 열고 그대의 괴로움을 토로했을 때 진정코 들어줄 사람이 몇이나 된다고 그대는 생각하는가.

그러나 달면 삼키고 쓰면 내뱉는 도둑놈들 뿐이라고 하겠으니 이는 늦게나마 철이든 말이다.

인간으로 인하여 허망한 꼴 있으리라.

이를 말하여 배신(背身)이라 하노니 이를 교훈삼아 인생을 다시 배우게 되리라.

### 11월

잠자리 날개같은 비단옷에 꾀꼬리 같은 목소리를 가진 천하일색인들 무엇하며 세상을 한 손에 쥐고 좌지우지하든 영웅호걸인들 무엇하리.

모두는 지나간 옛사람들일 뿐이로다.

연인과의 석별이나 외로움 있어 심하도록 소외감을 느끼겠다. 그러나 홀연하게도 다시 와 주는 이 있어 외롭지 않으리라.

### 12월

아름다움을 팔아 돈을 사는 사람도 있고 돈을 팔아 아름다움을 사는 사람도 있다.

이 가운데 후자는 미색(美色)에 취하여 탐욕을 일삼는 자를 말함이니 아름다움이란 물거품과 같아 사라지기 쉬운 법이니라.

질서없는 생활과 절제할 줄 모르는 그대의 낭비벽을 탓하는 말이다.

# 67운(六十七運)

## 총운

자기나라의 담배를 팔아먹기 위해 큰나라라는 위세와 힘을 이용하여 서슴없이 무례를 범하는 꼴이 밉살스럽고 얄미워 애연가들이나 국민모두가 분통을 터트리며 이에 대한 항거의 방법으로 불매운동을 펴고 있다.

이와 같이 위세와 강압에 대한 항거는 짓눌리는 자의 분함을 토해내는 반항이라고 하지만 민족자존의 긍지와도 같아 항거하지 않을 수 없는 필연의 운동인 것이다.

이처럼 나만의 부를 축적하기 위하여 약한 자를 누르고 짓밟으려 할 때 이에 대한 항변의 소리가 높아 뜻대로 되지 않았음을 알리는 말이니 탐욕하지 말라.

### 1 월

속된말로 돈은 주인이 버는 것이 아니라 종업원이 벌어준다는 말이 있다.

내 사람을 아끼고 보호하는데 힘쓰라.

내가 거느리고 있는 사람을 혹평한다던가 또는 매도시키는 일 있어 하는 말인 즉 마음에 거슬리는 일이 있더라도 이를 용서해 줄 수 있는 아량을 요구하는 바이다.

### 2 월

"못견디게 괴로워도 울지 못하고 가는 님을 웃음으로 보내는 마음"이라는 가사로 대신한다.

정든님 보내는 마음이야 오죽 하겠으랴마는 그 사람의 가는 길이 따로 있으니 잡지 말라.

진정코 사랑하는 사람이었다면….

연인사이나 친분있는 사람간에 잠시의 사연으로 헤어짐이 있겠다.

### 3 월

독일의 슈미트수상 아버지는 양로원에 있었다고 한다. 그가 수상 취임후 2주만에 아버지를 찾아갔더니 그의 아버지는 노여워하지도 않고 오히려 아들을 격려했다고 한다.

노쇠한 부모의 우환이 있기에 하는 말이니 찾아가 문안드려라.

노인의 마음은 어린아기와 같아 노여움이 많은 법이라더라.

### 4 월

불필요한 곳에 신경을 쓴다든가 불필요한 일에까지 구석구석 간섭한다는 것은 힘의 낭비요 소모와 같다.

대수롭지 않은 일을 갖고도 공연히 화를 내며 짜증을 부리고 보통의 일을 갖고도 큰 일처럼 엄살을 부리는 일 있어 하는 말이다.

이를 "잔주떤다"라고도 하여 경솔함을 뜻하는 말이니 중후한 품위를 가져라.

### 5 월

같은 종류의 씨앗이라도 토질에 따라 그 열매의 실함이 다르듯 인간의 주거(住居)도 방위(方位)와 곳에 따라 길흉(吉凶)의 작용이 있게 되어 있다.

일이 잘 풀리지 않고 가족에게 질환이 많으면 동남방(東南方)으로 이사하여 개운(開運)시켜라.

최선의 방법이오. 길방(吉方)이니라.

### 6 월

엘리자베스 테일러의 빼어난 미모는 필설의 여지가 없지만 그의 입 언저리에 박혔든 점까지도 미세(美勢)에 가미되어 세계적으로 유행을 일으키더니 한 때는 우리나라에도 상륙하여 돌풍을 일으킨 바 있다.

이를 말하여 운세라고도 하노니 인기인에게는 명성이오. 신상품개발업자는 크게 힛트하는 일 있겠다.

### 7월

"활을 과녁에 맞추는데 뜻이 있는 것이지 과녁을 뚫는데 뜻이 있는 것이 아니라"고 공자는 말했다.

이는 인간행실의 덕행(德行)을 말하는 것으로 결과를 얻기 위하여 수단과 방법을 가리지 않고 노력하는 것은 좋으나 남을 짓밟고 모함하여 이(利)를 취하려 함은 인도(人道)에 어긋남이라고 말해주노니

남의 말하기를 삼가하라.

### 8월

운(運)이란 바람결과 같아 왔다가도 가고 갔다가도 오는 것이 운이다.

그러나 바람을 등에 업고 밀어주는 운이라면 좋으련만 지금은 바람을 안고 달리는 악운이노니 증권이나, 부동산 투기 등에 만반유의하라.

막차탈까 두렵다. 오기와 반발은 객기와 같은 줄 알라.

### 9월

곡괭이로 모래를 파 낼 수 없고 포크로 국을 먹을 수 없듯이 인간사 모두에는 그의 격에 맞는 처리방법이 있거늘 어쩌자고 곡괭이로 모래를 파려 하는가.

지금 하고자 하는 일을 책망하는 말이다.

다시 한번 재고하라. 하고자 하는 일이 순서가 잘못되었거나 문제점이 발견되리라.

### 10월

인간과 인간의 만남으로 맺어진 것 가운데 가장 질기고 끈끈한 것이 인간의 정(情)이라고 한다.

특히 정(情) 가운데에서도 연인과 연인의 애정(愛情)이란 생(生)과 사(死)도 초월하고 국경(國境)도 초월하는 것.

이를 억지로 끊으려 하는 자 있으나 결코 그대의 뜻을 꺾지 못하리라.

미혼자는 결혼문제로 인한 말이 많겠다.

### 11월

닭이 먼저냐, 계란이 먼저냐하는 논쟁처럼 무탄무석(無彈無石)이냐 무석무탄(無石無彈)이냐 하는 시비도 한 때는 있었다.

이처럼 시작은 있으나 결론이 없는 일로 시비가 있겠으니 공연한 곳에 말려들지 말라.

결코 성사될 수 없는 일이며 또한 빈말에 불과할 따름이다.

### 12월

살을 여미는 듯 혹독한 겨울의 골목길에서 길을 잃고 방황하는 모습과 같구나.

그러나 지금은 갈 곳이 없으니 그 자리에 섰거라.

지금은 움직일 때가 아니다.

잠시 있노라면 분명코 아지랑이 피어오르는 봄 소식이 있는 것처럼, 새로운 출발을 할 수 있는 도약의 때가 오리라.

친구, 근친자 또는 상사로부터 기쁜소식 듣겠다.

# 68운(六十八運)

간자도좌(干字倒坐)

래병하방(來兵何防)

방패를 거꾸로 들었으니 쳐들어 오는 병사가 어느 곳인들 못들어 오겠는가.

대소지사(大小之事)

속수무책(束手無策)

큰일이나 작은 일이나 수습을 못하는 형상이구나.

하고 있는 일에 원인부터 하자가 있어 잘못되어 가고 있으니 다시 한번 원인을 찾아 수습하라.

커다란 하자를 발견하게 되리라.

### 1월

성공의 여부는 노력과 능력의 여하 및 의욕에 달려있다. 무엇을 이루고야 말겠다는 강렬한 욕구가 타오를 때 가능한 것이니. 그대의 뜻대로 행하라.

지금의 정신자세가 변치만 않는다면 호운(好運)의 바람결을 타고 무섭도록 성장하리라 믿어 의심치 않는 바이다.

### 2월

지난 어느날 지하철을 공짜로 탔을 때 철없는 아이들은 희희낙낙했고 나이든 사람들은 어딘가 모르게 그 표정이 무겁고 착잡해 보이기도 했다.

그러나 사연은 어찌 되었든 공짜라는 맛에 오르락 내리락 하던 아이들은 마냥 즐거웠지… .

이 말은 불로소득(不勞所得)하는 것 있기에 하는 말이다.

### 3월

닭이 변하여 공작이 된 모습이구나.

신분의 변화가 있으니 직장인은 승진하겠고 미혼자는 총각 처녀를 면하겠으며 산모는 출산의 기쁨을 얻으리라.

더불어 변화시키므로 길한 운이니 변동에 뜻을 둔 일이라면 서슴치 말고 행하라.

결코 좋아지는 일 있으리라.

### 4월

비바람이 곱게 일어 문전옥답(門前玉畓)에는 풍년이 깃들고 경사로운 일은 문밖에서 일어나니 필시 장원급제요, 등청(登廳)하는 일이로다.

가문의 영광으로 알고 그 이름 빛내기에 힘쓰라.

덕행(德行)만 쌓는다면 만고토록 영화로움 있으리라.

### 5월

"하늘을 쳐다보다가 땅이 있으니 걷고 그리고 잠자고…·울화가 치밀 때는 술병을 옆에 차고 산에 올라가 울분을 달랬다"는 어느 장군의 말!

그도 한때는 천군만마(天軍萬馬)를 호령하던 맹장(猛將)이였지만 시운(時運)을 다하고 보니 이렇게 되더라.

운(運)을 함부로 쓰지 말고 아껴라.

운이 가면 이렇게 되느리라.

### 6월

서독에서는 동독의 어느 곳이든 시내통화가 가능하지만 동독에서는 서독으로 전화가 안되고 통화중 신호만 난다고 한다.

이 말은 그대의 대화노력에도 불구하고 상대로부터 응답이 없음을 비유한 말이다.

상대는 아직 오해(誤解)한 것을 풀지 못하고 있으니 잠시 기다려라.

오해(誤解)가 풀릴 때까지… .

### 7월

자연의 조화는 무릇 대범하고 오묘한 이치를 갖고 있다.

비바람 천둥소리로 진동시켜 만물에게 힘을 돋우고 키우게도 하며 해와 달로써 만물을 윤택하게 하기도 하고 결실을 맺게도 하기 때문이다.

이 말은 크게 움직여 새로운 것을 얻겠다는 말이니 위험한 용단 같지만 결코 위험치 않고 오히려 대성(大成)한다는 말로 받아들여라. 길운이다.

### 8월

"정치인은 강이 없는 마을에도 다리를 놓아준다고 하며 흐르지 않는 강에도 다리를 놓아준다"고 하는 말이 있다.

좋게 보면 푸짐한 선물 같지만 알고 보면 사실은 철저한 기만이요, 사기 행위라고 하겠다.

이처럼 공개된 사술(詐術)로 당신을 유혹하는 이 있으니 대비하라.

잘못하면 넘어가리라.

### 9월

나는 인생교과서(人生敎科書)로 태어났기에 교본(敎本)대로 살려하나 주위에서는 양심교본(良心敎本)대로 살게 하지를 않는구나.

끈질기게 달려들며 설득하고 유혹하는 자 있다. 그러나 소신을 지켜라.

소신을 굽히는 날, 그대는 그날부터 인생패배자로 전락하리라.

### 10월

하늘의 도(道)는 만물을 키우고 생육(生育)시키면서도 인(仁)을 자랑하지 않고 성인(聖人)의 도(道)는 덕(德)을 가르치면서도 그 덕(德)을 뽐내지 않는다.

나를 자랑하지 말라는 말이다.

그대의 지나친 자랑과 교만은 오히려 욕됨이 있고 주위로부터 눈살 찌푸리는 일 있기에 일러두는 말이다.

## 11월

"당당히 두발로 서서 쟁기질하는 농부는 무릎 꿇은 신사보다 높다" 라고 벤자민 프랭클린은 말했다.

바른 것을 보고도 말 못하여 옳은 것을 보고도 행하지 못하는 것은 비열하고도 비굴하다.

참을 알고 참을 행하라.

이 말은 양심을 잃는 일 있을까 염려되어 한 말이다.

## 12월

참으로 희한한 세상이다. 자식이 대학에 떨어져도 친구탓, 아들이 외도를 해도 시어머니는 며느리탓, 술마시는 핑계로는 세상탓.

진급누락은 상사탓, 어느 칼럼의 글이다.

그러고 보니 자기탓은 하나도 없구나.

남에게 덮어 씌우려는 발상은 지극히 위험스러운 짓이다. 오히려 자기의 과오로 알고 겸손하라.

후광(後光)이 있다.

# 71운(七十一運)

**총운**

소련의 반체제작가 예프투쎈코가 우리나라에 들어왔을 때의 일인데 그는 한강변에 앉아 한국의 소주를 맛보더니 소련의 보드카보다 싱겁다고 연거푸 물마시듯 했다는 말이 있다.

이 말을 받아 비유로써 이렇게 대꾸하니 새겨들어라.

한잔의 보드카로 취하지 않는다면 열잔의 소주로 취해보는 것도 방법이거늘 몇잔의 술로 싱겁다고 한다면 성급한 결론의 말이 아닌가 싶다.

**1월**

고양이는 몸의 길이가 짧고 얼굴이 범같이 생겨야 하며 소리는 우렁차고 눈알은 금빛에 은방울 같아야 하고 꼬리가 길어야 "미인 고양이"라고 한다.

이때 왜 "미인고양이"론을 쓰는가하고 의아해 하는 것처럼 그대 또한 이처럼 상식을 초월한 의아한 짓을 하겠기에 비유한 말이다.

기인(奇人)다운 행각이 무엇일고?

**2월**

도둑놈은 먼 곳에 있는 것이 아니라 가까운 곳에 있다는 말처럼 가까운 곳으로부터 말썽이 있고 속을 썩이는 자 있으니 형제일신(兄弟一身)인 줄 알겠다.

재산문제, 또는 가족문제로 인하여 이견이 분분하고 의견상충이 있으니 안에서 조용히 해결하라.

밖으로 새면 부끄러운 일 있으리라.

**3월**

마음의 풍요로움은 곧 물질의 풍요로움이다.

그러나 풍요롭지 못한 마음은 물질의 궁핍과도 같다는 것을 기억하라.

지금 마음의 궁핍을 느끼고 있어 하고 있는 일에 불만이 많겠지만 동요하지 말고 지키고 있어라.

곧 그대의 능력과 수완은 인정되어 만족하도록 채워 주리라.

### 4월

푸르름을 만끽하며 들판에 누워있는 황소와 같구나. 먹고 싶으면 일어나 풀을 뜯고 눕고 싶으면 아무 곳에나 비스듬이 누워 눈만 껌벅이고 있는 저 들판의 황소! 누가 이를 말하여 상팔자라고 말하지 않겠는가.

오직 길운에서 만난 영화로움인 줄 알고 더 더욱 발전에 힘쓰라.

대길대통(大吉大通)한 일 또 있으리라.

### 5월

송도삼절(松都三絶)중의 하나가 박연폭포다.

이 얼마나 빼어났기에 노래가락에도 박연폭포가 있을까.

그러나 이것만 아름다운 것이 아니라 그대의 운세 또한 아름다우니 감히 박연폭포에 비할까보냐, 굴곡이 있는 듯하면서도 스리살짝 넘어가는 운세는 매끄럽기 한이 없구나.

### 6월

"요즈음 세상 참으로 살맛난다"라는 말을 들어보고 싶다. 이 얼마나 듣기만 하여도 시원한 말이며 기분 좋은 말인가.

그러기에 인사법(人事法)에도 "반갑습니다"라는 말을 쓰면 더욱 기분이 좋아지듯….

이 말은 남의 말이 아니고 그대를 지칭한 말이니 뜻대로 하라.

모든 것 이루리라.

### 7월

가는 세월 어찌 잡겠으며 오는 세월 어찌 막겠고 가는 사람 어찌 막으며 오는 사람 어찌 막을 수 있으랴.

세상만사 모든 이치는 이렇게 가고 오고 오면 또 가는 것이거늘….
다만 물가에는 가지도 말고 보내기도 말라.

물로써 놀라는 일 있을까 두려워 한 말이다.

### 8월

검은 안경을 낀 사람이 지나가는 젊은 여자를 잡고 차 한잔 나누자고 가까이 접근하자 젊은 여자는 인신매매범인 줄 알고 기겁을 하며 달아난다.

이는 TV에 비친 어느 장면의 애기 같지만 곧 그대의 일과도 같으니 놀라지 말라.

다만 몰랐으면 모르돼 알고부터는 이처럼 피하면 될 것을….만반주의하라.

괴물같은 인간 접근하리라.

### 9월

마음과 마음의 모임, 사람과 사람의 모임속에는 질서가 있고 서열이 있으며 또 이곳에는 화평(和平)이 있으므로 공동생활이 가능한 것이다. 그러나 이 곳에 불신(不信)이 있다면 화평(和平)이란 있을 수 없는 것처럼 거래자와의 불신(不信)관계가 있어 불협화음이 일어나겠다.

### 10월

흔히들 남성은 남성다워야 한다는 말로 "사내 자식이 울기는 왜 울어" "사내 자식이 속이 그렇게도 좁으냐" 등등 따위의 말이 많다.

어찌 남자라고 모두들 술을 마실수 있겠으며, 눈물이 없겠고 속이 넓을 수 있으랴.

생활이 그대를 속이고 인간이 그대를 속여 눈물짓는 일 있어 그러하거늘….

### 11월

떠오르는 샛별과도 같고 둥글게 떠오르는 만월과도 같으며 주렁주렁 매달린 포도송이와도 같이 마음대로 열매 맺는 일 있으니 필연코 경쟁의 대열에서 두각을 나타내는 일이며 또 뜻대로 이루는 기쁨이 있으리라.

자만하지 말고 월계관을 쓸 때까지 겸손하라.

### 12월

능력을 인정받을 때 직장인은 보람을 느끼는 것이며 사업가는 공인 정신이 투철할 때 사회로부터 존경을 받는 법이다.

그러나 자기만의 이익이나 자기만의 부귀영달을 위하여 삶을 산다면 이는 오히려 사회와 직장으로부터 냉대(冷待)를 면치 못할 것이다.

봉사정신을 배워라. 봉사정신만 키우고 이행한다면 그 보람은 배가 되고 크게 명성을 얻으리라.

# 72운(七十二運)

## 총운

입간십로(立干十路)

미지정처(未知定處)

十자로에 서 있으니 어느 방향으로 갈 것인가 정해지지 않았구나.

입간십로(立干十路)

사통오달(四通五達)

十자의 길에 서 있다면 어느 곳이든 갈 수 있으니 어느 곳이든 가거라. 대길 하리라.

마음의 결정을 내리지 못하고 망설이고 있는 운질이다.

그러나 뜻한대로 행하라. 만사여의 하리라.

### 1월

"백두산 호랑이야, 지금도 살아있느냐, 살아 있다면 어흥하고 소리쳐 봐라!"

이 노래는 한때 운동권에서 힘차게 불리워지던 노래의 한 토막이다.

그러나 이는 힘차게 용트림하며 뻗어나는 그대의 운세를 비유한 말이다.

남아장부로써 기개를 펴고 생활에 도전하라.

기어코 그대의 꿈은 헛되지 않으리라.

### 2월

고삐풀린 말이 마음껏 달리는 형상이다.

이사를 하고자 했던 사람은 이사를 하겠고 원행을 하고자 했던 사람은 멀리 원행을 하겠다.

모든 것 뜻한 바 대로 이루어져 기쁨이 있고 이 가운데 혼인경사와 출산경사도 있으니 기쁨속에 또 기쁨인가 하노라.

### 3월

우리들 생활인의 자세는 오직 진실이어야 한다.

가식과 거짓이 난무하는 생활이라면 어느 누구를 믿고 살겠으며 또 어떻게 신용사회를 이룩할 수 있겠는가. 그대에게 검은 마수의 그림자가 찾아들고 있으니 피하라.

내용인즉 거짓과 꾸밈이 많은 더러운 오물보따리로써 그대를 유혹하려 한다.

### 4월

스승의 날만되면 수입상품점에 어린이와 엄마들이 몰려와 득실거리던 때도 있었다.

돌이켜 볼 때 이 얼마나 부끄럽고 우스꽝스러웠던 짓인가.

그러나 차라리 이렇게 반성만 해도 좋으련만 자기반성은 할 줄 몰라 끝까지 아집만 부리다 손재하겠으니 중론에 따르라.

아니면 아내의 말도 도움이 되리라.

### 5월

시간은 인간을 기다려 주지 않고 오직 흘러가고 있을 뿐이다. 그러나 때를 알고 시간을 이용하는 자에게는 자연의 진실처럼 반드시 황금알을 낳게 하는 진리를 갖고 있으니 지금의 때를 활용하라.

하는 일마다 요술방망이는 황금알을 물어다 주리라.

### 6월

깊은 산 깊은 계곡에서 쏟아져 나오는 물줄기처럼 인간에게는 정이 솟고 사업가에게는 일이 쏟아지니 기쁘지 않은가.

물론 여기에는 모든 것이 순조로워 원활하게 움직이므로 전후 좌우 상하가 기계처럼 돌아가기 때문인 줄 알라.

평탄한 운세이므로 대과없이 보내리라.

### 7월

목에 생선가시가 걸린 것 같구나.

순조로운 듯 하면서도 석연치 않은 문제가 깔려있고 좋은 듯하면서도 미심한 부분이 있어 마음을 편치 못하게 하고 있으니 묻어두지 말고 노출시켜 근본을 해결하라.

어물어물하는 사이에 불씨가 될까 염려된다.

더불어 문 단속, 주머니 단속 하는데도 신경을 써라.

실물수가 있다.

#### 8 월

우리 민족처럼 인간답게 살려고 노력한 민족도 좀처럼 찾아보기 힘들 것이다.

그 숱한 매를 맞아가면서도 순응해 왔지 어디 제대로 한번 때려 보거나 대꾸한번 해 보았드냐.

이처럼 순응하는데 적응력이 뛰어난 민족의 후예이노니 윗사람의 말에 반항하고 거역하지 말라.

반항하면 그 소리는 요란하리라.

#### 9 월

모든 것에 관찰력을 필요로 하는 때를 맞고 있어 일러두는 말이다.

사채놀이, 주식놀이, 경마놀이 등에 손을 댄다면 좋을 것 같지만 막상하고 보면 사실과 달라 전혀 다른 방향으로 흘러가고 있다는 것을 느낄 것이다.

차라리 손을 대지 말고 관망하는 자세를 가져라.

이것이 자산을 지키는 최상의 길일 뿐이다.

#### 10월

결실을 맺지 못할 사랑이라면 차라리 잊어버리겠지만 미련이 남아 잊지를 못하는 형상이구나.

그러나 결론은 이루기 어려우니 새사람을 찾아라.

이것은 비극이 아니고 희극인 것도 알라.

차선의 사람이나 차선의 방법에서 진한 애정을 느낄 수 있는 사람을 만나든지 또는 두번째의 곳에서 뜻한대로의 사람을 만나리라.

### 11월

우연하게 내 일도 아니면서 남의 말이나 소문을 듣고 따른 것이 화근이 될 줄이야 어찌 알았으랴.

말로써 말썽되어 대질하는 꼴이 된다. 이는 망신이오, 봉변이니 차라리 듣지도 말고 들어도 못들은 체 흘리고 말아라.

특히 여성의 말에 끼어들기를 삼가하라.

### 12월

제갈공명도 적장(敵將)이었던 강유를 내 사람으로 만들기 위하여 어머니를 이용한 일이 있다.

이와 같은 방법의 지혜를 인간병법(人間兵法)이라 하노니

이를 나쁘다고만 말하지 말라.

인간의 힘이 부족할 때는 강자의 힘도 빌리는 법이라는 뜻으로 전한다.

앞으로의 대권(大權)이 기다리고 있으니 윗사람을 찾아라.

그로부터 기쁜 말 받아 오리라.

# 73운(七十三運)

총운

그리스의 헤라신전으로부터 올림픽 성화가 봉송되던 날 우리 국민 모두는 환호했다.

전국 방방곡곡을 누비며 서울로 서울로 달려오는 성화봉송 주자들의 땀방울은 알알이 익어 가을의 풍성한 열매처럼 보였듯이 그대의 운세도 알찬 수확을 거두어 들이는 쾌거가 있으리라.

## 1월

처음에는 순조롭게 이야기가 진행되고 상대방도 호의적으로 받아주는 것 같지만 결정적인 요구나 말을 하게 되면 그의 태도는 돌변하게 될 것이다.

이것은 아직 상대가 당신의 마음을 읽지 못했기 때문이니 시간을 두고 해결될 문제로 알라.

## 2월

출장 또는 외출시 이성을 만나리라.

상대는 비교적 유복(有福)한 사람으로 심성(心性)도 착하고 어진(仁) 사람이니 과히 허물할 데 없는 사람이겠다.

미혼자에게는 추천할 만한 상대라 하겠으나 기혼자에게는 아름답지 못하니 재고하기 바란다.

## 3월

우연한 것이 동기가 되어 돈 버는 일을 구상하겠다.

도박이나 투기같은 것이 아니고 건전한 방법으로 노력의 댓가를 받는 일이라면 권하는 바이다.

그러나 일확천금을 노리는 일이라면 가까이 하기를 삼가하라.

돈 벌기보다 쓰기가 바쁘리라.

### 4월

전쟁과 혁명, 이것은 가장 잔악한 신(神)이다라는 말이 있다.

그러나 이를 "파괴는 건설이다"라는 말로 비유해 볼 때 개혁이 있으므로 변화가 있는 것처럼 그대에게 변동수가 있으니 움직여라.

변동하므로 개혁되고 크게 발전하는 계기가 주어지리라.

### 5월

부유한 사람이나 가난한 사람 모두에게는 공평하게도 운이 있다.

그러므로 부(富)가 평생의 것이 아니오, 가난이 평생의 것이 아니거늘 어찌 부부(富富)하고 돈돈하며 살고 있드냐.

아직은 시운불래(時運不來)하여 만족스럽지는 못하겠지만 잠시만 기다려라.

동남(東南)쪽에서 운바람이 올라오고 있으니….

### 6월

지금까지 주목을 받지 못하던 상품이 조금씩 움직이기 시작하더니 이제부터는 제법 움직여 활기를 되찾겠다.

오직 한 우물만 파거라.

이것 저것 해 보겠다고 손대다 보면 이것도 안되고 저것도 안되리라.

### 7월

동양에서는 예전부터 감기 치유법으로 뜨끈한 콩나물국에 고추가루를 풀어 훌훌 마시지만 서양에서는 시원한 쥬스를 마신다고 한다.

이처럼 목적은 같아도 방법은 뜨거운 것과 찬 것으로 다루는 반대의 방법도 있는 것처럼 지금의 방법에서 역(逆)으로도 생각해 보라.

아마도 커다란 수확을 얻으리라.

### 8월

이것 저것 분주다사한 일로 이성에 대한 관심이 적어지고 엉뚱한 생각을 낳게 하는 변태기다.

공상에 불과한 것을 실현 시켜보려는 행동도 나타나고 사람을 이상

야릇하게 꿰뚫어 보는 습관도 나타나겠으니 주위로부터 이상해졌다는 말도 들어보겠다.

착각과 실수와 실언이 많으니 모든 것에 침착하기 바란다.

### 9월

강제로 밀고 나가는 일 있어 길이 트이고 운이 열리겠다.

이를 말하여 소 뒷걸음질에 쥐잡는다고 하노니 오직 박력과 고집의 결정체인가 한다.

부동산의 투기성공, 아파트 분양권 당첨, 녕마주(株)가 우량주(優良株)로 된 것 등으로 비유할 수 있으니 기쁨에 기쁨인가 하노라.

### 10월

지금 구상하고 있는 일을 성사시키려면 그대의 능력으로는 미치지 못하니 윗사람에 협조를 의뢰하고 자문을 받아라.

능히 가능한 일이다.

아직은 그대의 신용이 좋고 또 깨끗한 매너만은 인정되고 있기에 거부하지 않고 응해주겠으니 급히 서둘러라.

늦어지면 늦어질 수록 불리하다.

### 11월

조선 총독부시절 일본사람들이 한 말이 있다.

"조선 사람들은 격한 감정이 있어 울분으로 항거하기를 잘하지만 나중에는 흐지부지하고 마는 기질이 있어 조선사람 다스리기는 쉬었다고."

참으로 부끄러운 일이며 한편으로는 교만하고 방자하기 이를데 없는 말이다.

그러나 이것 또한 그대의 용두사미(龍頭蛇尾)격인 운질을 탓하는 말인 줄 알라.

### 12월

"가난이 유죄(有罪)란 말이오, 오직 죄(罪)가 있다면 없는 것이 죄일 뿐입니다."

이 말은 이웃으로부터 경제적 도움을 요청하는 자의 딱한 사연이니 가능한 범위내에서 적선(積善)하는 마음으로 응해 주어라.

그 적선(積善)은 음덕(陰德)으로 화하여 자손에게 경사있으리라.

# 74운(七十四運)

**총운**

신라천년의 신비를 재현시키려는 도공들의 숨은 노력은 열화와 같다.

성덕왕때의 신종(神鍾)이라 불리는 에밀레 종하며 첨성대와 석굴암 등 모두는 아직도 신비에 쌓인 채 그의 전부를 알 수 없듯이 사람과 사람 간에도 신비라는 베일에 가린듯 그의 뜻을 몰라 의심을 떨치지 못하는 일 있겠고 합작투자나 공동사업은 불리하다.

**1월**

추운 강변에 홀로 앉아 낚시질하는 늙은이, 그 모습 처량도 하거니와 빈바구니에 찬바람만 그득한 형상이구나.

인간사 야릇하게도 불행한 때 불행이 더하여 고통이 심한 법이거늘 이 어찌 마음대로 면할 수 있으리오.

산천찾아 기도하고 구원받으라.

몸 다칠까 두렵다.

**2월**

늙은 용이 여의주를 물기는 했으나 힘에 딸려 놓칠까 염려된다.

차라리 일진광풍이나 일어 그 여세를 타고 승천이나 하면 좋으련만….

황금알을 보고도 건질 수 없는 안타까운 형상이다.

이유인 즉 자금부족인가 하노니 서둘라.

기회를 놓칠까 염려된다.

**3월**

돌을 쪼아 옥(玉)을 만들고 바위를 뚫어 우물을 얻는 형상이니 그 수고로움 어이 이루 말할 수 있으랴.

배가의 노력을 요구하는 때를 맞고 있으니 짜증부리지 말고 즐거운 마음으로 행하라.

그대의 결실은 값진 것이오, 큰 것이 기다려 주고 있기에 하는 말이다.

### 4 월

청산(靑山)의 송백(松柏)은 푸르름으로 그의 절개를 자랑하고 창해(蒼海)의 고도(孤島)는 그 늠늠함으로 자랑을 삼고 있거늘, 그대의 자랑은 무엇이드냐

근친자와 불친불목(不親不睦)하는 일 있어 하는 말이니 화평(和平)으로 자랑삼게 하거라.

### 5 월

화창한 봄볕에 벌 나비들이 봄을 회롱하는 형상이다.

겉으로 보기에는 작은 것 같지만 안으로는 크고 여물며 겉으로 보기에는 보잘것 없으나 안으로는 백방으로 쓸모가 있어 남이 보고 알까 두려우니 지금의 일에서 방향을 바꾸지 말고 소문없이 정진하라.

내실있는 운이다.

### 6 월

아직도 길성(吉星)이 그대를 비치고 있으니 관록(官祿)이 대길하고 식록(食祿)이 무궁하여 가화만사(家和萬事)하도다.

특히 원행(遠行)하므로 그 빛남이 더 하겠고 잔잔하게 일던 구설도 사라지게 되어 보신(保身)도 하리라.

### 7 월

꽃은 꽃이로되 향기없는 꽃이 되어 벌, 나비가 찾아들지를 않는구나.

그 고운 향내음 어디로 가고 무향(無香)이드냐.

잃은 향기 다시 오기 어려우니 새 꽃 피워, 새 향기 맞도록 하라.

### 8 월

뜰 앞에 핀 매화가 한송이인 줄 알았더니 이곳저곳 만개(萬開)하였

구나.

필경 그대의 가정이나 신상에 경사로움 있겠으니 장원 아니면 새식구 늘어나는 일 있겠고 반가운 사람, 또는 기쁜 소식듣는 일 있겠다.

### 9월

칠흑같이 어두운 밤길을 혼자 걷는 나그네의 형상이지만 그대를 밝혀두는 촛불 있어 어두운 줄 모르겠다.

처음에는 곤고하여 외롭게 출발하였지만 점차로 사업이 흥왕해지면서 그대에게 협력하고자 하는 사람 많겠다.

대세를 잡았을 때 강행하라. 크게 성공하리라.

### 10월

봄에 씨 뿌리고 여름에 땀 흘려 길렀더니 가을이 되어 풍성한 열매를 맺은 것과 같구나.

이는 자연의 진리요. 이치이듯 노력이 적었던들 이처럼 풍성한 열매를 거둘 수 있었으랴.

노력한 만큼의 소득을 얻겠으니 더 이상의 소득은 구하지 말라.

오히려 욕 될뿐이다.

### 11월

일당백(一當百)의 싸움이 있으니 심신을 단련하고 정신을 가다듬어라.

눈에 보이는 것은 모두 적이요, 발길에 채이는 것도 적이다.

승산(勝算)의 길은 오직 체력뿐이니 강인한 체력속에서 강인한 정신력이 솟는 법이라는 것을 알고 이것만 지켜준다면 필승(必勝)하리라.

### 12월

가을풀이 서리를 만났으니 때가 다 된 줄을 알겠다.

문전성시하던 옛사람, 옛영화 모두들 어디로 가고 찬바람 찬서리만 남아 나를 괴롭히고 있을고….

이를 말하여 쇠운이라 하노니 지혜있는 자는 경거망동하지 말고 근신자중하는 것을 삶의 근본으로 삼아라.

# 75운(七十五運)

**총운**

이인입방(二人入方)

일인난당(一人難當).

두 사람이 침입하였으니 어찌 혼자의 힘으로 당할 수 있으랴.

행득외조(幸得外助)

사자형통(事自亨通).

다행이 밖으로부터 도움을 받는다면 일이 풀리리라.

혼자의 힘으로는 이루기 어려워 타인의 도움으로 성사시키는 일 있겠으니 불행중 다행한 운질이다.

## 1월

우순풍조(雨順風調)하여 풍년인가 했더니 결실기(結實期)에 악풍(惡風)이 있어 패농(敗農)할까 두렵구나.

이 말은 다된 일 같지만 다 된 것이 아니오, 다 된 혼담 같지만 결론은 성사될 수 없음을 말한 것이니 오직 침묵으로써 지켜라.

아니면 말 많은 가운데 말로써 병(病)이 된 파(破)함인줄 알라.

## 2월

닭 잡는데 도끼가 무엇에 필요하며 소 잡는데 회초리가 무엇에 필요한가.

모든 물건을 다루는 데에는 그에 필적할만한 용구가 필요하고 사람을 다루는 데에는 그에 걸맞는 상대가 필요하거늘 아기가 노는 곳에 어른이 끼어들어 놀아나는 것과 같으니 품위를 지켜라.

품격은 곧 인격과 같으니라.

## 3월

군자지도(君子之道)란 쉬운 말로 인간의 바른 법도(法道)라 한다마는 군자의 용모란 얼굴빛을 바르게 하며 용모를 난폭하게 하지 않고 흐트러진 말을 하지 않아야 하거늘.

쉽게 화를 내며, 쉽게 말하려 하고 쉽게 행동하려는 그대의 처신을 책망하노니 군자의 용모를 가져라.

성급하고 과격한 행동 있을까 염려되어 하는 말이다.

### 4 월

늪이 변하여 맑은 호수로 된 형상이다.

모진 비바람 다 지나가고 밝은 햇살 비추이니 만생초목(萬生草木)들 생기(生氣)를 되찾은 듯 푸르름을 만끽 하는구나.

그동안 막히고 매듭지워졌던 일 풀리겠으니 서둘러라.

후련하도록 해결되는 일 있겠다.

### 5 월

먼곳에 인물이 있는 것이 아니오.

먼 곳에 황금이 있는 것이 아니거늘 먼곳에서만 찾으려 애쓰는 형상이다.

모든 것을 가까운 곳에서부터 시작하고 가까운 사람으로부터 생각하라.

바로 지척에 있는 것을 두고도 보지 못하여 헤메이고 있기에 하는 말이다.

### 6 월

임금이 덕(德)을 잃으면 사나운 불길보다 무섭다는 말이 있다.

세도가는 권력 쓰기를 사양하고 힘센 자는 힘쓰기를 삼가고 자제하라.

잠시의 울분을 참지 못하고 완력을 함부로 쓸까 염려된다.

그에 대한 부작용은 예상보다 커 수습하기에 어려움이 있으리라.

### 7 월

술이 지극하면 어지러워지는 법이요.

즐거움이 지극하면 슬퍼지는 법이다.

무릇 범사에는 시(始)와 종(終)이 있어 극(極)에 가면 극(極)인 줄 알고 자제해야 되거늘 즐거움이 지나쳐 슬픔이 된다면 아니간만 못하 노니 정도(正道)를 넘지 않기에 힘쓰라.

### 8월

큰 상인은 점포에 물건에 진열하지 않는다고 하는 말을 귀담아 들어 라.

겉으로는 요란하도록 시끌벅적하게 떠들어 대지만 내면은 곤고하기 이를데 없는 형상이니 소리에 비하여 소득이 적구나.

또 행동보다 말이 앞서고 큰 소리도 펑펑쳐보다 오히려 빈축도 사겠 다.

### 9월

사람이란 잠자리가 따뜻하고 배가 부르면 엉뚱한 생각을 갖는 법이 다.

공허한 환상에 사로 잡혀 미색(美色)을 탐하려 하고 요령과 술책으 로써 재물을 탐하려는 것 등을 말할 수 있는데 이것들 중에는 모두 불 가품(不可品)들이니 마음에 두지도 말라.

### 10월

그동안은 먼 나라와 외교를 맺는 형상이었기에 때로는 외롭고 국익 도 적었다.

하지만 지금은 가까운 나라와 외교를 맺어 교류가 빈번하기에 국익 도 크고 외로움도 면한 것과 같다.

가까운 사람과의 친교가 돈독해지면서 구상하는 일 있겠고 뜻을 합 하여 성사시키는 일 있겠다.

### 11월

극기(克己)란 자신과의 싸움을 말하는 것으로 이것과 싸워 이기는 자만이 최후의 승리자가 되는 법이다.

마라톤 선수가 골인점을 눈 앞에 두고 있으니 힘을 다하라.

그대의 뒤에는 수많은 선수가 달려오고 있으니 언제 추월당할지 모른다.

그러나 기어코 어렵게 골인하리라.

### 12월

자기 번뇌 자기 고민에 빠져 헤어나오지 못하는 형상이니 내가 놓은 올가미에 내가 걸려드는 꼴이 될까 염려스럽다.

뛰는 자가 있으면 나는 자가 있다는 말처럼, 약은 체하다 오히려 손재하는 일 있어 하는 말이니 나만 생각치 말고 상대도 생각하라.

예상했던 반대의 현상이 일어나리라.

# 76운(七十六運)

북한에서 출판된 사전에 이 순신 장군의 애국은 양반계급의 통치 질
서를 바로 잡는데 있었다고 했단다.

참으로 어처구니 없는 말이다. 아무리 단절된 민족이며 이질적인 사
상이 있다한들 이렇게까지 역사를 왜곡할 수 있단 말인가.

선생이 강단에서 진실을 말하지 못하는 세상이라면 이는 끝장난 세
상과도 같노라고 경고해 두면서 이렇게 일러둔다. 옳은 것을 보고도
말못하며 바른 것을 보고도 행동하지 못하므로 주위로부터 지탄을 면
치 못하겠으니 무수히 날아드는 돌을 어찌 피하겠느냐고….

### 1월

고여있는 물에 내 얼굴을 비쳐 보지 말고 흐르는 물에 내 얼굴을 비
쳐보라.

그 물결따라 얼굴의 모습이 크고 작음이 달라지듯 하고있는 일에도
흘러가는 일이므로 굴곡이 있는 법이다.

일이 좀 꼬이더라도 과민한 반응을 보이지 말라.

결과는 이루게 되리라.

### 2월

당나라 때 유원종과 한 유라는 사람은 어찌나 다정했던지 이들은 서
로 간(肝)을 바꾸어 가질 정도로 친분이 두터웠다고 하니 가히 짐작이
가리라.

지금이 그대가 겪고 있는 고민을 친구와 협의하여 문제점을 찾아라.

오히려 전화위복이 되리라.

### 3월

한마리의 기러기가 무리를 만난 격이니 백만원군을 만난 형상이라.

그대의 뜻에 동조하고 찬동하는 자 많아 큰 뜻 이루겠으니 기뻐하라.

사업가는 사업에서 크게 번창하고 정치인은 정치무대에서 크게 활약하겠으며 미혼자는 주위의 협력받아 성혼되겠으니 경사요, 영광인 줄 알라.

### 4 월

수입보다 지출이 많은 것을 구멍 뚫린 지갑과도 같다고 하며 앞으로 남고 뒤로 밑진다고도 한다.

지출이 심하겠으니 도박성 있는 오락이나 내기를 하지 말라.

구멍 뚫린 지갑과 같으리라.

충동이는 욕구를 자제할 줄 아는 것도 자기수양을 쌓는 첩경이다.

### 5 월

독점하고 싶은 욕망은 불길처럼 치솟아 맹위를 떨치고 있으니 이를 어느 누가 감히 자제시킬 수 있으랴.

강공(强攻)에는 강공(强攻)이 약(藥)이라 하지만 병(病)도 되나니.

다시한번 재고하라. 이(利)보다는 실(失)이 많으리라.

### 6 월

물고기는 물을 타고 새는 바람을 타며 사람은 기세를 탄다는 말이 있다.

밀고 당기는 운세는 산이라도 뚫고 파도라도 가를 수 있도록 왕성함이 넘치고 있으니 밤낮이 따로 없다.

지체하지 말고 정진하라.

만사여의 하리라.

### 7 월

우주의 법도(法道)는 생육(生育)을 목적으로 삼았지, 살상(殺傷)을 목적으로 삼지 않았다.

다만 인간이 무지(無知)하여 살필 줄 모르고 처신할 줄 몰랐기에 당하는 화(禍)가 있기에 하는 말이니 자신은 물론 가족에게까지도 일러라.

　물, 불, 차마를 조심하라고….

　　8월

　사람이 의복을 입는 것은 부끄러움을 가리고 예의를 갖추려 함이며 봄에 씨 뿌리고 가꾸는 것은 가을에 열매를 얻고자 함이거늘,

　이 모두를 외면해 버린다면 금수와 무엇이 다르랴.

　그러나 인간은 이를 알고 있기에 예의를 으뜸으로 하듯 그대 예의를 갖춘 행실에 크게 칭찬 받는 일 있겠다.

　　9월

　싸움터는 존망(存亡)을 있게 하는 갈림길과 같아 싸움터에서 용맹(勇猛)을 아끼는 자는 장군이 아니다.

　지혜와 용맹을 다하여 병사들은 싸우려 하나 장군이 몸을 도사리고 있는 형상이니 어찌 병졸인들 사기가 충천할 수 있으랴.

　마음의 허약으로 결단을 내리지 못하고 우물쭈물 한다면 찬스를 잃는 것과 같으리라.

　　10월

　옛부터 조선에서는 봉황(鳳凰), 중국에서는 용(龍)을 나타내어 성왕(聖王)의 출현과 태평성대를 상징했다.

　봉(鳳)이란 숫컷을 말하고 황(凰)이란 암컷을 말하는데 이를 원앙으로도 말하니 필경 그대의 가정에 원앙이 날아들어 경사로운 기쁨을 있게 하리라.

　　11월

　고래는 바다가 큰 것을 알았기에 마음껏 바다물을 들여마시고 붕새는 하늘 높은 것을 알았기에 마음껏 하늘을 나는 것처럼, 움추리지 말고 마음껏 날고 뛰어라.

　그러나 도사리고 살피다 보면 오히려 부딪치고 막혀 사면초가에 빠지게 되노니 오직 배짱을 가져라.

　배짱이 먹혀 들어 적중하는 일 있다.

## 12월

운기가 강할 때 마음껏 땀 흘리는 것은 수고로움이 아닌 투자와 같다.

그러나 투자의 가치란 쉽게 나타나는 것이 아니라 장기간의 시간을 필요로 하는 것처럼 다음의 열매가 되어 주는 투자가 되겠으니 망설이지 말고 행하라.

대어(大魚)를 낚으리라.

# 77운(七十七運)

무묵자흑(無墨自黑)

전로암흑(前路暗黑).

먹이 없는 데도 스스로 검으니 앞이 캄캄하구나.

욕득변화(慾得變化)

갱대후기(更待後期).

변화하려고 하지만 기다려 다음을 기대하라.

좌절과 실망하는 바가 많아 이사 또는 직장을 바꿔보려고 하겠지만 별무소득하니 현재의 위치를 지키기에 힘써라.

### 1월

나라에는 모습이 있고 역사에는 얼이 있거늘, 어찌 얼을 잃은 역사가 모습만 갖고 우쭐댈 수 있단 말인가.

이는 곧 국민정신과 인간정신을 말하는 것으로 정신이 바르지 못하면 행동도 바르지 못함을 뜻하는 말이다.

비굴한 생각, 비굴한 행동에 동조하지 말라.

질타 받는 일 있을까 염려된다.

### 2월

행동이 청렴하므로 그 이름에 빛남이 있겠다.

행동이 청렴하지 못하면 양심이 절로 어두워지는 법이지만 행동이 청렴하면 몸과 마음도 가벼워지는 법이다.

불의를 보고 정의로써 대적하니 어찌 불의가 당해낼 수 있으랴.

청사에 빛나도록 의(義)로운 일 남기리라.

### 3월

고운 사람은 미운데가 없다는 말처럼 모든 것이 예쁘고 좋으니 듣는 말인 줄 알라.

승승장구 하도록 뻗어나는 운세하며 선악(善惡)을 구분하여 행동하는 처세와 올바른 예의범절로 인도(人道)에 어긋남이 없는 그대의 자세를 극찬하노라.

오다가다 선행(善行)을 베푸는 일 있기에 하는 말이다.

### 4 월

고추장초 맵다하나 시집살이 보다 더할 소냐 라는 말이 있다. 물론 봉건사회에서 나온 말이겠지만 아직도 우리들의 생활속에는 이러한 사상이 면면히 흐르고 있기에 때로는 심한 갈등도 있고 불화도 있다.

가족과의 이견을 좁히지 못하여 마찰이 있으니 반항하고 대꾸하지 말라. 이기기 어렵다.

### 5 월

사상과 이념의 장벽을 뛰어 넘지 못하고 여기에 굴복당하고야 마는 사랑의 눈물도 보아왔던 것처럼 주위로부터의 강력한 반발에 부딪쳐 눈물을 흘려야 된다면 이 얼마나 비참한 일인가.

그러나 그대의 사랑은 빼앗길 수 없이 기어코 이루겠으니 집념을 가져라.

### 6 월

복지사회의 근본이 더불어 잘사는 사회라면 가정생활의 근본은 화목일 것이다.

가족친지간에 화친화목치 못하다면 만사지패(萬事之敗)요, 매사불성(每事不成)하는 법이다.

우애(友愛)가 좋지 못한 일 있어 하는 말이니 귀담아 듣고 화친(和親)에 힘쓰라.

### 7 월

당신의 재치있는 지혜와 소신을 요구한다.

주위에 도사리고 있는 숱한 유혹과 충동임에 설레임을 금치 못하고 들뜬 마음으로 급히 서두르다 봉변하고 화(禍)를 당하는 일 있으니 침착과 안전에 힘쓰라.

급히 먹는 밥에 체하는 법이다.

### 8월

안으로는 기르고 닦으며 겉으로는 겸손해 하는 것이 한민족의 기질
이다.

그러기에 백백천천년(百百千千年)동안 우리 배달국은 겸양지덕을
자랑으로 삼아왔기에 오늘이 있었든 것처럼 그대의 온화하고 인자한
성품에 매료되어 인근으로부터 찬양 받는 일 있으리라.

### 9월

강아지는 개의 아들이오, 병아리는 닭의 아들이며 송아지는 소의 아
들이고 인간은 하늘의 아들인 것처럼 당신은 부모의 아들이다.

이렇게 우주의 모든 삼라만상의 것들은 지아비없는 것이 없도록 만
들어 졌음에도 어찌 지아비와의 관계가 좋지 않드란 말이냐,

부자(父子)와의 이견(異見)이 있겠기에 일러두는 말이니 아랫사람
으로의 도리(道理)를 다하라.

### 10월

내 것이 옳으면 남의 것도 옳고 내 말이 옳으면 남의 말도 옳으며
바른 것이거늘 내 것만 옳다고 주장하는 사람 있어 시비(是非)가 있겠
으니 대꾸도 하지 말라.

말이란 말로써 상대가 되고 이치(理致)에 맞아야 말의 진가(眞價)가
있으나 상대의 이론은 공리공담(空理空談)에 불과한 가치(價値)없는
말이기 때문이다.

### 11월

초나라의 항우가 낙양성을 함락시키고도 의기양양해 하다가 마침내
나라를 잃었던 것처럼 겸손하고 사양할 줄 몰라, 얻는 것보다 잃는 것
이 많겠으니 도도한 기질을 자제하라.

자랑하고 뽑내는 것은 좋으나 지나치면 오히려 욕되어 돌아오는 법
이다.

## 12월

곤륜산, 거봉 밑을 흐르고 있는 계곡의 물은 만고천년을 다하도록 그 끊어짐이 없는 것처럼, 그대의 수복부귀 또한 이와 같으니 그 영화로움이 지극하구나.

일마다 성사요, 가는 곳마다 성시하리니.

호운대길(好運大吉)한 줄 알고 매사를 주선하라.

뜻대로 이루리라.

# 78운(七十八運)

## 총운

수장유물(水長流物)

동중유길(動中有吉).

물은 멀리로부터 흐르는 것이므로 움직여야 썩지 않고 길한 것이다.

산과야통(山過野通)

능도대해(能倒大海).

산과 들을 지나야 능히 큰 바다로 들어가는 법이다.

이사를 하거나 직업의 변동으로 대길대통하는 운질이니 움직여라.

머물고 있으면 우환과 근심되는 일 있으리라.

### 1월

인생은 유한(有限)한데 욕망은 무한(無限)한 법이다. 유한한 생명에 무한의 욕망이 무엇에 필요하련만 그래도 인간은 욕망을 희망으로 삼고 있기에 발전을 이룩하는 것처럼 그대의 발전하는 모습이 눈에 보이는 듯 선하다.

필히 기쁜 일 있어 이를 영광이라 하노니.

공명(功名)인가 하노라.

### 2월

오늘의 시대는 한 사람의 뛰어난 장인솜씨만을 요구하는 시대가 아니라 만인공유의 장인솜씨를 요구하는 시대인 것처럼 공동의 이익과 공동의 생활체를 의식하라.

나만의 이익과 나만의 아집만을 추구하려다 많은 곳으로 부터 질타를 받을까 염려되어 일라두는 말이다.

### 3월

오른손이 한 짓을 왼 손이 모르게 하고 부처님께 공양했으면 공양했다는 생각이 없도록 하라는 말씀을 귀에 담아라.

작은 것을 하고도 크게 한 것처럼 작은 소득을 얻고도 큰 소득을 올린 것처럼 허풍을 떤다면 당장은 믿어주겠지만 다음말 부터는 믿어주지 않는다는 사실을 알라.

불신(不信) 받는 일 있겠다.

### 4 월

신화나 전설이란 역사로써 기록은 끊어졌지만 무엇인가 알맹이가 있어 웅어리진 것이 있기에 구전되어 오고 있는 것을 말한다.

그러나 인간은 이를 아직 해명하지 못하고 있기에 심하게 말하여 미신이라고도 하는 것처럼 그대가 알지 못한다하며 부정해 버리는 일 있으나 이는 사실의 일이니 확인해라.

희비를 불문하고 깜짝 놀랄 것이다.

### 5 월

"정주고 울었네"라는 대중가요의 가사와도 같지만 사실과도 같다.

아낌없이 쏟아주고 미련없이 넘겨준 정이었건만 끝내는 울어버리고야 마는 애절한 사랑의 통곡이노니 눈물을 거두어라.

그대의 연민은 변절이 아닌 잠시의 부딪침으로 인한 마음의 상처이노니 감싸주고 달래주라.

다시 그대 품에 안기리라.

### 6 월

제갈공명이 동남풍을 빌어 화공(火功)의 위력으로 적을 대파시켰듯이 통쾌한 상이다.

하는 일마다 예지했던데로 이루어져 그 열매 무성하겠으니 남들은 그대를 일러 말하되 제갈공명같이 지모(智謀)가 뛰어난 사람이라고 한다마는 모두는 운이 좋아 이루는 일인가 한다.

### 7 월

쇠와 쇠가 부딪치는 소리 장단맞지 않게 두들겨대는 방망이소리 말과 말이 부딪치는 소리가 뒤범벅이 되어 귓전을 울리는구나.

의견이 분분하여 다투는 일 있으니 합의점을 찾아 협력하라.

만약 이견을 좁히지 못한다면 이별하는 일 있으리라.

### 8월

온 천하는 공유의 것이지 개인의 것이 아니다.

특히 부동산이라는 공유물은 더더욱 자연의 것이거늘 어찌 내 것으로만 알고 움키려 하는가. 자연에서 이를 용서치 않는 듯 부동산문제에 말썽이 있으니 정당치 못한 것에 손대지 말라.

문서관계에 구설이 있고 송사가 있게 한다.

### 9월

새는 날을 수 있는 공간이 필요하고 고기는 헤엄칠 수 있는 물이 필요하며 인간은 정을 나눌 수 있는 사람이 필요하다.

그러기에 이성과 이성의 만남을 기쁨이오, 경사라고도 하는데 미혼자는 백년가약을 맺을 수 있는 연을 만나겠다.

다만 구정을 아쉬워하겠지만 새정이 그대의 연분인 줄 알라.

### 10월

자발성 없는 귀신은 물말은 밥도 못 얻어 먹는다는 말이 있다.

참을성이 없이 경솔한 지짓을 하거나 일을 그릇치는 현상을 두고 하는 말이니 침착과 인내력을 가져라.

서두르다 보면 될 일도 안되고 오히려 늘어져 엉뚱한 결과를 낳게 하리라.

### 11월

한없이 부풀어 커질것만 같은 고무풍선도 일정한 부피까지만 커지고 이상이 되면 터져 버리 듯 인간의 능력에도 한계가 있는 법이다.

무리한 요구와 강요에 굴복당한다면 크게 실패하겠지만 자신의 능력에 맞도록 지조를 지킨다면 무난히 성사시키리라.

소신을 지켜라.

### 12월

자녀는 부모의 소유물이 아니요, 전용물도 아니며 마음대로 늘렸다 줄였다하는 고무줄도 아니거늘 어찌하여 마음대로 늘렸다 줄였다하려 하는가.

그러므로 자녀로부터 심한 반항이 있겠으니 이를 반항이라고 책망하기 이전에 부모의 무리라는 것도 알고 가정의 평온 찾기에 힘쓰라.

마음 상하는 일 있으리라.

건강에 유의하는 것이 좋겠다.

# 81운 (八十一運)

남성 생식기의 발기는 음경속의 해면체가 충혈됨으로써 일어나는 것이다. 그러므로 생식기가 발기 하느냐, 못하느냐 하는 것은 음경속의 혈액순환이 잘 되느냐 안 되느냐에 달렸다고 하는데 만약 동맥경화증으로 혈관이 좁아지면 발기가 잘되지 않는다고 한다.

이 말은 성적욕구에 대한 불만족이나 또는 건강상에 문제가 있음을 뜻하는 말이니 건강하다 자랑하지 말고 건강유무를 점검받기 바란다.

### 1월

"침묵은 금"이라는 말도 있지만 오히려 침묵함으로써 오해와 곡해가 더하겠기에 하는 말이다.

침묵하지 말고 대화로써 오해를 풀라고….

사소한 것에 감정을 상하여 곡해 받는 일 있으니 감정으로 대하지 말고 이해와 사실로써 설득을 시켜 진실을 밝혀라. 상대로부터 섭섭함이 있다고 하겠다.

### 2월

음식을 보고도 먹을 수 없으니 그림의 떡과 같고 보옥(寶玉)을 잡으려 하나 유리관 속에 들어있는 형상과 같구나.

이 말은 기회는 좋으나 여건이 좋지 못하다든가 또는 장애요인이 있어 이루기 어려움을 말하는 것이다.

그러나 제3자를 개입시킨다면 장애요인을 극복할 수 있으리라.

### 3월

한 밤에 찌르릉 울려대는 전화벨 소리에 깜짝 놀라 잠을 깬 듯 예상치 못한 일이 있어 놀라게 하는 일 있으니 우선 주야간에 문단속 잘하고 귀중품 관리에 철저하라.

혹중 밤손님이 찾아와 스치고 지나가는 일 있을까 염려되어 일러두
는 말이다.

### 4월

일이 없을 때 기다렸다는 듯이 일이 있어 주고 필요할 때 필요한 것
이 있어 주며 하는 일마다 일이 술술 풀린다면 이를 만사여의형통(萬
事如意亨通)이라 하는 것이다.

그러나 세상일 모두가 어디 이렇게 되는 것 있드냐. 대부분 꼬이고
비틀어지기에 사는 것이 힘들다고들 한다.

하지만 만사형통하게 이루는 일 있으리라.

### 5월

자동차란 우리들의 생활에 이(利)로움과 편리함을 주기도 하지만
흉물이오, 괴물이며 흉기이기도 하다.

차마(車馬)로 인한 놀람이 있어 하는 말이니 주의하라.

사고란 아차하는 순간 피아간의 불찰로 발생되는 것, 자기보호에 힘
쓰기 바란다.

### 6월

집에서 아이들이나 어른들 모두에게 일러두라.

문지방을 밟고 드나들지 말라고….

철학의 가상학(家相學)에서 문지방을 밟고 들나들면 하는 일에 막
힘이 많고 어려움이 많다고 보는 법이다.

항차 쇠운으로 들어가는 때에 이러한 상식마저 지키지 못한다면 하
는 일에 막힘이 많으리라.

### 7월

야간관재구설이 있으니 밤늦은 귀가나 야간 외출을 가급적 삼가하
라.

본인의 실책보다는 타로 인한 문제 즉 타로부터 시비를 당하는 경우
와 타로부터의 접근 및 추태를 보고 참지 못하여 발생되는 경우를 말
하는 것이다.

### 8월

하늘에서는 이 땅을 옥토(玉土)로 만들어 인간에게 선물했던 것처럼 그대 또한 은인이나 나보다 못한 인간을 위하여 선물을 하거나 선행을 베푸리라.

자의가 되었던, 타의가 되었던 그 공덕은 빛남이 있어 후사가 있으리라.

### 9월

사막의 여우라 불리우던 롬멜장군의 대전차부대를 연상케 하는구나.

은빛 모래판 위로 개미떼처럼 몰려가는 대전차부대 ! 이는 필경 그대의 뻗어가는 운세와도 같으니 조직을 최대한으로 활용하고 인력을 동원하여 총진군하라.

쓸어 모을 듯 재(財)를 축적하리라.

### 10월

어른도 반복되는 생활에 지루함을 느낄 때가 있는 것처럼 아이들도 공부에 싫증을 느끼며 성적이 오르지 않을 때가 있는 법.

이를 말하여 지성과 감성리듬의 싸이클이 하향곡선을 그리고 있을 때라고도 하지만 쇠운이라고도 하노니, 작은 것에도 불쾌함이 많고 노하기 쉬우며 짜증이 심하겠으니 스스로 안정을 찾기 바란다.

### 11월

흙냄새 물씬 풍기는 고향 땅이 그리워 낙향해 보았지만 인걸은 간데 없고 잡초만 무성하구나.

초야(草野)에 연이 작으니 몸을 움직여 이사하여 개운하라.

아니면 집에 있으므로 불리하고 원행하므로 길함이 있으니 서둘러 움직여라.

### 12월

한잔 술에 취하여 정을 쏟아주는 것도 헤픈 처사라 하겠지만 한마디의 달콤한 말에 몸을 맡기는 것도 경솔한 처사라 하겠다.

정을 아끼고 소중히 하라. 정을 헤프게 쓰고 정에 끌리다보면 자신
까지 잃게 되는 법.

유혹의 손짓 있기에 일러두는 말이니 소신을 지키기 바란다.

# 82운(八十二運)

## 총운

전쟁의 영웅 나폴레옹하면 우선 떠오르는 것이 "나의 사전에 불가능이란 없다"라는 말일 것이다.

또 전 세계 여론조사에서 가장 존경하는 사람으로 뽑힌 것도 나폴레옹이었다고 하니 이쯤되기도 결코 쉬운 것은 아니다. 그러나 이러하게 되기까지에는 그에게도 남다른 특징이 있었기에 가능했던 것처럼 그는 전쟁의 와중에서도 항상 600여권이나 되는 장서를 싣고 다녔다는 사실도 특징적이라 할 수 있다.

어떠한 일을 이룸에는 우연이란 있을 수 없다는 말을 하기 위한 비유였으니 남다른 투지와 특징을 가져라.

특징만 갖는다면 힛트하는 일 있으리라.

### 1월

작은 물결이 커다란 파도를 만들고 작은 도랑물이 커다란 강물을 만들듯 10원이 있고부터 1억이 만들어진 것이지 1억이 있고 10원이 만들어진 것이 아니다.

작은 이익속에 큰 이익이 숨어 있음을 알리는 말이니 작은 이익이라고 외면하지 말라.

만족하도록 재물을 취하는 바 있으리라.

### 2월

정처없이 떠도는 한조각의 구름처럼 덧 없이 흘러가는 세월의 무상함을 이기지 못하여 방황하는 것만 같구나.

고독과 허무, 그리고 번뇌, 필경 그대에게는 존재와 부재의 사이를 넘나들며 갈피를 잡지 못하는 일 있겠으니 선배나 동료를 찾아 협의하라.

길잡이가 되어 주리라.

### 3월

벗꽃으로 수놓은 긴 터널을 뚫고 질주하는 모습이 연상된다.

가도가도 끝이 없는 벗꽃터널, 그 펼쳐지는 모습은 장관이노니 쉬지 말고 질주하라.

막힘이 없도록 시원하게 뚫려 있느니라.

탄탄대로와 같은 운로(運路)가 열려 있어 만사여의 하리라.

### 4월

어변성룡(魚變成龍)이라.

고기가 변하여 용이 되었으니 기쁘고 기쁘도다.

미혼자는 고집부리지 말고 혼사를 서둘러라.

지금 보류하고 있는 이성에게 만족을 느끼지 못하여 망설이고 있겠지만 그 자는 진인(眞人)과 같아 흠잡을 데 없는 사람인 줄 알라.

### 5월

푸른 잔디구장을 야생마(野生馬)처럼 달리고 있는 선수가 있기까지에는 그들의 피나는 훈련이 있었기에 오늘이 있었던 것처럼, 노력없는 결과란 있을 수 없는 것이다.

정신력이 강건치 못하여 물러서는 일 있기에 하는 말이다.

정신력이 승패를 좌우하리라.

### 6월

여자는 두들겨 맞는데도 익숙해지고 남자는 들볶이는데도 익숙해져야 한다는 말이 있다.

이 말은 역경을 이겨내는 데도 익숙해지라는 인내의 말이기도 하다.

그늘속에 밀대처럼 심약(心弱)하기 이를데 없는 그대의 소심(小心)함을 탓하는 말이다.

### 7월

켈트족의 전설로 내려오는 가시나무새는 일생에 단한번 가장 아름다운 소리로 죽을 때 노래를 부른다고 한다.

이 말은 가장 아름답고 숭고한 것은 가장 처절한 고통속에서 피어난다는 뜻이다.

그대 가시나무새처럼 아름다운 신화를 창조하는 일 있으리라.

### 8월

빈대잡기 위해 초가삼간 태울 수 없다던 노정객의 말을 새겨들어라.

썩고 낡은 것만 도려내면 될 것을 전체를 썩었다고 매도 하는 일 있기에 하는 말이다.

예를 들어 한가지의 단점을 전체의 단점으로 보고 몰아부치는 일이라 하겠다.

잘못된 것이니 다시 한번 재고하기 바란다.

### 9월

잠들었던 운명을 깨우듯 새로운 사랑이 시작되겠다. 마음의 문을 열고 사랑의 뿌리를 깊숙히 내려라.

그대의 사랑은 이른 아침 동녘하늘에 떠오르는 태양처럼 뜨거운 사랑으로 화하여 희열과 감동에 넘치는 진한 사랑이 되리라.

### 10

시대의 모습을 날카롭게 분석하고 비판하면서 새로운 스타일의 멋진 옷을 재단해내는 재단사와 같구나.

명예와 인기를 업으로 삼은 자에게는 유명세(有名稅)라는 별칭을 받을 만큼 그 이름 청사에 빛남이 있겠으니 오직 바른말 바른대로만 행하라.

### 11월

독립운동가 남궁억 선생의 말씀에 "내가 죽으면 거름이라도 되게 과일나무 밑에 묻어두라"는 유언의 말씀이 있었다.

이 말을 헛됨이 없도록 하라는 교훈의 뜻으로 받아들여라.

공익(公益)을 떠난 나만의 이익에 급급하다보니 구설이 분분하겠기에 하는 말이다.

### 12월

꿩은 모이를 쪼기 전에 아홉번을 생각하고 아홉번을 둘러보며 살핀 후에야 비로서 모이 한알을 쪼아 먹는다.

향응을 대접받거나 무거운 물건을 마음대로 거두어 들이지 말라.

받은 만큼 이상의 무거운 부담도 느끼겠지만 결코 무심히 넘길 향응 도 아니리라.

# 83운(八十三運)

춘하근로(春夏勤勞)

시봉호기(始逢好機).

봄과 여름에 열심히 일하더니 이제야 비로서 좋은 때를 맞이하여,

추결실절(秋結實節)

결실입수(結實入手).

가을에 결실하는 계절맞아 익은 과일 따들이는구나.

오직 노력한데로의 성과를 얻어 들이는 운질이다.

요행을 바라지 말고 노력의 댓가를 받는다는 자세를 가져라.

### 1월

학교에서 어린이 회장 뽑는데도 지지파와 반대파가 있어 서로 치열한 경쟁을 하고 있다는 데 어찌 어른들의 삶에서 치열한 경쟁쯤이야 없을소냐.

이를 생존경쟁이라 하노니 세상을 탓하지 말라.

비록 지출은 있더라도 경쟁에서는 승리하리라.

### 2월

임금의 근본은 덕(德)에 있고 백성의 근본은 따름에 있거늘 어찌하여 백성된 도리로 따르려 하지 않는가.

이 말은 그대의 거부하고 반항하는 기세가 당당하여 상대로부터 듣는 말이다.

완강한 거부는 실효를 얻지 못하니 고집을 자제하고 실리를 구하라.

끝까지 소신을 지킨다고 할 때는 실리가 없다.

### 3월

법보다는 주먹이 앞선다는 말처럼 언어의 폭력이나 힘의 폭력이 있

을까 두려워 일러두는 말이다.

무기없는 전쟁으로 대영제국에 항거했던 간디는 비폭력 평화주의자로서 세계사의 흐름을 바꾸어 놓았던 인물 ! 그의 사상을 배우고 익혀 사랑으로 감싸주라.

### 4월

정승집 강아지는 백정 무서운 줄을 모른다는 속담처럼 그대의 기고만장한 운세는 너무나도 굳고 강하여 오히려 큰 일을 그르칠까 염려된다.

무쇠가 너무 강하면 부러지는 법 휘어지는 유연성도 가져라.

독선과 아집이 강하여 그릇치는 일 있으리라.

### 5월

풍요속의 빈곤이란 말을 들어본다. 먹고 마시는 것에 구애받지 않고 모두들 충족스럽도록 누리고 있지만 무엇인가 한편으로는 목마르도록 공복감(空腹感)을 느끼고 있는 것을 말한다.

그대의 자녀가운데 공복감(空腹感)을 느끼고 있는 자 있으니 사랑과 대화로 채워주기 바라노라.

### 6월

세계인구의 5분의 1밖에 안되는 소수의 선진국에서 세계부호의 80%를 점유하고 있다니 놀랄만하다.

물론 우리나라는 5분의 1속에 끼어있지 못하지만….

그러나 당신은 5분의 1속에 능히 끼어들만 하도록 속전속성하는 운세를 타고 있어 큰 건 하나를 엮어 낼 수 있기에 하는 말이다.

### 7월

석가모니는 29세 때 우주만물의 진리를 깨닫고 80세로 열반하실 때까지 온누리에 자비(慈悲)를 펴신 성인이다.

당신께서는 구중궁궐의 영화로움을 모두 팽개치고 홀로 세상에 뛰어들어 고행(苦行)하신 진리를 그대는 아는가.

영화로움은 물거품과 같은 것, 지금 꿈꾸고 있는 것은 남가일몽격이니 분수에 맞는가를 다시 한번 점검하라.

### 8월

권력의 욕망이란 남을 존경하면서 받드는 위치에 있고 싶어 하는 것이 아니라, 남보다 높은 위치에 있어 남을 다스려 보고 싶은 것을 말함이 아닌가.

그러나 이것은 결코 쉽게 이루어지는 것이 아니다.

때로는 권모술수가 난무하고 인맥(人脈)도 작용하는 법, 자리바꿈을 원하는 자는 뜻을 이루기 어렵겠다.

### 9월

송충이는 솔잎만 먹고 황충이는 갈잎만 먹거늘 어찌하여 송충이가 갈잎까지 먹으려 하는가.

갈잎은 황충이가 먹게 놓아 두려무나.

독점욕이 강하여 남의 밥까지 먹으려고 달려드는 형상이기에 하는 말이다.

그러나 상대 또한 결코 호락호락 넘어가지 않겠으니 쟁투가 치열하리라.

### 10월

독 깰까 두려워 쥐를 못 잡으니 안타깝구나 황금덩어리와도 같은 물건을 보고도 이것 저것 재보고 망설이다 놓치겠으니 배짱을 가져라.

물론 성격이 소심한 탓도 있지만 상대를 의심하는 자체에도 문제가 있다.

### 11월

쥐가 변하여 봉황이 된 격이니 기적과 같은 변화로구나.

흔히들 이를 말하여 운이 좋다, 요행이다들 한다마는 이는 오직 조상의 음덕(陰德)인 줄 알라.

예상밖의 결과가 나타나 행운의 경사가 있겠다.

당첨, 당선, 합격운이 대길하다.

### 12월

상사로부터 인정받고 아래사람으로부터 존경받는다면 이보다 더 값진 행복이 어디 있으랴.

그러나 인간의 욕은 끝이 없어 대부분의 사람들은 현실에 만족을 느끼지 못하고 사는 것처럼 그대 또한 현실의 행복을 행복인줄 모르고 더더욱 욕을 탐하는 일 있구나.

물이 과(過)하면 넘치는 법인 줄 알라.

# 84운(八十四運)

**총운**

선조대왕은 수라상에 반찬 두가지 이상을 놓지 못하게 하신 분이다. 하루는 대신들의 의복이 사치스럽다는 말을 듣고 신하들 앞에서 스스로 당신의 옷을 뒤집어 보이며 내 옷이 이렇게 천한 무명옷인데 어찌 신하로서 내 옷보다 더 화려할 수 있단 말이냐고 크게 꾸짖었다는 고사가 있다.

이 말은 불요불급한 것을 다만 호화로움의 욕구심리에 의하여 구입한 후 능력부족임을 탓하고 크게 후회하는 일 등이 있기에 일러두는 말이니 분수를 지켜라.

**1월**

용띠와 개띠는 만나면 싸우는 불화불친 관계라하여 남녀궁합법에서는 기피하고 있는 띠이다.

뿐만 아니라 동업자나 거래관계에서도 마찰이 잦고 이견이 많은 법이니 혹중 마찰이 발생된다면 띠를 살펴보라.

용과 개띠 관계에서는 기어코 석별하리라.

**2월**

인간의 만용은 무자비하도록 잔인한 면도 있다. 내가 모르면 인정하려 하지 않고 내 것이 아니면 거들떠 보지도 않으려는 습성이 있기에 하는 말인데 여기에 빈부의 격차도 그렇다. 없는 자는 있는 자의 노예가 되어야 하기 때문이다.

돈으로 무기를 삼으려하지 말라. 도리어 욕됨이 되어 화살을 받으리라.

**3월**

옥비녀에 금관의대하고 금수레를 탄들 무엇하며 만조백관을 거느린

들 무엇하리 짝 잃은 거위처럼 외로운 것을….

남편 간 곳을 찾아라.

잦은 외출, 출장, 외박, 늦은 귀가 등에 문제 있다.

하지만 미혼자라면 최상의 배필과 교제중임을 알고 언행에 신중을 기하며, 경솔한 처신을 자제하라.

헐값될까 두렵다.

### 4 월

기와 한장 아끼려다 대들보 썩힌다는 말이 있다. 근검절약을 생활의 미덕으로 삼으려는 것은 좋으나 용도와 용건에 따라 과감한 지출도 다음 동작의 발판이 되어 준다는 것을 기억해 주기 바란다.

전망 좋은 사업의 종목이나 아이디어를 제공 받겠지만 현실의 지출이 아까와 지나치는 일 있겠다.

### 5 월

권력에 아부하고 아첨하기 위하여 밤낮으로 찾아들며 검은 것을 보고도 희다고 하면 예, 흰 것을 보고도 검다하면 예, 하고 비위를 잘 맞추는 사람이 그대 옆에 있어 판단력을 흐리게 하고 있다.

결코 득(得)보다는 실(失)이 많은 사람인 줄 알고 다스리기를 서둘러라.

### 6 월

나라의 재정이 풍족하면 멀리 있는 백성들이 모여들고 토지가 풍족하면 백성들이 그 토지를 떠나려 하지 않으며 창고에 곡식이 가득하면 백성들은 예절을 잃지 않는다는 관자의 말이 있다.

이토록 부귀쌍전한 말은 바로 그대의 운세를 말함이다.

그 기쁨 충만하리라.

### 7 월

내 장단, 내 가락에 흥이 겨워 춤을 추면 좋으련만 남의 장단 남의 가락에 춤을 추고 있구나.

자기의 분수를 모르고 남이 하니까 따라하는 흉내내기를 탓하는 말이니 분수를 지켜라.

남이 잘됐다 하여 나도 잘된다는 보장이란 있을 수 없다는 것을 잘 알고 있을 것이다.

### 8월

독수리란 놈은 날카로운 발톱을 무기로 삼고 있지만 이를 함부로 쓰는 것이 아니라 항상 발톱을 웅크리고 있다가 때가 되어야 비로서 발톱을 세우고 있거늘 항차 인간으로서 날카로운 발톱이 있다하여 마음대로 사용한다면 어찌 되겠는가. 돈과 권력과 힘을 아끼고 사양하라.

남용하면 폭군과 같으리라.

### 9월

인간의 근본은 인, 의, 예, 지, 신(仁, 義, 禮, 智, 信)에 있어 이를 갈고 닦기 위하여 부단히도 애를 쓰고 있건만 좀처럼 이루기 어려운 것도 사실이다.

그러나 그대의 선행(善行)이 있어 인간의 오상을 갖춘 덕인(德人)으로 칭송받음이 있으니 사회의 귀감(龜鑑)이 되는 일 있겠다.

### 10월

다이아몬드의 진짜와 가짜를 육안으로 판별하는 방법은 예를 들어 신문지 위에 다이아몬드를 올려놓고 글자가 비쳐보이면 가짜요. 보이지 않으면 진짜라고 하다.

이와 같이 가짜가 진짜로 둔갑하여 그대를 혼란케하는 일 있으니 멀리서 그를 비쳐보라. 둔갑된 사람임을 알게 되리라.

### 11월

새 잡아 잔치할 것을 소 잡아 잔치하는 것 같구나.

사전에 손을 썻더라면 작은 지출로도 충분했던 것을 실기하고 보니 지출이 더욱 커지겠음을 뜻하는 말이다.

힘의 소모가 크고 노력이 배가 되었을 뿐이다.

결과는 이루겠으니 그것으로 만족하라.

### 12월

헌 옷을 벗고 새 옷을 갈아 입은 것과 같으며 묶였던 말의 고삐가 풀린 것과 같구나.

그동안은 뛰는 동작을 취하기 위하여 웅크리고 있었던 것이라면 이제부터는 뛰는 때인 줄 알고 높이 그리고 멀리 뛰어라.

일취월장하는 운세에 맞춰 만사여의하도록 승승장구하리라.

# 85운(八十五運)

중천투작(中川投釣)

장득은척(將得銀尺).

냇물 가운데 낚시를 놓았으니 장차 고기를 낚으리라.

대어소어(大魚小魚)

군자수단(君子手端).

큰 고기가 되었든 작은 고기가 되었든 그것은 당신의 수단에 달렸느니라.

이익이 적다고 버리지 말며 일거리가 나쁘다고 버리지 말라는 뜻으로 전하는 말이다.

수단과 방법을 가리지 말고 고기잡아 들이기에 힘써라.

그릇에 가득 채우리라.

### 1월

소문이란 꼬리에 꼬리를 문듯 소문에 소문을 낳는 기질을 갖고 있다.

그러나 소문의 발생지나 범인을 찾으려면 여기에 대한 범인은 있을 수도 없고 찾을 수도 없는 것처럼 어수선하고 뒤숭숭한 일로 나를 괴롭히는 일 많겠다.

하지만 귀담아 듣지 말고 모두 흘려라.

구설일 뿐이다.

### 2월

맺지못할 사랑이라면 차라리 잊어버리겠지만 미련이라는 앙금이 남아 잊을 수가 없구나.

그러나 이미 상대는 마음이 변하여 다른 곳으로 가고 있으니 붙잡은

들 무엇하리, 오히려 제 3 의 연분이 깊은 연인 줄 알라.

전화위복 하리라.

### 3월

우연한 일과 가까운 것이 동기가 되어 돈버는 일이 생기겠다.

다만 쉽게 들어오는 재물은 쉽게 나가는 법이니 도박이나 투기는 삼가하라.

오직 바른대로의 일과 노력으로만 얻어지는 재물인줄 알라.

### 4월

당신의 태도가 분명치 않으므로 상대로부터 오해와 불신을 받는 일 있으니 적극적인 태도와 결단을 촉구하는 바이다.

우물쭈물하는 태도는 곧 거래선 단절 및 향후의 인간관계에도 지장을 받게 되리라.

### 5월

이성으로부터 억압적인 강요와 자존심을 상하도록 하는 오욕을 면치 못하겠으니 가급적 이성의 만남을 피하고 동성과 친교를 두텁게 하라.

또한 움직이면 구설이오, 손재하겠으니 조용한 가운데 지키기에 힘쓰라.

### 6월

물고기는 물을 타고 새는 바람을 타며 인간은 기세를 탄다는 말이 있다.

그대의 밀고 당기는 기세는 천하를 움직일만한 기세를 갖고 있으니 행동의 포문을 열어라.

행행처초(行行處處)마다 막힘이 없느니라.

### 7월

독점하고 욕망이 지나쳐 주위로부터 질타와 멸시도 받겠으니 처신에 신중하라. 세상에 욕심없는 사람이 어디 있으랴마는 유난히 심하여 겉으로 노출되기 때문이다.

물욕과 색욕은 인간의 본능이라,

하지만 때와 장소를 가릴 줄 아는 것도 인간이 아니드냐.

### 8월

수입보다 지출이 많은 것을 구멍 뚫린 지갑과 같다고도 하지만 앞으로 남고 뒤로 밑진다고도 한다.

지출이 심한 운세이니 도박성 있는 오락이나 또는 친구간에 내기도 삼가하라.

결코 이득이 없으리라.

오직 쓰지 않는 것이 버는 것이라는 철학을 마음에 새겨라.

### 9월

하늘과 땅은 만물을 기르고 성인은 어진 인재를 기르며 음식은 인간을 기른다는 말이 있다.

이는 우주만물의 법도이거늘 어찌 나혼자 먹고 나혼자 살찌울수 있으며 나혼자만이 살 수 있다고 생각하는가.

적선하기를 사양하지 말라.

음덕은 공이 커 그대의 자녀에게 기쁜일 있게 하리라.

### 10월

큰 강물이 있기까지에는 높은 산으로 부터 흘러내린 물이 산을 넘고 또 산을 넘어 마침내 이룬 것이 강물인 것처럼 인간의 욕망도 일순간에 얻어지는 것이 아니다. 그만한 피와 땀의 흐름이 있어야 하거늘….

과욕이 지나쳐 헛된 일 있기에 하는 말이다.

### 11월

말탄장수가 전쟁터에서 칼을 써보지도 못하고 뒤로 돌아선다면 이보다 더 비굴한 장수가 또 어디 있으랴. 이는 장부도 아니요 남아도 아니다.

그러나 소심한 성격만 떨쳐 버린다면 독안에 든 쥐를 잡는 것과 같으니, 소신을 갖고 밀어 붙여라. 대어를 낚으리라.

### 12월

이 세상에 귀하고 천한 것이 따로 있드냐. 모두들 귀한 것 뿐이지….
특히 인간을 편애하여 편견된 사고로 차등하는 일 있어 꾸짖는 말이
니 중용을 지켜라.

그대의 잘못된 편견으로 심하게 도전받는다면 피하기 어려워 궁색
한 변명으로 전전긍긍하리라.

# 86운(八十六運)

### 총운

과거에 떨어진 선비가 할 일이 없어 지팡이를 둘러메고 동네를 어슬렁 어슬렁 돌아다니는 형상이구나.

그 뿐인가 자식이 있어 자식이 관(官)을 쓰는 모습이라도 보았으면 한시름이라도 놓을 것을 자식 또한 따라 주지 못하니 더더욱 아연하구나. 하지만 자탄하지 말라.

초곤후태(初困後泰)격이 되어 처음에는 곤고하지만 뒷날부터는 흥해지는 운질이니 상반기보다 하반기부터 풀리리라.

### 1월

우리나라의 재래식 아궁이는 부인병 예방에 특효의 구실을 한다고 한다.

이는 아궁이 앞에 쪼그리고 앉아 불을 땔 때 발생되는 원적외선으로 냉증이 치유되기 때문인 듯, 선인들의 지혜에 감사하자.

이 말은 그대에게 하초질환이 있어 자연치유에 힘쓰라고 일러두는 말이다.

### 2월

오합지졸의 무리를 이끌고 대사를 성공시키려는 발상은 무리이니 전문가의 조언을 듣고 이에 따르라.

좋은 아이템이 있으나 이를 다룰 수 있는 지혜의 부족으로 오히려 그르칠까 두려워 일러두는 말이다.

### 3월

그대와의 대화는 합주곡과 같고 한 폭의 그림과도 같았건만 이게 웬일인가, 한쪽의 모습이 보이지를 않는구나.

사소한 일로 언성이 높아지고 격한 감정을 자제할 길 없어 언어의 폭력과 무력이 난무하는 형상이니 서로 양해하고 이해하기에 힘쓰라.

### 4월

인간의 2대 욕망은 먹는 것과 섹스다.

천하없는 성현군자라도 먹어야 군자 노릇도 하고 또 발동하는 생체기능을 소화시켜야 정신도 순해지는 법이다.

그러므로 인간 또한 욕구충족을 어떠한 방법으로 해결하느냐에 따라 인간의 됨됨이 나타나는 것이다.

욕망을 채우기에 안하무인 격으로 난폭해지겠으니 자제하기 바라노라.

### 5월

사람이 사람을 믿고 살아야지 사람이 사람을 믿지 못한다면 누구를 믿고 살란 말인가.

그러나 요즈음도 사람이 사람을 속이는 세상이니 사람을 믿고 살기란 결코 쉬운 일이 아니다.

인간 속임수 있으니 근친자를 조심하라.

손재하고 명예를 더럽게 되리라.

### 6월

싱그러운 6월! 신록이 무르익어 가는 계절이다. 이와 때를 같이 하여 그대의 포부도 마음껏 기지개를 펴라. 우두둑 뼈마디 늘어 나는 소리는 곧 그대의 막혔던 운세를 뚫어주는 소리가 들릴 것이다.

명주실처럼 얼키고 설켰든 일이 해결되리라.

### 7월

만생초목들은 가을이 되면 단풍들고 낙엽지는 진리를 갖고 있지만 송백(松栢)은 독야청청하다는 것도 알라.

이랬다 저랬다하는 변덕으로 오뉴월 팥죽 끓듯 하겠으니 누구하나 믿음을 주려하지 않겠구나.

부동하는 마음을 길러라.

### 8월

인간은 착각과 옹산이라는 오류를 범하며 사는 미완의 작품이거늘 어찌 인생교과서적으로 살 수 있다고 큰 소리 칠 수 있겠는가.

경험으로 느끼고 배우며 커가는 것이 인생인가 하노라.

뜻대로 되지 않는다고 실망하겠지만 크게 상심하지 말라. 모두는 그대의 밑거름과 같아 후사가 길하리라.

### 9월

자승자박하지 말라. 자기 번뇌로 자기고민에 빠져, 헤어나오지 못하는 형상이니 내가 놓은 올가미에 내가 묶이는 꼴이 된다.

만병의 근원도 마음으로부터인 것처럼, 운의 개척도 마음으로부터 있는 것이니 먼저 긍적적인 사고와 낙천적인 기질을 가져라. 개운되리라.

### 10월

모진 비바람이 걷히고 밝은 햇살이 비추이니 만생초목들이 생기를 되찾은 것과 같구나.

시간은 그대를 기다려 주지 않는다. 오직 때를 알고 이용하는 자 목적을 달성하는 것이니 급히 서둘러라.

좋은 일과 경사로움 있으리라.

### 11월

고여 있는 물에 얼굴을 비추이지 말고 흘러가는 물에 얼굴을 비춰보라.

그 모양이 새롭게 달라지는 것처럼 지금하고 있는 일에만 매달리지 말고 새로운 업종도 구상해보라.

흘러가는 물처럼 새롭게 변화하면서 일익 발전 하리라.

### 12월

군자란 얼굴빛을 바르게 하며 용모를 난폭하게 하지 않는 법이오, 또한 말을 흐트러지지 않게 바르게 함을 군자지도(君子之道)라 한다.

조그만한 일에도 크게 노하고 조그마한 일에도 크게 걱정하는 그대의 못난 기질을 탓하기 위하여 하는 말이니 노하기를 자제하라.

# 87운(八十七運)

고려의 공민왕은 원나라의 노국공주를 왕비로 맞아들였지만 이는 정략적 결혼이었다.

왕께서는 서예와 그림에 뛰어났으며 영특하기로도 이름이 있던바 항상 원나라에 대한 미운 감정을 떨쳐버릴 수가 없었다. 그러므로 친원파를 숙청하고 국정을 바로 잡으려 했지만 때마침 왜구의 침범이 심했고 또 노국공주께서 난산(難産)으로 세상을 떠나자 더욱 마음을 잡지 못하므로 국정을 돌보지 않아 결국 고려를 잃는다.

이 말의 뜻은 운이 따라주지 않음을 말하는 것이니 더더욱 순리를 거역하지 말라고 일러두는 바이다.

### 1월

큰 상인은 점포에 물건을 진열하지 않으며 군자는 어짐을 겉으로 나타내지 않는다.

어찌 자기 자랑으로써 자기의 경솔함을 표출시키드냐. 한말을 되씹으며 자랑으로 뽐내려하나 오히려 욕되어 돌아오니 구설인가 하노라.

### 2월

닭 잡는데 도끼가 무엇에 필요하며 소 잡는데 막대기가 무엇에 필요하냐. 물건을 다루는 데에는 반드시 그에 필적할 만한 용구가 있는법, 다시 한번 하고 있는 일을 점검하라.

분명코 하자가 있음을 발견하게 되리라.

### 3월

모든 범사는 가까운 곳으로부터 먼 곳으로 이어지는 것이 자연의 순리임에도 나라에서는 먼 나라와 국교를 맺고 친구와는 먼 곳의 친구와 친교를 맺으며 집안에서는 먼 곳에 있는 친척과 우애를 돈독히 하는 형상이다.

이는 곧 그대의 후원자가 가깝게 없다는 말이니 가까운 곳부터 친교를 맺어라.

급할 때 답답한 일 있어 전전긍긍하리라.

### 4월

임금이 덕을 잃으면 사나운 불길보다 무섭다는 말이 있다.

권력을 쥔 세도가라면 권력쓰기를 삼가하고 힘센 장사라면 힘쓰기를 삼가하라.

그대의 윗사람으로부터 심한 질책이 있겠고 덕을 잃은 임금과 같이 사나워지겠구나.

### 5월

술이 지극하면 어지러워지고 즐거움이 넘치면 슬퍼지는 법이라 했으니 이 말을 깊이 새겨라.

정상에 오르면 또 내려와야 되는 진리가 있듯이 극에 달하도록 부귀영화를 누리기에 앞서 훗날을 생각하여 검소한 삶을 익혀라.

사치와 허욕과 위선이 있겠다.

### 6월

사람이 배부르고 따뜻하면 엉뚱한 생각을 찾는 것이 인간의 본성이기도 하다. 이는 어느 누구의 유혹과 권유도 아닌 다만 스스로의 본능일 뿐이다.

우연하게도 이성에 눈을 돌리고 관심을 갖게 될 때 크게 곤욕을 치루는 일 있으니 이성보기를 목석(木石)같이 하라.

### 7월

한없이 부풀어 날것만 같아도 일정한 부피로까지만 부풀면 그만이지 더이상 부풀면 터지고 마는 것이 고무풍선이다.

지금 하고 있는 일에 만족을 느껴라.

더이상 불어대면 고무풍선이 터질 것만 같구나.

그러나 잠시 쉬었다 불어준다면 더더욱 부풀어 오르리라.

### 8월

옛말에 "침묵은 금"이라 했지만 그대에게는 당치 않는 말이니 침묵을 깨고 입을 열어라. 오히려 말없는 가운데 타로부터 의아심만 더욱 커져 누명쓰는 일 있을까 두렵다.

오얏나무 밑에서 갓을 고쳐쓰지 말라는 옛말을 깊이 새겨라.

의심받는 일 있겠다.

### 9월

자녀는 부모의 소유물도 아니요, 전용물도 아니며 잡았다 늘렸다 하는 고무줄도 아니므로 그들은 늘어날 수도 없고 줄어들 수도 없거늘 어찌하여 마음대로 늘렸다 줄였다 하려 하는가.

부모와 심한 갈등이 있고 마찰이 있겠으니 자녀의 의견에 따라주라. 그러므로 가정화평 이루리라.

### 10월

창공을 날으는 새도 먹이를 쫓기 위하여 부지런히 날고 있건만 그대가 참새라면 정처없이 날으는 새에 불과하구나.

목적없는 방황과 실효와 실익이 없는 일로 분주하겠기에 일러두는 말이니 일의 완급을 가려라.

공연히 떠돌이 하다마는 헛수고로움만 하리라.

### 11월

천하일색 미인으로는 양귀비를 손꼽지만 근세 미인으로는 마릴린 몬로를 손꼽는 것처럼 세상 인심이 이렇게 바뀌어지고 있다는 것도 알라.

우물안의 개구리처럼 근시안적이므로 세상 물정에 어두워 때 늦은 일을 하려다 실수하는 일 있으리라.

### 12월

세상에 나면서부터 왕후장상(王候將相)의 종족이 따로 있드냐.

모두들은 사주와 운의 흐름에 따라 왕후장상이 만들어지는 법이다.

그대 운세의 흐름으로 보아 필경 장상(將相)쯤은 되겠으니 덕을 쌓고 수양함을 게을리 하지 말라.
귀인봉래(貴人逢來)하리라.

# 88운(八十八運)

**총운**

조생양우(鳥生兩羽)

비장충천(飛將冲天).

새가 양쪽 날개를 달았으니 장차 하늘을 높이 날겠구나.

만사구비(萬事俱備)

종성대업(終成大業).

모든 것은 준비를 다했으니 끝내 크게 성공하리라.

자력보다는 협력자의 도움으로 크게 성공하는 운질이다.

모쪼록 독선과 아집을 멀리하고 조언받기를 서슴치 말라.

## 1 월

한밤중에 울려대는 전화벨 소리에 놀라 잠을 깬 듯 하구나. 매사가 처음에는 신통치 않으나 점점 시간이 지나면서 일익번창하는 운을 맞고 있으니 정진하라.

예상치 못한 쾌거도 있고 뜻하지 않은 횡재도 있으리라.

## 2 월

하는 일마다 일이 술술 풀리고 하고자 할 때 일이 기다렸다는 듯이 있어 주며 필요할 때 필요한 사람이 있어 주어 막힘없는 운로를 걷고 있으니 이보다 더 이상의 그 무엇을 바라리오.

용인술과 용전술도 뛰어나 그 명성은 사해명진하리라.

## 3 월

사막의 여우라 불리는 롬멜장군의 대전차부대를 연상케한다.

은빛 모래 사막의 벌판을 새까맣게 수 놓으며 달리는 대전차를 그대의 황금덩어리로 비유하는 말이니 몰려드는 황금을 피하지 말고 긁어들여라.

특히 외화벌이하는 사업가는 크게 흥하리라.

### 4월

문명의 이기라고 하는 자동차는 분명코 이기임에는 틀림없으나 때로는 흉기노릇도 서슴치 않는 괴물이기도 하다.

이로 인한 놀램이나 또는 말썽되는 화근이 있으니 만반주의하라.

아차하는 순간은 0.1초보다도 빠르고 번개보다도 빠르니 오직 주의로써 예방하기 바란다.

### 5월

야간 관재구설이 있으니 밤늦은 귀가와 외출은 삼가하라.

본인의 실책보다는 외부의 작용에 의하여 발생되는 시비도 있고 봉변도 있다.

또한 가정에는 뜻밖의 불청객도 내방하여 놀라게 하는 일 있으니 문단속도 게을리하지 말라.

### 6월

낡은 완행열차에 몸을 싣고 주마등같이 펼쳐지는 자연의 풍광을 맛보는 것도 찌든 마음을 씻어주는 청량제가 되리라.

원행수 있으니 원행하여 견문을 넓히는 것도 좋지만 근교라도 찾아 마음의 때를 씻어라.

기쁜 일 만나리라.

### 7월

어느 장군이 나랏님의 비위를 건드리고 심기를 불편하게 했다하여 파직을 당했든 것처럼 그대 또한 윗사람의 심기를 불편하게 하여 심한 질책이 있겠다.

그러나 바른말의 진언임을 뒷날에야 알고 후한 상을 하사받는 것과 같이 후광이 빛나겠다.

### 8월

쾌락을 얻기 위하여 양심을 팔고 양심을 팔아 사치를 산다면 이는 분명코 인간의 가치관을 망각한 혼돈일 뿐이다.

그러나 혼돈은 일시적이어야 한다.

깊다보면 습관적으로 습성화되어 자신을 파멸하는 계기가 되리라.

### 9월

상처를 묻어둔 채 과거를 잊어버리자고 한들 어찌 쉽게 잊어 버릴수 있으랴. 상처를 치유해 가며 잊자고 화해 하는 것이 순리가 아닌가. 이처럼 순리에 어긋나는 제안을 받고 분통 터트리는 일 있겠으니 너무 노하지 말라.

시원스럽도록 그대를 후련하게 하는 일 있어 만회하리라.

### 10월

인생이란 인간 승부사들이 모여 사는 곳이다.

그러므로 때로는 잔인하도록 비정한 면도 있고 온정한 면도 있어 이들이 얼키고 설킨 가운데 용하게도 사는 것이 인생살이 이고 보니 이 얼마나 처절한 삶이겠는가.

하지만 그대는 모든 적과 싸워 이기는 승자가 되리라.

### 11월

사람들은 삶의 질은 생각지 않고 다만 얼마나 오래 사느냐 하는 삶의 양량만 갖고 인간의 가치기준을 삼으려 하지만 인간에게는 삶의 보람이라는 열매가 있어 이 열매를 맺기에 주저하지 말아야 한다.

추구하라 ! 분명코 그대에게는 탐스러운 열매를 맺게 하는 기쁨이 있으리라.

### 12월

물질의 풍요를 벗어나 정신의 빈곤을 풍요로 가꾸는데 힘써야겠다.

정신이 풍요롭지 못하여 짜증과 권태가 심하겠고 흐트러진 마음을 달랠길 없어 방황하는 일 있으니 마음의 안정을 찾아라.
사춘기라면 반항과 투정이 더욱 심하리라.

# 91운(九十一運)

### 총운

조선시대 사대부가의 전통관습에 따르면 관례(冠禮)를 치른다하여 남자 16세가 되면 상투를 틀어 갓을 씌우고, 여자 14세가 되면 쪽을 지우고 비녀를 꽂아 주면서 자(字)를 받게 되니 이때부터 어른으로 대접을 받게 되는 것이다.

물론 지금은 결혼을 해야 어른대접을 받고 서방님 소리를 듣지만….

벼슬을 얻고 혼례를 치르는 경사로움이 한 몸에 있기에 전하는 말이다. 돌 하나를 던져 새 두 마리를 잡는 격이니 다다익선(多多益善)하리라.

### 1월

"우리회사의 이익은 세금을 다 낸 뒤의 이익"이라고 하는 마쓰시다·노고스께의 말을 기억하라.

외형은 화려하나 내면은 곤고하기 이를데 없으면서도 큰 소리만 치고 있기에 하는 말이다.

꿩 잡는게 매라는 속담처럼 내실을 다지기에 힘쓰라. 빛좋은 개살구 될까 두렵다.

### 2월

완벽한 한판의 승부를 얻기 위하여는 완벽한 사고와 철저한 기획이 필요하기에 한판의 승자가 된다는 것은 결코 쉬운 일이 아니다.

짜임새 있는 경영과 우수한 두뇌를 활용하여 새로운 상품 개발에 힘쓰라.

힛트하는 새로운 걸작을 탄생시키리라.

### 2월

한쪽에서는 단군이래 최대의 풍요를 누리는 현실이라고 하지만 한

쪽에서는 불신과 불만이 최대로 고조되어 있는 것이 오늘의 현실이라
고들 한다.

이처럼 극과 극으로 상반된 이견의 노출이 심하여 대립과 경쟁관계
에 처하고 있으니 제3자의 응원을 받아라. 원군의 힘으로 상대를 제압
하리라.

### 3월

우리민족의 굳센 기상을 말해주 듯 인고(忍苦)속에서도 굴하지 않
고 굳굳하게 버텨온 남산의 장송(長松)들을 보라.

그 얼마나 늠늠한가를….

이처럼 기나긴 세월 모진 세파와 싸워 이긴 보람을 비로서 찾겠으니
마음껏 기뻐하라. 흐뭇한 일 있겠다.

### 4월

우리나라의 평균수명이 남자 66세, 여자 72세라고 한다.

특히 남자의 경우 수명이 낮은 것은 흡연으로 인한 것이 원인이 된
다는 말에 관심을 가져라.

건강이 불리하다고 일러두는 말이니 천금을 희롱한들 무엇하며 만
금을 희롱한들 무엇하리. 모두는 건강이 우선해야 되거늘….

### 5월

한톨의 콩이라도 반쪽씩 나뉘어 먹는다는 것이 우리 민족의 미담이
오, 미덕이다. 그러나 독점력이 강하여 송두리째 독식하려는 발상은
왜구의 짓과도 같으니 대인의 면모답게 넉넉한 마음을 가져라.

인색하다는 말을 듣겠다.

### 6월

속리산 입구에 거대한 우산을 펼친 듯한 이 소나무는 수령이 700년
이나 되는 정이품송(正二品松)이다.

이처럼 수목도 오랜 세월 자기의 품위를 잃지 않으면 추앙과 보호를
받듯 그대 또한 만인으로부터 그 이름 높게 불리우는 일 있으니 필경
장원급제가 분명하구나.

## 7월

앉아있는 부처의 상은 비록 힘이 없어 보이지만 그의 정신은 온 누리를 덮고도 남음이 있는 것처럼 조용한 가운데 그대의 위엄은 빛나 세인들로부터 칭송받는 일이 자자하겠다.

또 작은 공덕이 큰 공덕으로 화하고 작은 냇물이 큰 강물되어 주리라.

## 8월

쫓기는 듯 살아야만 하는 인생살이 부질없구나. 바쁘면 바쁜데로 편하면 편한데로의 보람이 있어야 하나,

보람도 없으면서 육신만 고달프기에 하는 말이다.

더불어 정신적 번뇌도 심하니 계약이나 복잡한 계산을 피하라. 하자 발생하리라.

## 9월

낙타를 타고 바늘귀를 들어가는 것과 같이 기막힌 재주와 슬기가 발동되겠다.

요령, 술수, 꾀 등 갖가지의 비범한 재주로써 인간최대의 기량이 발휘되어 요령꾼이라는 별호를 받겠으며 아이디어 창안에 주력하는 자도 힛트하는 것 있겠다.

## 10월

유언비어란 혼란한 세상을 틈타 기승을 부리는 것으로 이는 질서를 무너뜨려는 파괴공작인 것처럼 그대에게도 보이지 않게 쑥덕공론이 있지만 관심밖으로 돌려라.

말장난질 좋아하는 참새떼들의 시기와 질투하는 소리에 불과할 뿐이다.

## 10월

근시안적 발상이니 시대착오적 발상이니 하는 말을 자주 사용한다마는 이는 우물안의 개구리처럼 조잡한 발상을 책망하는 말이다.

지금 하고 있는 일 가운데 분명코 발등에 떨어진 불끄기에만 급급하

여 멀리보지 못하는 것 있으니 멀리도 살펴보라. 노다지가 보인다.

### 12월

불신시대를 빙자한 말로 불불시대(不不時代)라는 말이 있는데 이는 사회의 부도덕성과 불법이 만연 하도록 판을 치는 시대를 비유한 말이다.

그대에게도 무례한 요구나 부도덕한 행위를 요구받는 일 있지만 당연히 거부하라. 응하고 보면 못할 번민이 있으리라.

# 92운(九十二運)

### 총운

미국의 부시 대통령은 4라는 숫자와 인연이 깊다고 한다. 그는 역대 대통령중 4번째의 고령이며 부통령에서 대통령이 된것도 4번째요 왼손잡이 대통령중에서도 4번째인가하면 키큰 대통령으로도 4번째라 하는데 이는 아마도 말만들기를 좋아하는 호사가들의 분석인가 한다.

그러나 본운의 운기도 4라는 수와 전혀 무관하지 않으니 4가 닿는 수에 관심을 가져보라.

흥미있는 일이 많도록 발생하리라.

### 1월

받으면 주는 것도 알아야 되거늘 주는 것을 모르니 인색하다는 말을 듣겠다. 그러나 사실은 마음에 없는 사람으로부터 받은 것이기에 주고 싶은 마음이 내키지 않는 것이라. 구애나 혼담이 있겠지만 썩 마음에 들지 않아 설은떡 받는 것과 같겠다.

### 2월

손에 땀을 쥐게 하는 아슬아슬한 순간들, 숨을 멈추게 하는 긴박감, 경악을 금치 못하게 하는 분노, 이것은 영화의 한 장면이 아니다.

두 라이벌간에 벌어지는 숙명적 경쟁관계를 말하는 것이니 양보하지 말라.

그대의 필승이 분명하다.

### 3월

물질이 풍요로우면 자기 교만과 만용에 도취되기 쉽지만 정신이 풍요로우면 마음의 눈이 밝아 감정에 휩쓸리지 않는 법이다.

그대의 연약한 정신을 빌미 삼아 유혹하는 자 있으니 동요되지 말라.

풍요속의 빈곤처럼 감정을 채우려다 봉변하는 일 있다.

### 4월

사나이의 세계는 비정하다 못해 잔인한 것이라고도 하지만 이 가운데에는 의리와 신의도 있어 사회의 꽃을 피우기도 한다. 여성은 사나이로부터 보호받는 일 있고 남성은 무용담이라도 될 듯 자랑스러운 일 즉 공익정신을 발휘하는 일 있으리라.

### 5월

탁탁 갈라진 대지위에 한줄기의 시원한 소낙비가 있어 목마른 대지를 촉촉히 적셔주는 것 같구나.

얼키고 설켜 머리와 꼬리를 분간키 어려웠던 일을 해결할 수 있는 계기가 마련되겠고 이를 도와 줄 수 있는 해결사가 나타나겠다.

### 6월

마음속 깊숙이 깔려있는 욕심을 조금이나마 양보한다면 마음도 편하고 육신도 편하겠지만 이에 대한 응어리진 마음을 버리지 못하여 크게 고민하는 일 있겠구나.

욕심이 과한 즉 죄를 낳는다는 말을 깊이 새겨라.

### 7월

해뜨면 일하고, 지면 잠자며 우물파 샘물 마시고 농사지어 밥해 먹는 것으로 일과를 삼는다면 이는 필경 신농, 복희시대의 평화로운 모습이리라.

그러나 눈만 뜨면 삶의 경쟁으로 치열한 시대에 살고 있으니 차라리 산과 들을 찾아 벗하라.

그대의 벗이 되어 주리라.

### 8월

마음속으로 뜻한 바 있는 것 속히 결행하라. 처음에는 신통치 않은 듯 하겠지만 예상외로 큰 수확을 얻으리라.

또한 매사도 처음에는 지지부진하나 시간이 지나면서 점점 활기를 띠기 시작하여 성시하겠으니 주저하지 말고 자신과 용기를 가져라.

### 9월

참빗질로 이 잡듯 꼼꼼한 생활습관을 갖고 있는 사람도 간혹 실언과 실수가 있는 법이거늘 항차 그대와 같이 덜렁대는 성격이야 어찌 과오가 없겠는가.

그러나 허허실수로 던진 농담이 진담인양, 곡해 받는 일 있으니 농담하기를 자제하라.

### 10월

상대에게 부담을 주는 것보다 오히려 자기가 희생하는 것을 마음 편하게 생각하고 뛰어드는 일 있겠다.

어떻게 보면 내가 손해를 보는 것 같다고 하겠지만 그것은 손해가 아니고 훗날의 발판이 되는 이득인 줄 알라.

### 11월

봄날에 피어나는 새싹처럼 아름다운 생명력을 갖춘 청순한 사랑이 시작되리라.

먼 곳으로부터의 사랑이 아니오, 가까운 곳으로부터의 사랑이겠으니 미혼자는 배우자의 연으로 까지 진행되리라.

하지만 기혼자는 스치고 지나가는 연이 되어 그에 대한 아쉬움은 대단하리라.

### 12월

땅이 흔들리고 갈라지며 바다에서는 물기둥이 하늘 높이 치솟는 것을 천재지변이라고 하는 지진이다.

물론 이의 공포로부터 급히 대피하는 것이 상식임에도 혹시나 하는 요행심이 앞서 피함을 모르니 답답하구나.
　요행은 결코 그대를 따라 주지 않으니 요행을 기대하지 말라.

# 93운(九十三運)

장정입과(壯丁立戈)

외적불침(外賊不侵)

장정이 창을 들고 서 있으니 적이 들어오지를 못하는구나.

대소지사(大小之事)

일심추진(一心推進).

어떤 일이든 한 마음으로 추진하라.

변덕스러운 간사함이 있어 일을 그르칠까 두려워 일러두는 말이니

일편단심(一片丹心)하라. 다된 밥 남의 밥 될까 염려된다.

## 1월

중국산간 오지에 사는 주민들은 아직도 모택동이가 살아있는 줄 알고 문화혁명이 존재하고 있는 줄 안다고 한다.

이처럼 급변하는 생활 정보에 어둡고 아직도 구태의연한 사고에 젖어 있어 제자리 걸음만 하고 있는 형상이니 멀리보고 도약하는 해로 삼아라.

## 2월

"약한 자여! 그대 이름은 여자니라"하던 말은 옛 말이고 이제는 "강한 자여! 그대 이름은 여자니라" 하고 개칭하여 불러주고 싶다.

뛰어난 지모와 재치있는 활동력이 돋보여 자기발전은 물론 내조자로서의 공이 커 칭송이 자자 하겠구나.

### 3월

정열적인 참여와 추진력이 돋보여 주위로부터 높이 평가 받는 일 있지만 자기 과신이 지나치고 직언을 서슴치 않는 일 있어 라이벌이 생기겠으니 강유를 조절하라.

주위로부터 따가운 눈총이 있겠고 목에 가시가 걸린 듯한 일 있겠다.

### 4월

옛 성현의 말씀에 5년이상이면 형제 같이 지내고 20년 이상이면 부자같이 대해 주라는 말씀을 새겨라.

이는 상하의 질서관계를 말하는 것인즉 상하간의 질서 문제로 아랫사람은 윗사람과 윗사람은 아랫사람과의 심한 마찰이 있겠다.

### 5월

하늘과 땅이 서로 통하지 않는 상이다.

깊은 산중에서 도를 닦는 수도자의 자세로 임하라.

경거한 행동은 오히려 구설만 일으키고 시비만 낳게 하리라.

물론 마음은 무엇이라도 해낼 수 있는 자신이 있겠지만 결코 운은 따라 주지 않는다.

### 6월

사람의 방해를 받는 일 있으니 독선과 독단적인 처신은 엄금이다.

오직 주위와 협의하여 여기에 대처토록 하라.

특히 될듯될듯 하면서도 차일피일 미루는 일에는 그대의 역량 부족이니 제3자를 개입시킨다면 쉽게 해결되리라.

### 7월

행운의 여신은 게으른 자를 돕지 않는 법 그는 언제나 노력하는 자의 편에서 도울 뿐이다.

일확천금이라는 배포 큰 덩어리를 한 손에 거머쥐려는 그대의 배짱을 행운의 여신은 미워하고 있다는 것도 알라.

### 8월

잘해 보려고 애를 쓰지만 칭찬받지 못하는 것은 인덕이 없어 그런 것이 아니라 운이 약하여 공덕이 흘러 가기 때문이다.

쇠운으로 들어가는 때에는 반드시 금전문제부터 말썽을 일으키는 법이니 차용하는 일을 삼가하라.

금전문제로 복잡해지는 일 있으면 풀기 어렵다.

### 9월

우주의 운행은 멈추는 법도 없고 잠시 쉬어가는 법도 없이 오직 돌아가며 변하고 변화하며 바뀌는 진리를 갖고 있다.

이처럼 인간에게도 생노병사가 있고 운의 강약이 있어 좋고 나쁨이 번갈아 오고 가는 것이다.

9월 한로가 지나면서부터 서서히 개운하겠으니 재기의 발판을 다져라.

### 10월

한 여름 낮의 대지는 펄펄 끓어오르듯 한 불덩어리로 달아 올랐을 때 장대같은 빗줄기가 쏟아져 대지를 적시는 것 같구나.

막혔던 일 술술 풀리고 응어리졌던 감정 화끈하게 풀어주는 계기가 주어지겠으니 고집부리지 말고 순리에 따르라.

### 11월

슬픔은 나누고 기쁨은 함께 하라는 말을 귀가 따가울 정도로 듣고 있건만 이를 아랑곳 하지 않고 기쁨을 독차지하려고 하는구나.

이는 지나친 과욕을 탓하는 말이다.

독식하려다 오히려 토하는 일 있으니 공정분배원칙을 기억하기 바란다.

### 12월

내부적으로는 세력다툼도 있고 알력도 있으나 마음의 문을 열고 서로 접근하기에 주저하지 말라.

　이렇게 되면 오히려 상대로부터 감화감동되어 스스로 굴복하고 그
대를 따르게 되는데 이를 역공법(逆功法)이라 하느니라.

# 94운(九十四運)

지난날 우리들의 복잡하고 요란스러웠던 혼란의 역사속에서 정의와 평화를 외치며 불덩어리와도 같은 뜨거운 가슴으로 총칼을 밀어내던 역사도 있었다.

이렇게 장엄한 역사의 기록을 만들게 된 것은 한사람, 한사람의 뜻이 모여 웅장한 역사를 건설했듯이 협력하는 동지를 얻으므로 큰 일을 성사시키겠다는 뜻이다.

협력자를 만나 천하를 호령하는 대권을 잡으리라.

## 1 월

푸른 들판에 청풍이 부는 형상이오, 초목이 잔잔한 바람을 타고 춤을 추는 형상이다.

가정에서는 아내의 말에 귀를 기울이고 아내의 말을 우선하라.

내조의 힘은 태산과 같으며 또 이룸에 어려움이 없으리라.

## 2 월

땅을 파서 우물을 얻고 흙을 쌓아 산을 만드는 형상이니 누구의 도움보다는 나의 노력과 나의 능력으로 승진하고 발탁되는 기쁨 있겠다.

다만 그늘에 가려 빛을 늦게 보는 아쉬움은 있겠지만 대기만성한다는 자세를 가져라.

### 3월

에디슨이 말하기를 "나는 단 한번도 사소한 우연으로 가치있는 일을 이룬 적은 없다. 어느 것 하나 우연으로 발명한 것이 아니다"라고 했다.

이는 우연과 요행을 바라지 않고 노력으로 발명했다는 말이니 다시 한번 자신을 점검하라.

과연 혹시나 하는 요행을 나는 바라지 않는가를….

### 4월

대지가 하늘을 받들 듯 가정에서는 지아비를 받들고 직장에서는 상사를 받들며 나라에서는 임금을 받들 듯 위를 공경하고 아래를 사랑하는 것이 자연의 법도이거늘 어찌하여 가정에서부터 불화가 있느냐.

서로 양보하고 사랑하는 미덕을 가져라.

### 5월

가난한 자에게는 명예도 없고 권력도 없는 법이지만 부유한 자에게는 적이 많은 법이다.

그러나 명예도 없고 권력도 없으면서 적이 있다는 것은 생존경쟁의 다툼 때문에 생기는 필사의 적과도 같으니 이를 피하지 말라.

피하고 양보하다 보면 손재하리라.

### 6월

아무리 사나운 말이라도 숙달된 조련사의 솜씨앞에선 순한 말이 되고마는 것이다.

그대의 사람 다루는 솜씨가 능숙치 못하여 아내와 남편으로부터 볼멘소리를 듣고 짜증섞인 반응을 심하게 받겠으니 대꾸하지 말고 자신을 반성하라.

느끼는 바 있으리라.

### 7월

시냇물이 모여 강물이 되듯 작은 것이 모여 큰 것을 이루는 형상이니 작다고 버리지 말며 이득이 적다고 꺼리지 말라.

기고만장하도록 부풀어 오르는 운세를 타고 오만무례하게 처신한다면 오히려 들어오는 복도 차버릴까 두려워 일러두는 말이다.

### 8월

간사스러운 요녀의 미소에 마음 빼앗기는 일 있으니 소신을 지켜라.

처음에는 스치고 지나가는 만남과 같이 우연하게도 자리를 같이 한 것이 인연이 되겠지만 남과 여라는 자력은 떨어질 줄 몰라 장기간을 지탱하겠다.

그러나 후사가 아름답지 못하리라.

### 9월

만악(萬惡)의 근본은 욕심으로부터 생기는 것이다.

내 것이 아니면 보지를 말고 내 것이 아니면 마음에 두지를 말아야 하건만 시샘과 질투심을 자제하지 못하여 마침내 능력에 벗어나는 물건을 구입하고 전전긍긍하는 일 있으니 마음 다스리기에 힘써라.

### 10월

꽃은 피어야 꽃이라는 이름을 붙이는 것이지 봉우리 보고는 꽃이라 하지 않는다.

아직 피어나지 못한 꽃을 핀 것처럼 요란을 떨까하여 일러두는 말이니 일을 성사시키기 전에는 큰 소리치지 말라.

낮말은 새가 듣고 밤말은 쥐가 듣는다고 하지 않았드냐.

### 11월

지루한 듯 하품을 하고 있는 형상이니 이는 자기 기력의 쇠퇴와 의욕을 상실한 느낌을 주고 있구나.

그러나 기회란 자주 오는 것이 아니라 번개같이 찾아왔다 번개같이 지나가는 것.

뜻밖에도 행운을 얻는 기쁨이 있어 크게 웃는 일 있겠다.

### 12월

과보(果報)란 자면서 기다리라는 말이 있듯이 당장의 이득을 바라지 말고 느긋한 자세로 기다리며 새로운 것 추구에 힘쓰라.

오히려 성급하게 서두르고 조급히 하다가는 스스로의 화를 자초하리라.

특히 건강이 좋지않아 크게 염려되는 바 있으니 만반 유의하기 바란다.

# 95운(九十五運)

총운

유태민족은 자식에게 고기를 잡아주는 것이 아니라 고기를 잡게하는 그물 만드는 법을 가르쳐 준다고 하는 이 말의 뜻을 알리라.

자녀에 대한 보호도 너무나 지극하면 과잉보호가 되어 오히려 무능력하게 된다는 사실을 기억해 주기 바란다.

예를 들어 자녀로부터 용돈에 대한 요구가 있을 때 이를 스스로 마련할 수 있도록 아빠의 구두를 닦게 한다든가 하는 방법을 말하는 것이다.

## 1월

사람의 성격이란 단점이 장점될 때도 있고 장점이 단점될 때도 있으며 느린 것이 득을 볼 때도 있고 서두른 것이 득이 될 때도 있으니 이를 말하여 운이 좋았기 때문이라고 한다.

그대는 요행히도 서두른 것이 득이 되어 횡재하는 일 있겠다.

## 2월

물고기중에서도 가물치란 놈만큼 모성애가 강한 것은 없다.

다른 것들은 대부분 일정한 크기만 되면 독립을 시키는데 이놈은 커다란 성어가 될 때까지 보호하고 키우기 때문이다.

이를 인간에 비유하면 과잉보호와 같으니 이로부터 탈피하려는 자녀의 반항이 있겠다.

## 3월

인정이 메말라 곧 질식되어 버릴 것만 같은 숨막히는 사회같지만 그래도 구석에는 살아 숨쉬는 정의가 있어 사회는 움직이고 있는 것이다.

바로 당신과 같은 정의맨이 있기 때문이다.

올바른 진언, 올바른 판단, 올바른 행동이 나타나 정의감을 발휘하는 일 있겠다.

### 4 월

중국사람들의 말에 "젊어서는 삼국지를 읽고 늙어서는 삼국지를 읽지 말라"는 말이 있다.

이 말은 즉 젊은이에게 용기를 주기 위한 말로 풀이 되는데 의기소침하고 나약해 하는 당신에게 드리는 말이니.

용기를 가져라. 좌절은 곧 패배를 낳게 될 것이다.

### 5 월

일을 열시간 하는 것과 춤을 열시간 추는 것 중에 양자택일을 하라면 그대는 어느 것을 선택하겠는가. 물론 우선은 놀고보자는 춤을 선택하겠지만 몇 시간후에는 일하는 것만 못하다고 푸념하게 될 것이다. 이처럼 놀이 문화에 빠져도 보겠지만 아차, 늦게는 뉘우치는 바 있으리라.

### 6 월

바둑을 두고 있는 기사들의 기풍으로는 여러 유형이 있겠지만 그 중에서도 특히 기리(棋理)로써 빈틈없도록 무겁게 두는 기사와의 대전은 목이 죄어 오는 중압감을 느끼면서 어딘지 모르게 숨이 막힐 것만 같다고 한다.

날쎄고 재치있는 포석으로는 승산이 없으니 무겁고 두텁게 두는 맞수로 대결하라.

### 7 월

푸른비단을 깔아놓은 바다요, 보석을 뿌려놓은 듯한 바다라고 예찬들을 한다마는 그대에게는 수마와도 같고 수귀와도 같으니 물을 두려워 하고 물을 피하라.

물로써 놀라는 일 있고 물로써 피해 보는 일 있으리라.

### 8 월

상처없는 세상, 상처없는 사랑이 있는 곳이라면 어디고 훨훨 날아가정착이라도 하고 싶은 심정이구나.

사회로부터의 저주와 멸시, 그리고 사랑으로부터의 배신과 갈등때문이다.

조용한 가운데 움직여라.

요란하게 움직인다면 말이 많아지리라.

### 9월

사랑방이라는 공간은 엄격한 남성의 방이오, 위엄있는 남성의 방이라면 안방은 인자한 어머니의 방으로 젖과 꿀이 흐르는 향수의 방으로 기억되는 방이기도 하다.

그러나 시대가 달라져 지금은 안방마님의 위세가 만만치 않아 가정의 중심이 되고 있다는 것을 알아라. 아내의 간섭에 짜증을 느낀다면 부딪치는 소리도 요란하리라.

### 10월

자기의 의견과 주장만을 되풀이하는 것을 일명 선전이라고도 하고 자기 PR이라고도 한다.

그러나 매스콤을 통한 선전이란 광고효과로는 좋으나 자기 PR로는 자랑에 지나지 않아 오히려 욕이 된다는 것도 알라.

자기자만에 넘쳐 주위를 의식하지 못하는 일 있겠구나.

### 11월

어떠한 일을 하고 있던 중에 시행착오하는 것이 발견되면 즉시 하던 일을 중단하는 것이 일반적인 상식이므로 시행착오란 빨리 끝낼수록 좋다고 한다마는 그대의 옹고집은 철벽과 같아 손재를 자초하고 있으니 답답하구나. 다시 한번 지금의 일을 점검하라.

### 12월

붉게 피어 오르는 장미꽃 사랑을 연상케 하누나. 마음으로 느끼는 정열만으로는 부족하여 몸으로 느끼는 사랑이 있겠으니 기혼자는 자기의 분수를 알고 미혼자는 미래의 설계까지 약속하라.

특히 먼 곳으로부터의 사랑이 아니오, 가까운 곳으로부터의 사랑이

참 사랑이노라.

갑자기 정력이 떨어져 당황 하겠다. 보신에 특히 주의 바란다.

# 96운(九十六運)

## 총운

풍유성물(風有聲物)
유성무형(有聲無形).

바람은 소리를 내는 것이지만 소리만 요란하지 보이지를 않는구나.

요란하게 소리만 크지 실속이 없다는 뜻으로 전하는 말이다.

빛좋은 개살구란 말처럼 외형으로는 그럴듯 하나 내형으로는 곪아 들어가는 형상이니 내실 다지기에 힘써라. 꿩잡는게 매다.

### 1월

운(運)이란 영웅도 만들고 부귀공명도 만들며 생사도 있게 한다는 사실을 부인하지 말라.

악운일 때는 뒤로 넘어져도 코가 깨지는 법이지만 호운일 때는 결코 코가 깨지는 법이 없느니라.

탄탄대로를 달리고 있는 호운을 마음껏 이용하라. 대길대통하리라.

### 2월

소강절 선생이 말하기를 "변화가 없으면 점하지 말며 또 상대가 묻지 않으면 점하지 말라"고 했다.

이 말은 즉 묻지도 않는 말에 공연히 대꾸하고 아는 척하지 말라는 충고의 말씀이노니.

입다물기를 천량보다 무겁게 하라.

### 3월

남녀상하들은 각각 자신들의 위치를 잊은 채 교활하고 추태한 방법으로 사람을 농간하고 이간질도 하고 있기에 어수선하기 짝이 없구나.

어느 것이 검고 어느 것이 흰 것인지조차 모르도록….

그대의 판단을 흐리게 하는 무리들이 부추기고 있으니 이성을 잃지

마라.

까마귀 무리에 끼어들까 두렵다.

### 4월

70노옹이 무슨 약을 먹었는지 밤마다 괴롭히는 지라.

그 부인이 하루는 몰래 그 약을 마당에 버렸더니 숫닭이 와서 그 약을 집어 먹고는 암닭을 몹시 괴롭히드라는 고사가 있다.

이는 그대의 왕성한 운력(運力)을 묘사한 말로 만사여의하며 대길 대통하리라.

### 5월

지혜로운 자는 분수를 지켜 욕심을 내지 않지만 어리석은 자는 자기의 명(命)을 알지 못하므로 위험을 무릅쓰고 요행을 바란다는 성인의 말씀을 전한다.

요행이란 낙타를 타고 바늘귀를 들어가는 것과 같으니 일찍 단념하라.

실현불가한 것이 가능한 것처럼 보여 마음만 들뜨게 하겠구나.

### 6월

장자가 말하길 여름한철 살다가는 쓰르라미는 봄과 가을이 있는 것을 알지 못한다고 말했다.

당장 눈 앞에 보이는 현실과 이로움에만 급급하지 말고 내일과 모레가 있다는 것도 알라. 사탕이란 먹을 때는 달지만 먹고나면 뒷맛에 탈이 많은 것과 같다.

### 7월

효도하는 마음이란, 시켜서도 안되고 강요해서도 안되며, 법으로도 어쩔수 없는 오직 보이지 않는 심성의 발로에서만 가능한 것이다. 효란 물질만의 효가 아니요, 정신의 효가 으뜸인 즉 부모와의 마음을 가깝게 하라.

부모곁을 떠나려는 그대의 마음이 얄밉도록 미워지는구나.

### 8월

미로를 헤메이다 금광의 문턱에 서 있는 형상이다.

현재의 위치에서 더 나아가지도 말고 뒤로 물러서지도 말라.

지금의 위치를 변동한다면 금맥을 놓치는 것과 같아 하는 말이다.

현업과 현실은 결코 그대를 배신하지 않으리라.

### 9월

사주에 원진살이 있으면 주위 사람과 불화하고 재물은 바람에 날아 가듯 흩어지며 심신의 동요가 심하여 밖으로만 돌아다니기를 좋아 한다고 하는데 어찌된 일로 이렇게 심신이 편치 못하드냐.

정서가 불안하니 깊이 생각하는 것을 피하라.

신경질환이 있을까 두렵다.

### 10월

올빼미란 놈은 야행성 동물로 낮에는 잠을 자고 밤에만 활동하는 놈이다.

그런데 이 놈은 새끼가 커 어미가 되면 지어미를 잡아먹는 못된 습성을 갖고 있다. 이처럼 그대의 수하에 있는 자로부터 공격을 받고 은혜를 망각한 채 불칙한 언행을 서슴치 않는 자 있겠으니 타일러 선도하라.

### 11월

교인과 공산주의 자는 설득시키기 어렵다는 말이 있다.

이는 철저한 사상과 투철한 신앙관을 비유 강조한 말인듯 그대의 옹고집도 여기에 버금 가기에 비유한 말이다.

신념이 강한 즉 자신이 돋보이겠고 신념이 약한즉 구설이 분분하리라.

### 12월

사람이나 물건을 고르고 선택하기란 그렇게 쉬운 일이 아니다. 10보다는 100에서 고르는 것이 낳고 100보다는 1,000에서 고르는 것이 좋겠지만 그렇다고 선택할 종목이 많은 것도 결코 아니다.

혼택문제로 고심하는 일 있기에 하는 말이다.

쉽게 결정할 문제가 아니니 신중하라.

인간대사를 경솔하게 다루면 후회하는 일 있으리라.

# 97운(九十七運)

세상만사 모든 이치는 천도(天道)와 천리(天理)로써 통하는 이치를 갖고 있기에 인간도 인도(人道)라는 바른 도리(道理)가 있어 사리(事理)에 맞도록 살아야 인간정도(人間正道)를 지키는 길인가 한다. 그러나 사람마다 이를 지키지 못하고 있기에 어지러운 사바세계라 하거늘 그대에게도 간교한 무리들로부터 도리에 어긋나는 유혹을 받기에 본분을 잃을까 두려우니 가문(家門)의 법도와 명예를 지켜라.

### 1월

지금 시냇물에 벌거벗고 뛰어든 하동(河童)들의 모습을 떠 올린다면 계절에 맞지 않는 때이므로 더더욱 오싹하는 추위를 느끼겠지만 푹푹찌는 여름이라면 오히려 시원한 청량감을 더해 줄 것이다.

이처럼 때와 장소를 망각한 모순이 발생되어 주위로부터 조소를 받는 일 있겠다.

### 2월

부모가 자녀에게 윗사람에게 항변하고 달려들어 맞싸움질 하라고 가르치는 부모는 아무도 없다.

그러나 예상치 못한 말썽을 일으켜 설마 우리 아이가 하는 의아심과 함께 깜짝 놀라는 일 있으니 자녀의 외출을 삼가게 하라.

심노하는 일 있으리라.

### 3월

힘센 놈은 무엇이든지 두들겨 빼앗아도 좋고 권력과 계집도 마음대로 골라가며 가져보는 세상이라면 이는 분명코 망할 놈의 세상일 것이다.

그러나 질서라는 법이 있어 이를 다스리 듯 그대에게는 양심이라는

선이 있어 악과 죄를 다스릴 수 있는 언행이 발동되어 만인으로부터
칭송을 받겠구나.

### 4월

발앞에 떨어진 현실만을 갖고도 분주하며 이를 작품화시키기에도
급급하여 모두들은 분주다사하다고 한다마는 어찌하여 그대는 환상에
사로잡혀 헤어나오지를 못하고 있는가.

시간은 그대를 기다려 주지 않는다. 다만 이를 이용할 뿐이다.

헛된 환상의 노예가 되는 것이 안타깝구나.

### 5월

가난과 부유함이란 마음먹기에 달려 있는 것이다. 부유하면서도 가
나하게 느끼면 가난한 것이오, 가난하면서도 부유하게 느끼면 부유한
것이다.

그러므로 현재 자기의 것 이상을 탐하지 않으면 현재로써는 부유한
것이니 언제나 이러한 마음을 가져라.

탐하는 것은 내 것이 될 수 없느니라.

### 6월

이 세상 모두의 것들은 위대하고 보람이 있는 것들이며 또 가치있는
것들이다.

그러나 이것들이 있기까지에는 땀의 결정이 있었기에 가능했던 것
처럼 그대의 오늘    일에도 땀의 많고 적음에 따라 위대함과 보람이
있겠으니 자신을 스스로 평가해보기 바란다.

### 7월

속담 "내 배가 부르면 평안감사도 조카처럼 보인다"라는 말이 있다.

이 말은 내가 좀 넉넉하다하여 안하무인격이 되지 말라는 뜻으로 전
하는 말이니 새겨 들어라.

기고만장하도록 패기에 넘쳐 있는 것은 좋으나 과한즉 인간의 무리
들이 곁을 떠나는 일이 있으리라.

## 8월

자신이 언제나 손해를 보는 듯한 자세로만 살아준다면 무엇 때문에 시기하고 질투하고 싸움질 하는 일이 있겠는가.

그러나 모두들은 손해를 보지 않으려 하기에 아름답지 못한 일이 발생되는 것이다.

그대 또한 이처럼 내가 손해를 본다는 자세로 임하라. 이는 곧 양보를 뜻하는 말이지만 결코 내용적으로는 손해가 아니다.

## 9월

고토회복을 위하여 절치부심하는 늙은 장수의 형상과 같구나.

그러나 용맹한 병사는 간데없고 기운잃은 병마만 있으니 어찌할고 ···.

지난날의 영화로웠던 꿈을 회상하지 말라.

모두다 헛되고 헛될 뿐이다.

## 10월

나를 낮추고 남을 높이는 것을 겸손이라 하며 또 남을 우러러 칭찬해주는 것이 동양의 미덕으로 되어 있다.

그러나 칭찬에 인색하다면 이를 잔인하다고도 하며 냉정하다고도 한다.

비록 나의 공은 있지만 아랫사람에게 공을 돌려주고 칭찬에 인색하지 말라,

아랫사람들은 사기가 떨어져 전의를 잃고 있다.

## 11월

옛말에 혼택을 하려면 딸을 보기전에 그 어미를 먼저 보라는 말이 있다.

이는 그 어미의 바탕과 부모교육을 뜻하는 말이기도 하다.

고목에 꽃이 피듯 때아닌 혼담과 혼사가 있어 가정에 경사를 이루겠으니 현모양처로서 귀히 맞이하라.

## 12월

인류의 역사도 고난과 역경을 맛보지 않고는 발전할 수 없듯이 그대의 1년도 고난과 역경, 때로는 좌절도 맛보며 살아왔으니 많은 경험을 체득하면서 발전도 있었으리라.

혼하지 않으나 꿈에 떡맛 보듯 짭잘한 재미도 있겠고, 투자없는 이득도 있겠다.

# 98운(九十八運)

배가 고플 때 한마리의 물고기를 주면 순간의 배고픔은 면할 수 있지만 고기잡는 방법을 가르쳐 주면 일생의 식량이 해결된다는 탈무드의 말이 있다.

얄팍한 생각과 달콤한 맛에 이끌려 멀리 보지 못하는 지혜를 꾸짖는 말이니 현실에만 급급하지 말고 미래의 설계도 다지며 꿈을 키워라.

미래지향적이 못되어 뒷날에 허무함이 있을 때에는 재기하기 어렵다.

### 1 월

뭇사람 모두들은 부자의 친척이라는 말이 있다. 내가 풍족하면 모두들 모여든다는 말이다.

그러나 내가 가난하면 가까운 형제들도 발길이 뜸해지는 법, 이래서 세상살이 야속하다고들 한다.

이는 가치 기준의 혼동에서 비롯된 얄팍한 인심의 탓이니 형제와 우의를 돈독히 하라.

형제와 갈등이 있겠다.

### 2 월

하루는 이성계가 꿈을 꾸는데 괴한이 나타나 송도의 강물을 다 마시고 있을 때 이성계가 깜짝 놀라 그 강물을 다 마시면 송도백성들은 어떻게 하란 말이냐고 호통을 치니 그러면 다른데로 가서 물을 마시면 될 것이 아니냐고 오히려 꾸중을 한다.

이 말에 잠을 깬 후 한양천도를 했다는 고사처럼 그대도 이사하여 개운하라. 곧 발복하리라.

### 3월

공자께서 3,000제자를 거느리고 주유천하를 한 것은 그들에게 산 교육을 시키기 위하여 친히 거동하셨던 것이다.

이처럼 성인께서도 친히 솔선수범 하셨건만 그대는 어찌하여 앉아서 말로만 일하려 하는가.

밖에서 곪아드는 상처가 있다는 사실을 알고 급히 손을 써라.

안으로 곪아들까 염려된다.

### 4월

바다를 벗삼아 마음껏 취해보려 술잔을 번거롭게 기울이건만 바다가 먼저 취해 버리는구나.

잔잔한 여울이 파도가 되고 파도가 사나운 풍우로 변한 듯 거칠어만 가는 바다….

처음에는 조그마한 이견이 있어 갑론을박하지만 점점 이견의 폭이 넓어져 감정싸움까지 되는 일 있으니 화해하기에 주저하지 말라.

### 5월

우리가 이 땅에서 편히 살고 있는 것은 수많은 애국지사가 있었기에 오늘이 있게 되었으며 또 내일이 있어 주는 것이다.

그대 또한 오늘이 있기까지에는 은인이 있었기에 가능했던 것이니 은인을 찾아라.

은과 공을 모른다는 말을 듣기 전에 먼저 행하라.

후사가 있겠다.

### 6월

한고조 유방이 천하를 통일하고는 한신을 위험 인물로 단정하여 그를 집에서 은거근신토록 한 일 있다.

이처럼 그대를 이용할 데로 이용하고 가치없는 듯 평가절하시키려는 무리들이 있으나 여기에 동요하지 말라.

오히려 이것이 전화위복이 되는 계기가 되겠다.

### 7월

만물은 음양의 조화가 맞아야 왕성한 활동력과 정력이 솟아나는 법이다.

그대의 강성한 기질은 양(陽)이 많아 넘치는 것과 같으니 난폭한 행동, 난폭한 언어로 사람을 제압하려 하겠지만 오직 여기에 강과 유만 조절하라.

그대의 전공은 오래도록 빛남이 있으리라.

### 8월

현실성이 없는 가상의 일을 현실화시키려는 그대에게 이 말을 전하니 깊이 이해하라.

공자의 제자였던 가로가 공자께 이렇게 묻는다. "사람이 어떻게 죽습니까".

"낳는 법도 모르는데 죽는 것을 어떻게 아느냐"

"그러면 귀신은 어떻게 섬겨야 되나요".

"살아있는 사람도 섬기는 법을 모르는데 어떻게 귀신 섬기는 법을 아느냐."

### 9월

빛과 공기는 만유의 것이라고 하지만 이것만이 아니라 흙도 만유의 것이다.

인간은 이곳에서 낳고 이곳에서 자라며 이곳에서 먹고 또 이곳으로 돌아가야 하는 것이기 때문이다. 그러나 이를 내 것으로만 알고 독점하고 싶은 욕망이 대단하겠지만 뜻대로는 되지 않겠으니 조금만 소유한다는 자세로 임하라.

과욕은 역시 허욕으로 끝을 맺으리라.

### 10월

입추가 지나면 만물이 성장을 멈추고 그때부터 열매를 성숙시키기에만 힘을 쏟는 것이 자연의 진리다.

이처럼 그대도 성장을 완료했으니 이제부터 열매를 성숙시키는 때가 된 줄 알라.

크고 탐스러운 열매가 주렁주렁 있어 흐뭇하게 하리라.

### 11월

재주없는 사람이 대사를 맡아 전전긍긍하는 모습이지만 당신을 보필할 수 있는 유능한 사람이 있어 대신해 주겠으니 행 인줄 알라.

이를 말하여 인덕이 있다고 하며 또는 운도 좋다고 하노니 마음을 정히하고 기도하는 자세로 매사에 임하라.

도움이 있어 귀함을 얻겠다.

### 12월

선생이 교단에서 진실을 강의하지 못하는 세상이란 상상조차 해 볼 수 없는 일이지만 만약 있다면 이는 세상 끝장과 같다고도 하겠다.

이처럼 가르치는 업이란 국가와 인간의 존망을 가름하는 업이거늘 진실을 외면하려는 듯 마음을 열지 못하는 비밀이 있겠다. 아내와 협의하여 행복을 찾아라.

# 신비한 동양철학 시리즈는 계속됩니다

# 이름이 운명을 바꾼다

신비한 동양철학 ㉕

## 이름은 제2의 자신이다 !

이름에는 각각 고유의 뜻과 기운이 있어서
그 기운이 성격을 만들고 그 성격이 운명을 만든다.
니쁜 이름은 부르면 부를수록 불행을 부르고
좋은 이름은 부르면 부를수록 행복을 부른다.
만일 이름이 거지 같다면 아무리 운세를 잘 만나도
밥을 좀더 많이 얻어 먹을 수 있을 뿐이다.
이 책의 저자는 신학대학을 졸업하고 역학계에 입문했다는
특별한 이력을 갖고 있기 때문에 더 많은 화제가 되고 있다.

· 역산 김찬동 저

# 알기쉬운 해설 · 말하는 역학

## 신비한 동양철학 ⑪

### 신수를 묻는 사람 앞에서 말문이 술술 열린다!

이 책은 그토록 어렵다는 사주통변술을 이해하기 쉽고
흥미롭게 고담과 덕담을 곁들여 사실적인 인물을
궁금해 하는 사람에게 생동감있게 통변하고 있다.
길흉작용을 어떻게 표현하느냐에 따라 상담자의 정곡을
찔러 핵심을 끄집어내고 여기에 대한 정답을 내려주는
것이 통변술이다. 역학계의 대가 김봉준 선생의 역작이다.

· 백우 김봉준 저

# 참역학은 이렇게 쉬운 것이다

## 신비한 동양철학 ㉔

### 음양오행의 이론으로 이루어진 참역학서 !

수학공식이 아무리 어렵다고 해도 1, 2, 3, 4, 5, 6, 7,
8, 9, 0의 10개의 숫자로 이루어졌듯이, 사주도 음양과
목, 화, 토, 금, 수의 오행으로 이루어졌을 뿐이다.
그러니 용신과 격국이라는 무거운 짐을 벗어버리고
음양오행의 법칙과 진리만 정확하게 파악하면 된다.
사주는 단지 음양오행의 변화일 뿐이고, 용신과 격국은
사주를 감정하는 한가지 방법에 지나지 않는다.

· 청암 박재현 저

# 쉽게푼 역학

## 신비한 동양철학 ❷

### 쉽게 배워서 적용할 수 있는 생활역학서 !

이 책에서는 좀더 많은 사람들이
역학의 근본인 우주의 오묘한 진리와 법칙을 깨달아
보다 나은 삶을 영위하는데 도움이 될 수 있도록
가장 쉬운 언어와 가장 쉬운 방법으로 풀이했다.
역학계의 대가 김봉준 선생의 역작이다.

· 백우 김봉준 저

---

# 술술 읽다보면 통달하는 사주학

## 신비한 동양철학 ㉗

### 술술 읽다보면 나도 어느새 도사 !

당신은 당신 마음대로 모든 일이 이루어지던가.
지금까지 누구의 명령을 받지 않고 내 맘대로 살아왔다고,
운명 따위는 믿지도 않고 매달리지 않는다고,
이렇게 말하는 사람들이 많다.
그러나 그것은 우주법칙을 모르기 때문에 하는 소리다.

· 조철현 저

# 작명해명

## 신비한 동양철학 ㉖

### 누구나 쉽게 배워서 활용할 수 있는 체계적인 작명법!

일반적인 성명학으로는 알 수 없는 한자이름, 한글이름,
영문이름, 예명, 회사명, 상호, 상품명 등의
작명방법을 여러 사례를 들어 체계적으로 분석하여
누구나 쉽게 배워서 활용할 수 있도록 서술했다.

· 박홍식 저

# 사주명리학의 핵심

## 신비한 동양철학 ⑲

### 맥을 잡아야 모든 것이 보인다!

이 책은 잡다한 설명을 배제하고
명리학자들에게 도움이 될 비법만을 모아 엮었기 때문에
초심자가 이해하기에는 다소 어려운 부분도 있겠지만
기초를 튼튼히 한 다음 정독한다면 충분히 이해할 것이다.
신살만 늘어놓으며 감정하는 사이비가 되지말기를 바란다.

· 박홍식 저

# 이렇게 하면 좋은 운이 온다

신비한 동양철학 ㉗

### 한 가정에 한 권씩 놓아두고 볼만한 책!

좋은 운을 부르는 방법은 방위·색상·수리·년운·월운·
날짜·시간·궁합·이름·직업·물건·보석·맛·과일·
기운·마을·가축·성격 등을 정확하게 파악하여
자신에게 길한 것은 취하고 흉한 것은 피하면 된다.
간혹 예외인 경우가 있지만 극소수에 불과하고
대부분은 적중하기 때문에 좋은 효과를 본다.
이 책의 저자는 신학대학을 졸업하고 역학계에 입문했다는
특별한 이력을 갖고 있기 때문에 더 많은 화제가 되고 있다.

· 역산 김찬동 저

---

# 사주학의 활용법

신비한 동양철학 ⑰

### 가장 실질적인 역학서!

우리가 생소한 지방을 여행할 때
제대로 된 지도가 있다면 편리하고 큰 도움이 되듯이
역학이란 이와같은 인생의 길잡이다.
예측불허의 인생을 살아가는데 올바른 안내자나
그 무엇이 있다면 그 이상 마음 든든하고
큰 재산은 없을 것이다.

· 학선 류래웅 저

# 통변술해법

신비한 동양철학 ㉑

## 가닥가닥 풀어내는 역학의 비법!

이 책은 역학과 상대에 대해 머리로는 다 알면서도
밖으로 표출되지 않아 어려움을 겪는 사람들을 위한
실습서다. 특히 틀에 박힌 교과서적인 역술의
고정관념에서 벗어나, 한차원 높게 공부할 수 있도록
원리통달을 설명하는데 중점을 두었다.
실명감정과 이론강의라는 두 단락으로 나누어 역학의
진리를 설명했기 때문에 누구나 쉽게 이해할 수 있다.
역학계의 대가 김봉준 선생의 역서인「알기쉬운 해설·
말하는 역학」이 나온 후 후편을 써달라는 열화와 같은
요구에 못이겨 내놓은 바로 그 책이다.

· 백우 김봉준 저

---

# 진짜부적 가짜부적

신비한 동양철학 ⑦

## 부적의 실체와 정확한 제작방법!

인쇄부적에서 가짜부적에 이르기까지
많게는 몇백만원에 팔리고 있다는 보도를 종종 듣는다.
그러나 부적은 정확한 제작방법에 따라 자신의 용도에
맞게 스스로 만들어서 사용하면 더 좋은 효과를 얻는다.
이 책은 중국에서 정통부적을 연구한 국내유일의
동양오술학자가 밝힌 부적의 실체와
정확한 제작방법을 소개하고 있다.

· 오상익 저

# 운세십진법 · 本大路

신비한 동양철학 ❶

## 운명을 알고 대처하는 것은 현대인의 지혜다!

타고난 운명은 분명히 있다.
그러니 자신의 운명을 알고 대처한다면
비록 운명을 바꿀 수는 없지만 충분히 향상시킬 수 있다.
이것이 사주학을 알아야 하는 이유다.
이 책에서는 자신이 타고난 숙명과
앞으로 펼쳐질 운명행로를 찾을 수 있도록
운명의 기초를 초연하게 설명하고 있다.

· 백우 김봉준 저

---

# 남사고의 마지막 예언

신비한 동양철학 ㉙

## 이 책으로 격암유록에 대한 논란은 끝나기 바란다!

감히 이 책을 21세기의 성경이라고 말한다.
〈격암유록〉은 섭리가 우리민족에게 준
위대한 복음서이며, 선물이며, 꿈이며, 인류의 희망이다.
이 책에서는 〈격암유록〉이 전하고자 하는 바를
주제별로 정리하여 문답식으로 풀어갔다.
이 책으로 〈격암유록〉에 대한 논란은 끝나기를 바란다.

· 석정 박순용 저

# 사주학의 방정식

## 신비한 동양철학 ⑱

### 알기 쉽게 풀어놓은 가장 실질적인 역서 !

이 책은 종전의 어려웠던 사주풀이의 응용과 한문을
쉬운 방법으로 터득할 수 있게 하는데 목적을 두었다.
그리고 역학이란 무엇인가를 알리고자 하는데 있다.
세인들은 역학자를 남의 운명이나 풀이하는
점쟁이로 알고 있지만 아주 잘못된 생각이다.
역학은 우주의 근본이며 기의 학문이기 때문에
역학을 이해하지 못하고서는 우리 인생살이 또한
정확하게 해석할 수 없는 고차원의 학문이다.

· 김용오 저

---

# 좋은꿈 나쁜꿈

## 신비한 동양철학 ⑮

### 그날과 앞날의 모든 답이 여기있다 !

개꿈이란 없다. 꿈은 반드시 미래를 예언한다.
이 책은 프로이드의 정신분석학적인 입장이 아닌
예언적인 꿈으로 미래판단의 근거에 입각한 해몽학이다.
여러 형태의 꿈을 체계적으로 정리했으니
올바른 해몽법을 익혀 지혜롭게 대처하기 바란다.
각 가정에서 한 권씩 두고 이용하면 많은 도움이 될 것이다

· 학선 류래웅 저

# 관상오행

## 신비한 동양철학 ⑳

### 한국인의 특성에 맞는 관상법 !

좋은 관상인 것 같으나 실제로는 나쁘거나
좋은 관상이 아닌데도 잘 사는 사람이 왕왕있어
관상법 연구에 흥미를 잃는 경우가 있다.
이것은 중국의 관상법만을 익히고, 우리의 독특한
환경적인 특징을 소홀히 다루었기 때문이다.
이에 우리 한국인에게 알맞는 관상법을 연구하여
누구나 관상을 쉽게 알아보고 해석할 수 있도록
자세하게 풀어놓았다.

· 송파 정상기 저

# 쉽게 푼 주역

## 신비한 동양철학 ⑩

### 쉽고 재미있게 풀어놓은 책 !

주역이라는 말 한마디면 귀신도 놀라 자빠진다는데
인간의 궁금증 정도야 문제가 될 수 있을까.
8×8=64괘라는 주역을 한괘에 23개씩의 회답으로
해설한 1472괘라는 신비한 해답을 수록하였다.
당신이 당면한 인생문제를 해결할 열쇠가
이 한권의 책 속에 들어있다.

· 정도명 저

# 우주경전 · 만세력

신비한 동양철학 16

## 착각하기 쉬운 썸머타임 2도 인쇄 !

시중에 많은 종류의 만세력이 나와있지만
이 책은 단순한 만세력이 아니라 완벽한 만세경전으로
만세력 보는 법 등을 실어 처음 대하는 사람도
쉽게 볼 수 있도록 편집되었다.
또한 부록편에 사주명리학, 신살종합해설,
결혼과 이사택일 및 이사방향및 길흉보는 법,
우주천기와 한국의 역사 등을 수록했다.

· 백우 김봉준 저

# 新사주학 · 물상활용비법

신비한 동양철학 31

## 물상을 활용하여 오행의 흐름을 파악한다 !

이 책은 물상을 통하여 오행의 흐름을 파악하고
운명을 감정하는 방법을 연구한 책이다.
추명학의 해법을 연구하고 운명을 추리하여
오행에서 분류되는 물질의 운명 줄거리를
물상의 기물로 나들이 하는 활용법을 주제로 했다.
팔자풀이 및 운명해설에 관한 명리감정법의 체계를
세우는데 목적을 두고 초점을 맞추었다.

· 해주 이학성 저

# 용의 혈 · 풍수지리 실기 100선

신비한 동양철학 30

### 실감나게 활용하는 풍수실기의 길잡이!

이 책은 풍수지리 문헌인 만두산법서,
명산론, 금랑경 등을 이해하기 쉽도록
주제별로 간추려 설명했으며,
풍수지리학을 쉽게 접근하여 공부하고,
실전에 활용하여 실감나게 적용할 수
있도록 하는데 역점을 두었다.

· 윤재우 저

---

# 사주학 · 초보에서 완성까지

신비한 동양철학 33

### 사주학의 교과서, 초보에서 완성까지!

이 책은 사주학을 공부하다가 포기한 사람이나
배우고 싶으면서도 기존의 책들이 너무 어렵게
쓰여져 엄두를 내지 못하는 사람들을 위하여
쉽고 자세하게 체계적으로 설명했다.
모쪼록 이 한권의 책을 심오한 역학을 공부하고
이해하는데 교과서로 삼기를 바란다.

· 박흥식 저

## 저자 김봉준

▪ 충남 서산 출생 / 도학연구 / 서울시 행정개선제안 3회 입상 /
지방 행정공무원 근무 / 국영기업체 근무 / 기업체 정신교육 강사 다수 /
▪ 저서로는 천리대운1 · 2 / 운세십진법(本大路) / 쉽게푼 역학 / 國運 · 나라의 운세 /
만세력(우주경전) / 말하는 역학(알기쉬운 해설) / 통변술해설 / 신의 얼굴

▪ **백우역학 원장 (02)275 - 5607~8**

나의 天運 · 운세찾기

중판일 / 1998년 12월 25일
발행처 / 삼한출판사
발행인 / 김충호
지은이 / 김봉준

등록일/1975년 10월 18일
등록번호/제13-47호

서울 · 동대문구 신설동 103-6호
아세아빌딩 201호
대표전화 (02) 231-4460
팩시밀리 (02) 231-4461

정가/11,000원